EINE BRAUT FÜR PRINZ ANTONY

DIE ROYALS VON SAN RIMINI

NICOLE BURNHAM

PROLOG

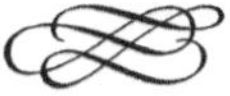

ROYALS VON HEUTE: DIE NEUESTEN NACHRICHTEN
von V. Dempsey
9. September

GEBURTSTAGSFEIER FÜR SAN RIMINIS KRONPRINZEN
Mit 34 setzt Antony ein neues Zeichen

LA ROCCA DI ZAFFIRO, SAN RIMINI. Mehr als dreihundert sorgfältig ausgewählte Gäste kamen gestern Abend in diesem Land an der nördlichen Adria zusammen, um in dem berühmten Königlichen Ballsaal des Palastes den vierunddreißigsten Geburtstag von Prinz Antony Lorenzo diTalora zu feiern.

Während des Abends drehten sich die Gespräche nicht um den geplanten Staatsbesuch des Prinzen in China im Verlauf dieser Woche, sondern um sein Alter und seinen Beziehungsstatus. Die diTaloras sind die am längsten ununterbrochen herrschende Familie Europas und können diese Beständigkeit – zumindest teilweise – auf ihre Tradition zurückführen, jung zu heiraten.

Antony ist nun der älteste Kronprinz von San Rimini, der noch unverheiratet ist und keinen Erben gezeugt hat.

Trotz des Getuschels im Ballsaal schien Prinz Antony nicht daran interessiert zu sein, sich in nächster Zeit zu verloben. Jüngste Berichte haben ihn mit Bianca Caratelli, einer reichen Dame der Gesellschaft, in Verbindung gebracht, aber er machte seinem Ruf als südeuropäischer Playboy-Prinz gestern Abend alle Ehre, indem er das deutsche Supermodel Frida Heit, eine Nachfahrin der britischen Königin Victoria, als seine Begleitung mitbrachte.

Im Laufe des Abends wurde der Prinz beim Tanzen mit Caratelli gesehen, doch er dinierte mit Heit und seiner Schwester, Prinzessin Isabella. Heit brach schon frühzeitig auf, vorgeblich wegen einer Anprobe für eine Modenschau am nächsten Morgen. Antony schien dies jedoch nichts auszumachen, denn er verließ die Party erst weit nach Mitternacht mit einer Gruppe von Freunden seiner Schwester zu einer privaten Feier an einem nicht näher bezeichneten Ort.

Auffällig war König Eduardos Abwesenheit bei dem Fest, wodurch Gerüchte neue Nahrung erhielten, dass der Gesundheitszustand des Monarchen nicht so robust ist wie behauptet. In einer offiziellen Erklärung des Palastes heißt es, der König habe sich „um wichtige Staatsangelegenheiten gekümmert". Aus dem Umfeld der königlichen Familie verlautet jedoch, dass der König keine offiziellen Pflichten hatte und den Abend in seinen Privaträumen im Palast verbrachte.

Der König wurde seit mehreren Wochen nicht mehr bei seiner regelmäßigen morgendlichen Laufrunde gesichtet, der Palast hat sich jedoch nicht zu dieser Änderung seiner Tagesroutine geäußert.

Sollten sich die Gerüchte bewahrheiten, wird Prinz Antony

möglicherweise nicht mehr lange der Playboy-Prinz bleiben. Mehreren Insidern zufolge könnte König Eduardos Gesundheitszustand ihn zwingen, eine arrangierte Ehe für seinen ältesten Sohn in Betracht zu ziehen.

Auf diese Möglichkeit angesprochen, räumt Conte Giovanni Sozzani, ein langjähriger Freund des Königs, ein: „Es klingt antiquiert, macht aber durchaus Sinn. König Eduardo stellt seine königlichen Pflichten immer an die erste Stelle und er glaubt, dass es seine wichtigste Aufgabe ist, den Fortbestand der diTalora-Linie zu sichern. Wenn Antony nicht bald heiratet, wird König Eduardo das Gefühl haben, dem Volk von San Rimini etwas schuldig geblieben zu sein."

Antony lehnte jeden Kommentar zu derartigen Plänen ab.

KAPITEL 1

DIE LATRINE DROHTE in spätestens einer Stunde überzulaufen.

Jennifer Allen stützte sich auf ihre Schaufel und trank in tiefen Zügen aus ihrer ramponierten Feldflasche. Ihre Arme und ihr Rücken schmerzten von einem Nachmittag, den sie mit schweren Grabarbeiten in der Sommerhitze zugebracht hatte. Der Schweiß rann ihr in die Augen, wodurch ihre Kontaktlinsen brannten, aber sie konnte jetzt nicht aufhören.

Wenn sie und die anderen Hilfskräfte nicht bald das Loch für die neue Latrine ausgehoben hatten, würden die Bewohner des Haffali-Flüchtlingslagers vielleicht den nahe gelegenen Fluss nutzen, um sich zu erleichtern. Dummerweise lieferte der Fluss auch das Wasser für die Duschen und die Wäsche im Lager.

Jennifer ließ ihre Feldflasche auf den Boden fallen und wandte sich wieder ihrer staubigen Arbeit zu. Als sie die Schaufel hob, um zu graben, sah sie einen überraschend sauberen weißen Transporter, der sich den zerklüfteten Berghang hinunter zum Lager bewegte. Sie lehnte ihre Schaufel an den Rand der Grube. Den Wagen hatte sie schon einmal gesehen. Er gehörte einem amerikanischen Nachrichtensender.

„Hey, Pia." Sie wartete, bis sie die Aufmerksamkeit der stellvertretenden Leiterin des Camps hatte, und wies dann auf die holprige Straße. „Hast du eine Ahnung, was die hier wollen?"

Der Bürgerkrieg in Rasovo tobte nun schon seit sechs Monaten und nur wenige amerikanische Nachrichtenagenturen hatten das Lager besucht, selbst in den frühen Tagen des Krieges, als das amerikanische Interesse an den vertriebenen Bewohnern des Landes seinen Höhepunkt erreicht hatte – wenn man es als Höhepunkt bezeichnen konnte, dass ein Bericht um drei Uhr nachts in den Nachrichten des Senders zu sehen war, dem der weiße Transporter gehörte. Da es in der letzten Zeit in dieser Gegend keine Bombenanschläge gegeben hatte, fiel Jennifer kein Grund ein, warum die Journalisten gerade heute einen Überraschungsbesuch machten.

Wenn die Flüchtlingshilfe, für die sie arbeitete, das Haffali-Lager jedoch für diejenigen, die vor den Kämpfen flohen, weiter offen halten wollte, brauchten sie mehr Spenden. Und noch dringender – sie blickte auf die lange Warteschlange vor der einzigen funktionierenden Latrine – Fachkräfte und Freiwillige, die bereit waren, nach Rasovo zu kommen und mit anzupacken. Vielleicht konnte sie die Störung in eine gute Gelegenheit verwandeln.

„Oh, Mist", brummte Pia, als sie aus der halbfertigen Grube kletterte, um einen besseren Blick auf den Transporter zu haben. „Sie müssen das Gerücht über Prinz Antony gehört haben. Ich hoffe, es macht ihnen nichts aus, mit uns zu reden, während wir arbeiten."

„Welches Gerücht?" Jennifer konnte sich nicht vorstellen, was Europas heißestes Motiv für Titelseiten der Boulevardzeitungen mit dem Haffali-Lager zu tun haben sollte. Abgesehen von der Tatsache, dass sowohl Rasovo als auch sein Heimatland San Rimini auf dem nördlichen Ende der Balkanhalbinsel lagen, sah sie keine Verbindung.

Pia hob eine Augenbraue. „Habe ich dir das nicht erzählt?

Einige der Bewohner von Zelt B haben im Radio gehört, dass Prinz Antony das Lager morgen besuchen will. Sie baten mich um Bestätigung, da ich aus San Rimini bin. Ich habe aber nie eine Nachricht vom Palast erhalten, also habe ich ihnen gesagt, dass es nur ein Gerücht ist."

Auch über Jennifers Schreibtisch war nichts gegangen.

„Ich bin sicher, du hast Recht. Prinz Antony betreut Hunderte von sauberen Wohltätigkeitsvereinen anderswo in Europa, die er für seine Öffentlichkeitsarbeit nutzen kann. Warum sollte er einen guten Anzug bei einem Besuch hier schmutzig machen?" Die verstorbene Mutter des Prinzen, Königin Aletta, war bei Menschenrechts- und Wohltätigkeitsorganisationen für ihr großes und leidenschaftliches Engagement bekannt gewesen. Auch wenn Antony und seine Geschwister nach dem Tod der Mutter vor fünf Jahren eingesprungen waren, hatte Antony nicht das Fingerspitzengefühl seiner Mutter. Einige im Non-Profit-Sektor glaubten, dass er immer noch dabei war, Fuß zu fassen, während andere spekulierten, dass seine Auftritte so kalkuliert waren, dass sie das öffentliche Image seiner Familie am ehesten verbesserten. Niemand beschwerte sich, weil diese Auftritte die Aufmerksamkeit erhöhten, aber Jennifer nervte ein solches Verhalten.

Sie schüttelte den Kopf und dachte an die Pracht des Palastes von San Rimini. Das Lager in Haffali lag nur einen Tagesmarsch von der Grenze entfernt, doch die Leichtigkeit des Lebens auf San Riminis Seite der Berge erweckte den Anschein, als wäre es eine ganz andere Welt, weit weg von den Verwüstungen in Rasovo. Es war Pech für die Menschen in Haffali, dass die meisten Einwohner von San Rimini nichts an dieser Situation ändern wollten.

Viele Stimmen erhoben sich, als einige der Flüchtlinge den Übertragungswagen entdeckten.

„Was willst du tun?", fragte Pia. „Wir haben keine Zeit für so etwas."

Jennifer schob eine verirrte Locke unter ihre Colorado-Rockies-Kappe, dann hob sie ihre Schaufel. „Lass uns weitergraben. Bis die Journalisten mich gefunden und erfahren haben, dass kein königlicher Besuch geplant ist, wird die Grube fertig sein. Dann kann ich versuchen, sie zu einem Bericht über das Lager als solches zu bewegen. Um die Nachricht zu verbreiten, dass wir dringend mehr Hilfskräfte brauchen."

Pia schnaubte, als sie zurück in die Grube sprang, um weiterzuschaufeln. „Nette Idee, Jen, aber warum sollte jemand von einem überfüllten, deprimierenden Flüchtlingslager berichten, wenn sein Auftrag darin besteht, den Leuten ein paar Bilder von einem stinkreichen, umwerfend schönen Märchenprinzen auf den Bildschirm zu zaubern?"

Jennifer stimmte im Stillen zu, schwor sich aber, die Reporter zu einem Artikel über ihren Bedarf an Hilfskräften zu überreden.

Außerdem hatte sich der Märchenprinz, wenn sie sich richtig an das Märchen erinnerte, nicht ein einziges Mal die Hände schmutzig gemacht, um Aschenputtel bei ihrer Arbeit zu helfen. Er tanzte auf Bällen im Schloss und hatte eine Vorliebe für zierliche Glasschühchen. Sie dagegen brauchte Leute, die bereit waren, mit anzupacken und zu helfen. Leute, die Arbeitsschuhe zu schätzen wussten. Keinen Märchenprinzen.

PRINZ ANTONY MURMELTE ein besonders unkönigliches Schimpfwort in seiner italienischen Muttersprache, als der Hubschrauber in dem Flüchtlingslager landete, das nur wenige Flugminuten hinter der Grenze von Rasovo lag. Er war vor dem Ausbruch der Feindseligkeiten schon einige Male durch dieses Land gereist, aber es hatte dort nie nach Jauche gestunken. Er schrie über den Lärm des Hubschraubers hinweg: „Ich weiß, dass Rasovo seine Probleme hat, aber was könnte so übel riechen?"

Wie kam es, dass der Gestank nicht bis nach San Rimini hinübergeweht war?

Emiliano, Antonys langjähriger Pilot, bedachte den Prinzen mit einem schwachen Lächeln. „Es ist nur vorübergehend, Hoheit. Soweit ich weiß, gab es gestern ein Problem mit den Sanitäranlagen. Wir stehen im Moment in Windrichtung. Es wird nicht mehr so unangenehm sein, wenn Sie im Lager selbst ankommen."

Antony nickte und war froh, dass seine persönliche Assistentin Harriet ihm geraten hatte, ein legeres Hemd und eine Wanderhose zu tragen anstatt des eleganteren Outfits, das er für heute geplant hatte. Nach der jüngsten Welle von Spendengalas, Einweihungen und Gedenkfeiern, an denen er im Rahmen seiner königlichen Pflichten hatte teilnehmen müssen, hatte er fast vergessen, wie es war, eine Gegend zu besuchen, in der es kein fließendes Wasser und keine zuverlässige Stromversorgung gab. Wo es bestenfalls chaotisch zuging.

Er berührte das Papier in seiner Brusttasche. Mit etwas Glück würde der großzügig bemessene Spendenscheck der königlichen Familie, den er bei sich trug, solche Probleme lösen.

Er kniff die Augen zusammen und nahm das Terrain in Augenschein. Das Flüchtlingslager erstreckte sich vor ihnen entlang der Talsohle auf beiden Seiten des so genannten Haffali-Flusses, der fast ausgetrocknet war und dem Camp seinen Namen gab. Nördlich und östlich des Lagers schirmten zerklüftete Berge das Flusstal von den schlimmsten Kämpfen ab. Hinter ihm, im Süden und Westen, bildeten weitere, niedrigere und sanft abfallende Berge die Grenze zwischen Rasovo und San Rimini.

In der Nähe hielten zwei Übertragungswagen auf der Straße an, die zu dem behelfsmäßigen Landeplatz führte. Ein Land Rover, der schon bessere Tage gesehen hatte, rumpelte an den

Wagen vorbei und fuhr dann die kurze Strecke bis zum Rand der Landefläche.

„Das ist Ihre Fahrgelegenheit, Hoheit", sagte Emiliano, der den Geländewagen bemerkt hatte, als sich die Vordertür öffnete. „Ich bleibe beim Hubschrauber und erwarte Sie in zwei Stunden wieder hier."

„Ich danke Ihnen. Das sollte mehr als genug Zeit sein." Antony löste seinen Sicherheitsgurt und kletterte aus dem Hubschrauber. Er hielt kurz inne, als er sah, dass der Fahrer des Land Rovers bereits über den Landeplatz auf ihn zulief.

Eine Fahrerin. Aus irgendeinem Grund hatte er nicht erwartet, dass eine Frau dieses maskuline Fahrzeug fahren würde, schon gar nicht eine so gut aussehende Frau. Im Geiste tadelte er sich für diese Annahme.

Sie wirkte auf ihn wie jemand, der viel draußen war. Ein wenig burschikos. Und eindeutig amerikanisch. Ihr lockiges rotes Haar hatte sie zu einem Pferdeschwanz zusammengebunden und hinten durch das Loch in ihrer Baseballkappe der Colorado Rockies gezogen. Sie trug ein staubiges blaues Shirt, khakifarbene Shorts und hatte aufgeschürfte Knie. Ihre Schienbeine waren mit Blutergüssen übersät. Auf ihrem Gesicht fand sich keine Spur von Make-up.

Trotz ihrer abgerissenen Erscheinung bewegte sie sich selbstbewusst. Sie war etwa so groß wie ein durchschnittlicher Mann und ihre abgetragene Outdoor-Kleidung verbarg nichts von ihren athletischen Kurven.

Sie schüttelte ihm die Hand – es war ein netter, fester Händedruck – und sagte etwas, das er nicht verstand, wahrscheinlich ihren Namen. Das Geräusch der surrenden Hubschrauberblätter, die nur langsam zum Stillstand kamen, übertönte alles.

Er verzichtete darauf, um eine Wiederholung zu bitten. Sie war seine Fahrerin, was bedeutete, dass die Dauer ihrer Bekanntschaft von der Länge des Weges zum Zentrum des

Lagers und zurück abhängen würde, und er wollte nicht, dass sie dachte, er hätte nicht zugehört.

Er stellte sich auf Englisch vor. Dabei sprach er nahe an ihrem Ohr und fügte dann hinzu: „Ich fühle mich geehrt, dass ich die Gelegenheit habe, Ihr Lager zu besuchen."

Er bezwang sich, damit er sich nicht noch weiter zu ihr herüberbeugte, als er kurz den Duft ihrer Haut wahrnahm. Sie roch sauber und nach frischer Luft, als hätte sie gerade geduscht oder sich in einem Waschbecken mit einem einfachen Stück Seife gewaschen. Es war meilenweit entfernt von den schweren Parfüms, die er oft an den Frauen wahrnahm, denen er bei offiziellen Anlässen begegnete.

Sie lächelte zur Begrüßung – ein breites Grinsen, das es leichter machte, den Staub des unwirtlichen Lagers zu ignorieren. „Wir freuen uns, Sie hier zu haben, obwohl ich sagen muss, dass es eine Überraschung ist. Der Palast hat uns erst vor ein paar Stunden von Ihrem Besuch in Kenntnis gesetzt." Sie wies auf den Land Rover. „Hier entlang, Hoheit."

Er winkte den Journalisten zu, die am Rand des Landeplatzes standen, als er ihr zum Fahrzeug folgte. Auf dem Beifahrersitz stand eine große Erste-Hilfe-Tasche, also ließ er sich auf dem Rücksitz nieder. Sobald er bequem saß, klappte er das Notizbuch auf, das er in seine Hosentasche gesteckt hatte, und überflog die Stichpunkte, die Harriet ihm geliefert hatte. Er fluchte innerlich und wünschte, er hätte mehr Zeit gehabt, um die Informationen über die Flüchtlingshilfe zu lesen.

Es war nicht so, dass er nicht hätte herkommen wollen. Im Gegenteil, sein Vater, König Eduardo, hatte ihm von Geburt an eingeschärft, dass es seine Pflicht als Kronprinz von San Rimini war, den weniger glücklichen Nachbarn seines Landes in Zeiten der Not beizustehen. Aber man hatte ihm monatelang gesagt, das Haffali-Flüchtlingslager wäre nicht sicher und er könnte einen Besuch nicht riskieren. Er war überrascht gewesen, als Harriet gestern Abend, wenige Minuten nach seiner Rückkehr von einem ausgedehnten Staatsbesuch in China, sein Büro betreten und ihm mitgeteilt hatte, dass sich die Kämpfe in Rasovo nach Osten verschoben hätten. Sie hatte seine Reise für den nächsten Tag angesetzt, bevor sich die Kämpfe möglicherweise wieder zurückverlagerten. Er war von dem Flug noch zu erschöpft gewesen, um das Material zu lesen, das sie vorbereitet hatte.

Hoffentlich würde die großzügige Spende über die Tatsache hinwegtäuschen, dass er über diese Organisation nicht wusste, was er eigentlich wissen sollte.

Er klappte das Notizbuch zu. Vielleicht konnte seine hilfsbereite, aber namenlose Fahrerin ihn über die wichtigen Einzelheiten aufklären.

„Man sagte mir, dass die Leiterin des Camps ebenfalls Amerikanerin ist. Jennifer Allen. Wird sie heute die Führung machen?"

„Ja, so ist es geplant", antwortete die Rothaarige und legte die Stirn in Falten, während sie das Fahrzeug vom Landeplatz zurücksetzte.

Mochte sie Miss Allen nicht?, fragte er sich. Er betrachtete die Fahrerin im Rückspiegel. Ihr bedrückter Blick verschwand so schnell, dass er fast glaubte, er hätte ihn sich eingebildet. Sie hatte große blaue Augen, einen freundlichen Blick, eine sommersprossige Nase und einen vollen, sinnlichen Mund. Einen Mund – darauf könnte er wetten –, der oft lächelte, den winzigen Lachfalten auf beiden Seiten nach zu urteilen. Sie schien ihm nicht der Typ zu sein, der andere ohne guten Grund ablehnte.

In der Hoffnung, mehr über die Leiterin des Lagers zu erfahren, sagte er: „Ich bin überrascht, dass man Sie allein zum Hubschrauberlandeplatz geschickt hat. Ich dachte, Miss Allen und der Rest ihres Teams würden auch kommen."

Die Fahrerin zuckte mit den Schultern und blickte dann mit einem schiefen Lächeln nach hinten. „Eigentlich bin ich überrascht, dass *Sie* die Reise allein gemacht haben. Ich war davon ausgegangen, dass ich eine Horde von Aufpassern fahren würde, und war nicht sicher, ob genug Platz im Fahrzeug sein würde."

Jetzt war es an ihm, die Stirn zu runzeln. Obwohl er während seiner gesamten Schulzeit Englisch belegt hatte, musste er immer noch im Kopf übersetzen. Ungewöhnliche Wörter und Sätze verwirrten ihn manchmal und zwangen ihn, aus dem Kontext auf ihre Bedeutung zu schließen. „Aufpasser? Meinen Sie Assistenten?"

„Oder Bodyguards."

„Ah. Ich bringe keine Bodyguards zu Wohltätigkeitsbesuchen mit."

Ihre Augenlider zuckten. Hatte er sie mit seiner Bereitschaft, ohne Schutz zu reisen, beeindruckt?

„Ich schätze, dass Ihre Wohltätigkeitsbesuche normalerweise sicherer sind als dieser hier."

Nun ja. Vielleicht auch nicht. „Mein Security-Team hat mir versichert, dass es in der Gegend keine Kämpfe mehr gibt und es im Moment relativ sicher ist."

„Das trifft zu." Sie lenkte den Land Rover von der linken Seite der unbefestigten Straße weg, um einer Gruppe von Flüchtlingen auszuweichen, die auf dem Weg ins Lager waren. Er hielt sich an der Rückenlehne ihres Sitzes fest, als das Fahrzeug über eine Böschung aus Unkraut und Schlamm holperte.

Sie erreichten wieder festen Boden und er ließ los, um sich zum Fenster zu lehnen und einen besseren Blick auf die Gruppe zu erhaschen. Drei Frauen, sechs Kinder, ein Mann. Sie brauchten dringend ein Bad. Alle sahen hungrig aus und Erschöpfung stand in ihren Augen. Der Mann zog einen Karren hinter sich her, der mit Bettzeug, Kleidung und ein paar handgeflochtenen Körben beladen war, die mit was auch immer gefüllt waren. Antony fragte sich, welche Schrecken sie seit Beginn der Kämpfe erlebt hatten.

„Ich gebe zu, dies ist nicht der sicherste Ort, an dem ich je war", sagte er, als sie die Flüchtlinge hinter sich gelassen hatten. „Aber ich hatte schon seit einiger Zeit vor, hierherzukommen. Meine Familie sieht es als ihre Pflicht an, den Nachbarn von San Rimini in Zeiten der Not beizustehen, und diese Pflicht nehme ich sehr ernst."

Sie lenkte den Land Rover von der Straße und hielt neben einem Trailer, an dem ein Schild hing, das ihn als Hauptbüro des Lagers auswies. Dahinter warteten Hunderte von Flüchtlingen, einige in noch schlechterer Verfassung als die Gruppe, an der sie auf der Straße vorbeigefahren waren, in einer Schlange vor vier Klapptischen, an denen Helfer saßen.

In der Nähe befand sich ein Lazarett, auf dessen Dach ein großes rotes Kreuz prangte. Ein Stück weiter bergab befand sich ein Essenszelt – der Schlange von Menschen mit Tabletts nach zu urteilen, die darauf warteten, hineingelassen zu werden. Auf der gegenüberliegenden Seite des Flusses waren zwei große Zelte errichtet worden, die offenbar als Wohnquartiere dienten. Behelfsunterkünfte, die hauptsächlich aus Decken, Pappe und Wellblech bestanden, verteilten sich am Hang in der Nähe des Essenszeltes und schienen ebenso viele Menschen zu beherbergen wie die beiden großen Zelte – oder sogar noch mehr. Eine Fußgängerbrücke verband die beiden Bereiche.

Er atmete tief durch, als er die Szene auf sich wirken ließ. Manchmal vergaß er, wie anders das Leben außerhalb der sicheren Grenzen seines eigenen Landes und abseits der glanzvollen Zeremonien und Bankette sein konnte, an denen er oft teilnahm.

„Immer wenn sich die Kämpfe verlagern, führt das zu einem neuen Zustrom von Flüchtlingen. Letzte Woche war es ruhig. Gestern und heute war viel los." Sie parkte den Land Rover. „Nicht wie das vorhersehbare Leben in San Rimini, nicht wahr?"

Konnte sie Gedanken lesen?

„Es ist sicher nicht leicht für Sie hier. Die meisten Leute würden ihre Zeit nicht unter solchen Bedingungen verbringen wollen."

Sie drehte sich auf ihrem Sitz um und antwortete voller Überzeugung: „Es ist nicht leicht, aber es gibt keinen Ort, an dem ich lieber wäre. Für uns alle, die wir im Lager arbeiten, ist die Hilfe für die Bevölkerung von Rasovo ein Liebesdienst. Es sind wunderbare Menschen, wie Sie während der Führung sehen werden. Sie wären die ersten, die anderen ihre Hand reichen würden, wenn die Situation umgekehrt wäre."

„Dann lassen Sie uns gehen." Er konnte nicht anders, als ihren Enthusiasmus zu bewundern. Er wünschte, seine Fahrerin würde ihn anstelle von Miss Allen herumführen. Inmitten dieser deprimierenden Lage fand er ihren Optimismus und ihre aufrichtige Zuneigung zu den Einheimischen geradezu hinreißend. Er fragte sich, was sie dazu trieb, einen so schwierigen Job zu wählen. Nach dem Wenigen, was er gesehen hatte, schien sie der Typ zu sein, der in jeder Umgebung erfolgreich sein konnte.

Als er aus dem Fahrzeug stieg, durchströmte ihn ein seltsames Gefühl. Irgendetwas stimmte nicht. Er blickte sich einen Moment lang um und konnte nicht genau sagen, was mit der Szenerie nicht in Ordnung war. Dann machte es klick. Keine Medien. Kein einziger Van war ihnen vom Hubschrauberlandeplatz aus gefolgt. Tatsächlich schien niemand – nicht einmal die Gruppe von Flüchtlingen in der Nähe des Trailers – seine Ankunft zu bemerken.

Fast ein Jahr war seit seinem letzten Besuch von ausländischen Flüchtlingslagern vergangen. Damals hatte er Orte in einem Gebiet des Himalaja besichtigt, das von mehreren Erdbeben getroffen worden war. Er erinnerte sich daran, dass er sich kaum vor Menschen retten konnte, die einem berühmten Besucher an einem ansonsten verwüsteten Ort die Hand schütteln wollten. Handgeschriebene Transparente hießen ihn willkommen und die Kinder waren begeistert über die Gelegenheit, traditionelle Lieder und Tänze aufzuführen.

Was war dieses Mal passiert?

„Sind uns die Übertragungswagen nicht gefolgt?", fragte er. „Meine Assistentin hat ausdrücklich darum gebeten, dass die San Rimini Nachrichten und CNN International mich auf der Tour begleiten dürfen. Hatte Miss Allen Schwierigkeiten mit der Organisation?"

„Jeweils ein Reporter aus San Rimini und von CNN wird im Lazarett zu Ihnen stoßen. Die anderen wurden gebeten, zu warten, bis wir die Besichtigung der Krankenstationen beendet haben, und werden Sie dann während Ihres restlichen Besuchs begleiten."

„Miss Allen hat sie darum gebeten? Und sie waren einverstanden?"

Ihre Brauen hoben sich. „Das ist richtig."

Er hatte ernsthafte Bedenken, was Jennifer Allen betraf, dabei hatte er die Frau noch gar nicht getroffen.

„Warum hat sie das getan? Ich nahm an, sie würde Wert darauf legen, dass die Aufmerksamkeit auf das Lager und seine Bedürfnisse gelenkt wird."

Die Fahrerin zeigte auf die Menschenmenge, die hinter dem Trailer anstand. „Zunächst einmal sind die Flüchtlinge, die ins Lager kommen, gegenüber Reportern vorsichtig. Sie sind um ihr Leben gerannt und waren manchmal gezwungen, sich tage- oder sogar wochenlang in den Bergen zu verstecken, bevor sie hier ankamen. Sie fürchten, dass die Leute, die sie aus ihren Häusern vertrieben haben, sie in den Nachrichten sehen und verfolgen könnten. Bis sie sich an das Leben im Camp gewöhnt haben und erkennen, dass sie hier sicher sind, ist es am besten, die Presse von ihnen fernzuhalten."

Ihre Aufmerksamkeit richtete sich auf das Lazarett. „Zweitens: Unsere Krankenstationen sind überbelegt. Wir können die Presse schlicht und einfach nicht unterbringen." Sie hielt inne, als ob sie überlegen würde, wie sie das, was sie als Nächstes sagen wollte, am besten formulieren sollte. „Es hat heute Morgen viel Zeit gekostet, die Reporter davon zu überzeugen, dass nur die beiden speziell von Ihnen genannten Journalisten das Lazarett betreten dürfen, und das auch nur aus Rücksicht auf Ihre Wünsche. Nachdem die Reporter verstanden hatten, dass wir nicht viel Platz haben, erklärten sie sich großzügig bereit, zu warten, bis Sie diesen Teil Ihres Rundgangs beendet haben.“

„Ich kann Ihre Schwierigkeiten verstehen“, antwortete er langsam und darauf bedacht, die richtigen Worte zu finden, um seinen Standpunkt klarzumachen, ohne sie zu beleidigen. Er fand ihre Offenheit erfrischend. Und attraktiv. Die meisten Frauen – die meisten Männer übrigens auch – hielten in seiner Gegenwart mit ihren wahren Gefühlen hinter dem Berg und er wollte sie nicht von ihrer Haltung abbringen. Nach einem tiefen Atemzug fügte er hinzu: „Ich habe jedoch schon mit einigen dieser Journalisten zusammengearbeitet. Sie können gute Werbung für Ihre Sache machen und sind sensibel für Ihr Bedürfnis nach –“

„Hier ist die Frau, auf die ich gewartet habe. Dann können wir mit dem Rundgang beginnen.“

Verblüfft darüber, dass ihm das Wort abgeschnitten wurde, folgte er ihrem Blick und sah eine kleine blonde Frau, die aus der Richtung des Essenszeltes auf sie zujoggte. Sie trug ein Klemmbrett unter dem Arm, was er als Hinweis wertete, dass sie die berüchtigte Leiterin des Flüchtlingscamps sein musste.

„Tut mir leid, dass ich zu spät komme, Hoheit“, entschuldigte sie sich, als sie die schmale Straße überquerte. Sie sprach Italienisch mit dem Akzent von San Rimini. „Ich musste noch einen Anruf von unserer US-Zentrale entgegennehmen. Ich hatte gehofft, Sie am Hubschrauber begrüßen zu können.“

Er streckte die Hand aus und schenkte ihr ein, wie er hoffte, gewinnendes Lächeln. Er musste sie davon überzeugen, die

Medienfahrzeuge auf das Gelände zu lassen. Obwohl der Hauptzweck seines Besuchs darin bestand, das Flüchtlingslager mit eigenen Augen zu sehen und finanzielle Hilfe anzubieten, wollte er auch, dass die königliche Familie in einem guten Licht erschien – indem sie nämlich Bedürftigen half –, damit andere in seiner Position in Erwägung zogen, es ihm gleichzutun. Da Miss Allen offensichtlich die italienische Sprache beherrschte – dazu noch mit dem Akzent von San Rimini –, wusste sie sicherlich auch etwas über sein Land und dessen karitative Tradition.

„Es ist mir ein Vergnügen, Sie kennenzulernen, Miss Allen.“

Die Blonde nahm zögernd seine Hand. „Ich freue mich auch, Hoheit, aber ich fürchte, Sie verwechseln da etwas. Ich bin Pia Renati, die stellvertretende Leiterin des Camps. Sie kennen meinen Cousin, Visconte Renati, glaube ich.“

„Er ist ein guter Freund“, brachte Antony verwirrt hervor. „Ich habe letzte Woche mit ihm über einen Beitrag zu einem Stipendienfonds gesprochen, den ich kürzlich eingerichtet habe. Sie sind also nicht –?“

„Das ist Jennifer Allen.“ Die Blondine wechselte ins Englische, als sie seiner Fahrerin das Klemmbrett reichte. „Sie ist die Leiterin des Haffali-Flüchtlingslagers und wird Sie heute auf Ihrer Tour begleiten. Sie kann Ihnen alle Ihre Fragen über das Lager und unsere Flüchtlingshilfe beantworten.“

Er fuhr zu seiner Fahrerin herum. „Sie sind Jennifer Allen? Sie nehmen mich mit auf den Rundgang?“

Er hatte es sich anfangs gewünscht, aber jetzt nicht mehr. Nicht, nachdem er deutlich gemacht hatte, dass er mit der Art und Weise, wie sie mit den Medien umging, nicht einverstanden war. Vor allem nicht, nachdem er ihren Namen nicht verstanden und sie als Fahrerin abgetan hatte, die er nur ein paar Minuten lang sehen würde. Und dann hatte er ihr auch noch Fragen über sie selbst gestellt, als wäre sie eine dritte Person!

Er nahm sich vor, demnächst vorsichtiger zu sein, was er sich wünschte, und allgemein besser aufzupassen.

Er hatte sich blamiert, was ihn maßlos ärgerte. Allerdings hatte sie ihn nicht korrigiert, obwohl sie reichlich Gelegenheit dazu gehabt hätte. Frauen mit ihrer Selbstbeherrschung und ihren großen eindrucksvollen Augen – ganz zu schweigen von ihrer umwerfenden Figur – machten einen Mann leichtsinnig. Als Kronprinz von San Rimini konnte er es sich nicht leisten, leichtsinnig zu sein.

„Ja, ich bin Jennifer Allen", wiederholte sie. Trotz seines Fauxpas ließ sie sich nicht aus der Ruhe bringen. „Ich hielt es für wichtig, dass Sie Pia kennenlernen, denn als Bürgerin von San Rimini hat sie ihre Beziehungen genutzt, um für mehrere Flüchtlingsfamilien eine vorübergehende Bleibe in Ihrem Land zu finden."

Jennifer bedankte sich bei ihrer Assistentin für die Informationen auf dem Klemmbrett und wies dann ganz geschäftsmäßig in Richtung des Lazaretts. „Wenn Sie mich begleiten, Hoheit, zeige ich Ihnen gern das Lager, damit Sie danach noch reichlich Zeit mit den Reportern verbringen können."

Jennifer versuchte, ihn nicht anzustarren, als ein Nerv am Kiefer des Prinzen zuckte. Sie wusste, dass jeden Moment Widerspruch aus seinem Mund kommen würde, und sie war nicht sicher, ob sie ihre Fassade der Gelassenheit noch viel länger aufrechterhalten konnte.

Dass Pia den Prinzen als atemberaubend bezeichnet hatte, war die Untertreibung des Jahres. *Atemberaubend* beschrieb Prinz Antony noch nicht einmal ansatzweise. Kein Wunder, dass die Journalisten, die am Hubschrauberlandeplatz warteten, unbedingt ein Foto von ihm schießen wollten. Natürlich hatte sie Prinz Antony schon im Fernsehen in den Promi-News gesehen und sein gutes Aussehen bemerkt. Wer würde das nicht? Aber sie hatte ihn nie so faszinierend gefunden, dass sie nicht zu den Tatsachenberichten über politische Ereignisse und Katastrophen wie Kriege, Erdbeben und Dürren umgeschaltet hätte, die Organisationen wie die ihre betrafen.

Prinz Antony in natura zu sehen, war eine ganz andere Sache.

Ein Flachbildschirm konnte nicht die Breite seiner Schultern vermitteln, die Linie seines wohlgeformten Kiefers, die Struktur seines welligen schwarzen Haares oder den ruhigen Stolz und die Selbstsicherheit, die sich in seinem Gang ausdrückten, als er sich ihr vom Hubschrauber aus genähert hatte. Er hatte seinen Blick anerkennend über ihren Körper wandern lassen und sie dann mit einem warmen Händedruck, einem Blitzen in seinen blassblauen Augen und einem umwerfenden Lächeln begrüßt, das sie innerlich dahinschmelzen ließ.

Dann hatte er sich so weit zu ihr hinübergeneigt, dass sie sein teures Rasierwasser riechen konnte, und ihr gesagt, wie sehr er sich freue, diese Reise machen zu können. Die Krönung aber war sein sexy Akzent. Sie war überzeugt gewesen, dass ihm in diesem Augenblick keine andere Frau auf der Welt so wichtig war wie sie und auch keine andere Sache so bedeutsam wie die, für die sie eintrat. Sie konnte nicht glauben, dass sie sich so sehr in ihm und seinem Engagement für wohltätige Zwecke getäuscht hatte. Er schien sich aufrichtig für die Menschen in Rasovo zu interessieren. Das machte ihn beinahe unwiderstehlich. Himmel, sie wäre fast in Ohnmacht gefallen, als sie in den Land Rover eingestiegen war.

Und dann hatte er ihren Namen vergessen.

In diesem Moment wurde ihr klar, dass er sich in nichts von den Politikern unterschied, die ihren Eltern während deren Arbeit mit Vertriebenen in Vietnam und Kambodscha leere Versprechungen über Finanzierung und Unterstützung gemacht hatten.

Wie diese Politiker war auch Prinz Antony darauf trainiert worden, Helfern das Gefühl zu geben, dass er sich wirklich für ihre Belange interessierte. In seinem Innersten war er jedoch wahrscheinlich nicht um ein Jota mehr interessiert, als seine königliche Position es erforderte.

Sie machte sich Vorwürfe, dass sie seinem Charme erlegen war, und beschloss, ihn weiter in dem Glauben zu lassen, dass sie nicht die Leiterin des Lagers wäre. Sie stellte ihn auf die Probe, um zu sehen, wie er auf den Gestank, den Flüchtlingsstrom des Tages und die Tatsache reagieren würde, dass die Medien auf der anderen Seite des Lagers blieben, während sie ihn durch das Zentrum des Geländes führte.

Den Geruch, der von der Latrine ausging, die noch nicht saniert und abgedeckt worden war, hatte er nicht erwähnt. Er hatte sein Mitgefühl für die Flüchtlinge zum Ausdruck gebracht, die die Straße entlangliefen. Das waren Punkte, die für ihn sprachen und die sie zunächst zweifeln ließen, ob sie wieder einmal zu vorschnell geurteilt hatte.

Aber dann hatte er sich über die fehlende unmittelbare Aufmerksamkeit der Medien geärgert und sie kam zu dem Schluss, dass sie zu Recht misstrauisch gewesen war. Prinz Antonys angebliche Begeisterung über die Reise nach Rasovo bezog sich einzig und allein auf das Auftauchen von Reportern, die jeden seiner Schritte sensationslüstern verfolgten. Sie fragte sich, ob er irgendetwas über die Flüchtlinge wusste, über die Umstände, die sie hierhergetrieben hatten, oder über das, was sie jetzt erwartete.

Sie blickte zum Hügel auf der gegenüberliegenden Seite des Lagers hinüber und bemerkte, dass dort mehrere Fotografen in Stellung gegangen waren und ihre Kameras auf sie gerichtet hatten. Prinz Antony folgte Jennifers Blick und öffnete dann den Mund, als wollte er sich erneut für eine stärkere Medienpräsenz einsetzen.

„Hoheit", sagte sie in der Hoffnung, sein Gegenargument zu

unterbinden, ehe er es vorbringen konnte, „ich habe eine neunzigminütige Führung für Sie geplant. In der ersten Stunde werden wir die Einrichtungen des Lagers besichtigen. Ich zeige Ihnen, was für harte Arbeit wir in Haffali leisten, und beantworte alle Fragen, die Sie zu unserer Mission oder unseren Methoden haben. Wir fangen mit dem Lazarett an, denn ich weiß, dass Sie die Medien so lange wie möglich während Ihrer Zeit hier dabeihaben wollen."

Sie machte sich auf den Weg zum Lazarett und hoffte inständig, dass er ihr widerstandslos folgen würde. „Die Kinder möchten Ihnen zum Dank, dass Sie sich Zeit für einen Besuch genommen haben, etwas vorführen. Ich hielt es für das Beste, dies am Ende Ihres Rundgangs stattfinden zu lassen, wenn alle Reporter dabei sein können. Außerdem ist nach dieser Präsentation eine Phase vorgesehen, in der die Medienvertreter Fragen über das Lager und Ihre Gründe für den Besuch stellen können."

Gründe, die sie selbst gerne hören würde.

Er zögerte, blickte noch einmal zur Schar der Fotografen hinüber und wies dann in die Richtung, die sie eingeschlagen hatte. Während sie liefen, lächelte er versöhnlich und sagte: „Wunderbar. Ich freue mich darauf, zu erfahren, was ich kann."

Erleichterung durchflutete sie. Eins zu null für Jennifer.

„Das ist unser Feldlazarett", sagte sie, als sie die letzten Schritte zum Zelt zurücklegten. „Wir haben derzeit sieben Ärzte im Team. Drei aus den Vereinigten Staaten, zwei aus Italien und je einer aus der Schweiz und San Rimini."

Sie führte den Prinzen durch die Holztüren der teilweise festen Konstruktion und bemerkte die Überraschung, die sich in seinen Augen widerspiegelte, als er die langen Reihen von Feldbetten an den Wänden betrachtete. Jennifer nickte einer der Krankenschwestern zu, die fast eine Bettpfanne fallen ließ, als sie den dunkelhaarigen Mann in der Tür erblickte. „Wie Sie sehen, Prinz Antony, reichen sieben Ärzte bei Weitem nicht aus, um den Bedarf zu decken. Zum Glück haben wir mehr als ein Dutzend Krankenschwestern, die eine Reihe von Aufgaben übernommen haben, darunter auch solche, die normalerweise Ärzten vorbehalten sind. Zwei unserer Schwestern sprechen die Landessprache, sodass sie auch als Übersetzerinnen fungieren."

Er wirkte hinreichend beeindruckt. „Rasovarisch ist eine schwierige Sprache. Ich verstehe selbst nur sehr wenig. Ein Glück, dass Sie Mitarbeiterinnen finden konnten, die es fließend sprechen."

Als sie zustimmend nickte, wies er auf die Pritschen. „In diesem Zelt müssen sich mehrere hundert Patienten befinden. Von außen würde man das nicht vermuten."

„Ungefähr dreihundertfünfzig. Die Zahlen schwanken von Tag zu Tag."

Die beiden Journalisten, die sie zu der Führung zugelassen hatte, schlossen sich ihnen an, dann führte sie die Gruppe an der ersten Reihe von Betten entlang und stellte den Prinzen einigen der Patienten vor. Da sie den Flüchtlingen erst gestern gesagt hatte, dass Prinz Antony nicht kommen würde, blieb vielen der Mund vor Schreck offen stehen, als er auf sie zukam, ihnen die Hand schüttelte, seine besten Genesungswünsche aussprach und dem Wunsch nach einem schnellen Ende der Gewalt im Land Ausdruck verlieh.

Nachdem sie die erste Reihe von Betten abgegangen waren, hielt sie den Vorhang auf, der die Erwachsenen- von der Kinderabteilung des Lazaretts trennte. Es ging ihr immer sehr nahe, so viele verletzte und kranke Kinder zu sehen, von denen viele noch zu klein waren, um zu begreifen, was mit ihnen geschah. Ihr wurde warm ums Herz, als ihr Blick auf Josef fiel, einen elfjährigen Jungen, dessen Vater vermisst wurde und der auf seinem Bett lag und ein Fadenspiel machte. Trotz der Sorge um seinen Vater und der Schmerzen durch seine eigenen Verletzungen gelang es Josef immer, sich selbst und die Menschen um ihn herum froh zu stimmen. Erst vor zwei Tagen hatte er eine Origami-Taube für Jennifers Schreibtisch gebastelt.

„Für dich. Für den Frieden. Damit wir beide bald nach Hause können, ja?" Das warme Lächeln, das er ihr geschenkt hatte, als er diesen Wunsch auf Englisch äußerte, hatte sie gerührt. Da und dort hatte sie den optimistischen kleinen Jungen in ihr Herz geschlossen.

„Hi, Josef." Sie zwinkerte ihm zu, als sie mit Prinz Antony näher kam. Sie sprach langsam, als sie ihn in seiner Sprache fragte: „Wie geht es deinem Bein heute? Besser?"

Er ließ sein Fadenspiel sinken und nickte, aber sein Blick blieb an dem Mann neben ihr hängen.

Sie wechselte ins Englische und sagte: „Das ist Prinz Antony. Er ist heute zu Besuch ins Lager gekommen, um Menschen wie dich zu treffen und etwas über deine Erfahrungen zu hören. Möchtest du mit ihm sprechen, um dein Englisch zu verbessern?"

Zu Prinz Antony gewandt, fügte sie hinzu: „Er ist seit einigen Monaten nicht mehr in der Schule gewesen und hatte keine Gelegenheit zum Üben."

Josef nickte, während er sich mühsam im Bett aufrichtete, aber der Prinz streckte eine Hand aus, um ihn zurückzuhalten. „Bitte, entspann dich, Josef. Ich werde mich setzen." Er zog einen Stuhl heran, der neben Josefs Bett an der Wand stand, und nahm Platz. „Wie lange bist du schon hier?"

„Zwei Wochen", wisperte Josef ehrfürchtig. „Sie sind wegen mir hierhergekommen? Um mich zu besuchen?"

„Ich bin hergekommen, um alle im Haffali-Lager zu besuchen." Der Prinz beugte sich vor und senkte seine Stimme zu einem verschwörerischen Ton: „Aber ich freue mich sehr, dich kennenzulernen."

Josefs Augen weiteten sich. Einer der Reporter schoss ein Foto. Jennifer wünschte, sie hätte selbst eine Kamera, um diesen Moment für Josefs Mutter festzuhalten.

Der Prinz betrachtete das dick verbundene Bein des Jungen. „Bist du mit dieser Verletzung ins Lager gekommen?" Als Josef nickte, setzte Prinz Antony hinzu: „Es muss schwierig gewesen sein, so zu reisen. Du bist tapfer."

Mit stolzgeschwellter Brust erwiderte der Junge: „Meine Mutter sagt auch, ich bin sehr viel tapfer."

Antony lächelte, dann hob er ein zerfleddertes Buch vom Boden neben Josefs Bett auf. „Ist das deins? Meine Mutter hat mir die Geschichte vorgelesen, als ich ein Kind war, allerdings auf Italienisch." Er schlug das Buch auf und überflog die Worte auf der ersten Seite. „Möchtest du, dass ich das erste Kapitel zusammen mit dir lese? So haben wir beide die Gelegenheit, unser Englisch zu verbessern. Ich arbeite immer an meinem."

Josefs Gesicht strahlte so, wie sie es in den zwei Wochen, die er bereits im Lager war, nie gesehen hatte. „Ja, danke schön! Fürs Lesen!"

Als Antony mit der Geschichte eines Teenagers begann, der vor der Arbeit bei einem gewalttätigen Gastwirt geflohen war, nur um sich an Bord eines Piratenschiffes wiederzufinden, wurden Jennifer die Knie weich. In sattem Bariton las der Prinz die Worte auf so lebendige, schwungvolle Weise vor, dass sich die anderen Kinder in ihren Betten aufrichteten und interessiert zuhörten. Er ahmte das Knurren des Piratenkapitäns nach, als dieser entdeckte, dass sein neuer Schiffsjunge ihn ausspioniert hatte, und schwankte hin und her, als er das Schlingern des Schiffes bei einem Sturm beschrieb. Er las die Abschnitte abwechselnd mit Josef und der Junge ahmte einige der Betonungen des Prinzen nach, wenn er an der Reihe war. Als sie das Kapitel beendet hatten, applaudierten sowohl die Patienten als auch das Pflegepersonal.

Wenn sie es nicht besser wüsste, hätte Jennifer geglaubt, dass Prinz Antony die Show nur für die Patienten abzog und nicht für die beiden Reporter, die mit ihren Kameras und Aufnahmegeräten nahe herangekommen waren. Was auch immer das

Motiv des Prinzen sein mochte, weil er Josef eine solche Freude gemacht hatte, war sie froh, dass sie sich entschieden hatte, hier zu verweilen.

Prinz Antony lachte laut über den Applaus, gab Josef das Buch zurück und wünschte dem Jungen eine schnelle Genesung. „In ein paar Monaten, wenn du wieder gesund bist, würde ich mich geehrt fühlen, wenn du in den Palast von San Rimini kommen und mir ein Kapitel vorlesen könntest."

Prinz Anton blickte über seine Schulter zu Jennifer, in seinen Augen leuchtete eine Begeisterung, die sie nicht von ihm erwartet hatte. Ihr Herz pochte heftig in ihrer Brust, obwohl sie sich bemühte, dem Charme des Prinzen zu widerstehen. „Ich werde Ihnen die Kontaktdaten meiner Assistentin geben. Bitte rufen Sie an, wenn Josefs Bein geheilt ist, und dann werden wir einen Besuch organisieren."

Der Prinz beugte sich zu ihr herüber und sie hätte schwören können, dass in seinen Augen eine Herausforderung lag.

„Vielleicht könnten Sie ihn begleiten, Miss Allen?"

KAPITEL 2

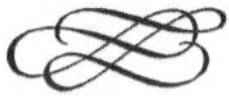

Jennifer starrte ihn an. Der Kronprinz von San Rimini wollte, dass sie in den Palast kam?

Es konnte keine echte Einladung sein, überlegte sie. *Wahrscheinlich war es nur das harmlose Flirten eines Mannes, der ein Talent dafür hatte.* Sie suchte nach einer unverbindlichen Antwort und sagte schließlich: „Ich habe gehört, der Palast ist ein eindrucksvolles Gebäude."

Idiotisch, aber wahrheitsgemäß.

„Bitte! Meine Mutter, sie wird Ja sagen." Josefs Augen blickten genauso flehend, wie seine Stimme klang.

Sie schenkte ihrem Lieblingspatienten ein beruhigendes Lächeln. Sie konnte nicht Nein sagen, nicht zu einem Jungen, dessen Familie durch einen Krieg, an dem er keine Schuld hatte, auseinandergerissen worden war. Ebenso wenig konnte sie einen Mann abweisen, der den ganzen Raum in seinen Bann gezogen hatte. Dennoch wollte sie nicht, dass Josef seine Hoffnung auf einen Prinzen setzte, der eine solche spontane Einladung nicht in die Tat umsetzen würde. Schließlich antwortete sie: „Wir werden sehen, Josef. Erst hast du noch eine lange Genesung vor dir."

Prinz Antony wandte sich Josef zu und wuschelte ihm durch das dunkle Haar. „Du musst sie überzeugen, Josef. Befolge die Anweisungen der Ärzte und Krankenschwestern und dann kommt ihr uns in ein paar Monaten besuchen." Er schaute Jennifer an. „Wie lautet die Formulierung? Das ist der Deal?"

„Wir haben einen Deal."

„Ja, Deal!" Josef klatschte in die Hände, als er dies sagte.

„Dann werde ich auf die Einhaltung bestehen."

Als er sich erhob, überraschte Prinz Antony Jennifer erneut, indem er ihren Arm nahm und sie wegführte. Die Wärme seiner Hand erhöhte ihre eigene Temperatur um einige Grad. „Lassen Sie uns weitergehen. Ich möchte so viele Patienten wie möglich kennenlernen."

Sie liefen durch den Rest des Lazaretts. Er schüttelte die Hände des medizinischen Personals, richtete freundliche Worte an Patienten, die sich von einer Operation erholten, und an diejenigen, die unter den Verletzten nach vermissten Verwandten suchten. Er schenkte den Kindern besondere Aufmerksamkeit und ermutigte sie, auf die Anweisungen der Pflegekräfte zu hören, damit sie wieder zur Schule gehen könnten, sobald die Kämpfe vorbei wären.

Allzu bald verließen sie das Lazarett und gingen in Richtung eines Sammelsuriums von selbstgebauten Unterkünften, in denen viele der Flüchtlinge lebten. Draußen unter der hellen Sonne von Rasovo wischte sich der Prinz unauffällig über die Stirn, während die beiden Reporter vorausgingen, um Fotos von Kindern zu machen, die auf der Straße Kickball spielten.

„Wie überleben die Verletzten die Reise hierher bei dieser Hitze? Das nächste Dorf ist meilenweit entfernt. Sie müssen sogar über die Berge." Er blieb stehen, sein Blick wanderte zu den schroffen Gipfeln nördlich des Lagers – in die Richtung, aus der viele der Flüchtlinge gekommen waren. „Josef zum Beispiel. Er kann nicht allein hierhergelaufen sein wie die Gruppe, die wir heute Morgen auf der Straße gesehen haben."

Jennifer zögerte. Die Reporter waren fort.

„Für einige ist es schwierig, aus eigener Kraft zu kommen“, erklärte sie. „Aber sie haben keine andere Wahl und riskieren es deshalb, sich auf den Weg zu machen. Glücklicherweise werden viele von Landsleuten, die inmitten ihrer Habseligkeiten noch Platz haben, in Karren oder auf Ladeflächen mitgenommen. Auch das Rote Kreuz hat einige Krankenwagen und Laster in der Gegend. Wenn sie können, bieten sie Mitfahrgelegenheiten an.“

„Und Josef? Kennen Sie seine Geschichte?“ Eine Mischung aus Neugierde und Sorge schwang in Antonys Stimme mit. Wenn man ihn gelehrt hatte, wie man Menschen das Gefühl vermittelt, sie wären der königlichen Familie nicht gleichgültig, dann hatte seine Erziehung Früchte getragen.

„Ein Mitarbeiter des Roten Kreuzes von San Rimini brachte ihn zu uns. Josef, seine Mutter und seine beiden Schwestern hatten sich in einem Graben am Straßenrand nahe der Grenze zu San Rimini vor Guerillakämpfern versteckt. Josef war von Granatsplittern eines Sprengkörpers getroffen worden, als sie ihr Dorf verließen. Seine Mutter konnte ihn nicht mehr tragen, hatte aber Angst, ihn im Graben zurückzulassen, während sie nach Hilfe suchte. Sie war seit über 24 Stunden wach und wartete darauf, dass ein Fahrzeug vorbeikam, das ihr sicher genug erschien, um es anzuhalten.“

„Und was ist mit dem Vater?“

„Ein erfolgreicher Schneider. Als die Familie sich auf die Flucht vorbereitete, sah er, dass sein Geschäft brannte. Er wollte sich darum kümmern und schickte die Familie voraus, holte sie aber nicht mehr ein. Wir versuchen, ihn ausfindig zu machen.“

Der Prinz verzog das Gesicht. „Wie schrecklich für die Familie. Josefs Mutter hat mit einer Menge zu kämpfen. Sie muss so tapfer sein wie ihr Sohn.“

„Das ist sie.“

Sie lief weiter, doch als sie sich dem Bereich näherten, in

dem die schäbigen Zelte der Flüchtlinge standen, legte er eine Hand auf ihren Arm. Das ließ erneut Wärme durch ihren Körper fließen.

„Erinnern Sie mich bitte am Ende der Tour daran, Josef den Medien gegenüber zu erwähnen. Natürlich nur mit Erlaubnis seiner Mutter", fügte er hinzu. „Ich möchte, dass sie bei seinem Besuch im Palast anwesend sind. Das wird der Öffentlichkeit ein konkretes Beispiel dafür geben, wie die Flüchtlingshilfe Familien dabei unterstützt, sich vom Krieg zu erholen."

Er ließ ihren Arm los und zog eine Karte aus seiner Tasche, auf der die Nummer stand, die sie anrufen sollte, wenn Josef genesen war. Sie betrachtete das dicke, geprägte Papier einen Moment lang und fragte sich erneut, ob Prinz Antony meinte, was er sagte. Wollte er wirklich zeigen, wie Hilfsorganisationen wie die ihre den Menschen beistanden, und die Zuschauer ermutigen, sich aktiv einzubringen?

Oder war der charismatische Prinz hungrig nach Aufmerksamkeit und nutzte jede Gelegenheit, um Reporter zum Palast zu locken? Sie konnte es nicht mit Sicherheit sagen. Wenn sie allerdings seinen langjährigen Ruf bedachte und seine Reaktion, als sie ihn informierte, dass die Medien ihn nicht auf der gesamten Tour begleiten konnten, glaubte sie, dass er alles tun würde, um die Presse zu umwerben.

Sie steckte die Karte in ihre Tasche. Selbst wenn Prinz Antony auf Publicity aus war, so gab sein Umgang mit Josef ihr doch Anlass, ihm einen Vertrauensvorschuss zu gewähren. Er hatte dem Jungen das Gefühl gegeben, etwas Besonderes zu sein, egal aus welchem Grund. Das ließ ihren Pulsschlag noch mehr in die Höhe schnellen als der Moment, als er sich auf dem Hubschrauberlandeplatz zu ihr hinübergelehnt und nahe an ihrem Ohr gesprochen hatte oder als er ihren Arm genommen hatte, während sie durch das Lager gingen.

Sie atmete tief ein. Sie musste die Anziehungskraft, die er

auf sie ausübte, zügeln und sich darauf konzentrieren, das Richtige für die Flüchtlinge zu tun. Den Schlagzeilen der Boulevardpresse zufolge war Antony ein richtiger Herzensbrecher. Während ihr eigenes Liebesleben quasi nicht mehr existent war, seit sie nach dem College ihrem Traum gefolgt war und sich für die Katastrophenhilfe engagierte – wie ihre Eltern –, ging der Prinz mit Unmengen von Frauen aus. Mit wohlhabenden, eleganten Frauen. Antony lebte mit dem Geld seiner Familie auf großem Fuß und unternahm solche Wohltätigkeitsbesuche wahrscheinlich nur, weil es sein Job war. Er hatte einfach gelernt, das Beste daraus zu machen.

Nun ja, wenn er ihr Flüchtlingscamp nutzen wollte, um einen Punkt auf der Liste seiner königlichen Verpflichtungen abzuhaken, dann war das eben so. Aber sie würde dafür mehr bekommen als dreißig Sekunden Publicity und einen vorübergehenden Hormonrausch.

Einen erfüllten Traum für den kleinen Josef. Eine ordentliche Spende von der königlichen Familie. Und vor allem: Aufmerksamkeit für die Tatsache, dass das Haffali-Lager dringend mehr Hilfskräfte benötigte.

„Natürlich, ich werde Sie daran erinnern", versprach sie. „Vorausgesetzt, Josefs Mutter ist damit einverstanden. Allerdings möchte ich, dass Sie auch etwas für mich tun."

Er legte den Kopf schief und richtete seine blassblauen Augen auf sie. „Und was?"

„Würden Sie den Reportern bei der Fragerunde sagen, wie wichtig es ist, dass Menschen nach Rasovo kommen, um hier zu arbeiten?"

Sie holte eine Broschüre über die Flüchtlingshilfe aus ihrer Tasche und reichte sie ihm, bevor sie ihre eigene Kühnheit hinterfragen konnte. „Wir haben eine Seite über Haffali auf unserer Website und wir haben vor Kurzem eine Telefonleitung geschaltet, um Fragen über unsere Organisation zu beantworten und Bewerbungen entgegenzunehmen. Allerdings ist es bisher beklagenswert ruhig geblieben. Wenn Sie Menschen dazu ermutigen könnten, uns zu kontaktieren, würde das viel dazu beitragen, Familien wie der von Josef zu helfen, sich vom Krieg zu erholen."

„Das ist alles?" Forschend schaute er sie an. „Ich ging davon aus, dass Sie vor allem finanzielle Unterstützung benötigen."

„Spenden helfen tatsächlich", räumte sie ein. „Sehr sogar. Aber im Moment brauchen wir vor allem dringend weitere Hilfskräfte. Menschen, die bereit sind, mit beiden Händen anzupacken und den Hungrigen Essen zu geben, die Sanitäreinrichtungen instand zu halten oder – wenn sie eine medizinische Ausbildung haben – die Verletzten zu versorgen. Eine australische Universität hat Pop-up-Unterkünfte entwickelt, die einen besseren Schutz bieten, wenn sich das Wetter verschlechtert, und dem Lager mehrere davon gespendet, doch es fehlt uns an Helfern, um sie aufzubauen. Wir haben nur unsere beiden ursprünglichen Zelte und – wie Sie sehen – sind diese unzureichend für die große Zahl an Flüchtlingen, die wir jetzt betreuen."

Sie schluckte und hoffte, der Prinz begriff, was sie ihm vermitteln wollte. „Es mag falsch herüberkommen, Hoheit, aber Spenden können einer Organisation wie unserer nur bedingt helfen, zumindest in dieser speziellen Lage. Ich weiß, dass die Spender es gut meinen, aber alles Geld der Welt kann unseren Patienten nicht die nötige medizinische Versorgung bieten, wenn es nicht genügend qualifizierte Leute gibt, die sie leisten können. Sie sind der erste offizielle Besucher seit der Eröffnung des Lagers. Wenn diejenigen, die eine Stimme haben, sich nicht genug für die Notlage unserer Bewohner interessieren, um sie zu besuchen und ihre Erfahrungen weiterzugeben, ist es ein harter Kampf, Menschen davon zu überzeugen, hier zu arbeiten."

Sie deutete auf die neue Latrine, die über dem Loch stand, das Pia und sie ausgehoben hatten. „Zwei von uns haben gestern Nachmittag drei Stunden im Dreck verbracht und so kräftig und schnell gegraben, wie sie konnten. Aber da wir zu wenige Leute haben, konnten wir die neue Latrine nicht rechtzeitig in Betrieb nehmen, um das Überlaufen einer der älteren Latrinen zu verhindern. Alle hier, von den Ärzten bis zu denjenigen, die im Essenszelt arbeiten, könnten Ihnen ähnliche Geschichten erzählen. Es gibt nicht genug helfende Hände.“

„Deshalb bin ich hergekommen.“ Sein Mund verzog sich zu einem strahlenden Ich-bin-hier-um-zu-helfen-Lächeln. „Ich möchte persönlich alles tun, was ich kann, um den Nachbarn von San Rimini zu helfen.“ Er griff in seine Tasche und zog ein gefaltetes Blatt Papier heraus.

Erleichtert reichte Jennifer ihm ihren Stift, damit er sich die Nummer der Informationsstelle notieren konnte. „Vielen Dank, Hoheit. Wir brauchen so viele Hilfskräfte, wie wir bekommen können. Manchmal haben wir den Eindruck, dass wir nur Spenden von Leuten erhalten, denen das alles egal ist, die nur an der steuerlichen Absetzbarkeit interessiert sind oder die wollen, dass das Problem verschwindet, bevor die Kämpfe oder die Flüchtlinge ihr eigenes Land erreichen. Sie erkennen nicht, dass Geld wenig bedeutet, wenn … nun ja.“

Sie presste die Lippen zusammen, denn sie wusste, dass ihr Wunsch, den Flüchtlingen von Rasovo zu helfen, sie manchmal dazu verleitete, zu weit zu gehen und genau die Menschen abzuschrecken, die sie überzeugen wollte.

Sie holte tief Luft und schlug dann einen versöhnlicheren Ton an: „Indem Sie sich zu Wort melden, können Sie Menschen auf der ganzen Welt dazu bewegen, sich einzubringen, ihnen zeigen, warum unsere Mission wichtig ist und wie sie wirklich etwas bewegen können. Spenden ermöglichen es uns, notwendige Dinge zu kaufen und unsere Mitarbeiter zu entlohnen, wofür wir sehr dankbar sind. Aber auch wenn wir im Vergleich zu ähnlichen Organisationen gut bezahlen, ist Lohn nicht gleichzusetzen mit Leidenschaft. Wir brauchen Menschen, die wirklich hier sein wollen."

Die Linien zwischen den Brauen des Prinzen vertieften sich und Jennifer wusste, dass sie zu weit gegangen war. Es war besser, den Mund zu halten und ihm die Telefonnummer zu geben. Er nahm den Stift entgegen und schrieb, während sie ihm die Nummern für die amerikanischen und europäischen Hotlines diktierte. Dann steckte er den Zettel zurück in seine Tasche.

„Ich werde tun, was ich kann", versprach er. „Sollen wir den Rundgang fortsetzen?"

„Ja, natürlich. Der Rest der Journalisten wartet darauf, uns zu begleiten." Sie wies an zwei Wäscheleinen mit Krankenhauswäsche vorbei auf die wartenden Vans und die Reporter, die entweder auf den Stoßstangen saßen oder an den Seiten ihrer Fahrzeuge lehnten. Als sie den Prinzen erblickten, rafften sie schnell ihre Sachen zusammen und begannen mit der Arbeit. Der Prinz begrüßte die Gruppe, dann führte Jennifer sie auf einem Rundweg durch das Lager, wobei sie auch die schmutzigsten und überfülltesten Bereiche nicht ausließ. Sie wollte, dass der Prinz – und die ganze Welt – die wahre Verzweiflung der Flüchtlinge erkannten und die Entbehrungen sahen, die sie nun ertragen mussten, während sie ein Jahr zuvor noch zur Schule gegangen waren, Kinder aufgezogen oder sich um ihre Läden und Betriebe gekümmert hatten. Wenn die Menschen, die die Nachrichten in der Behaglichkeit ihres Wohnzimmers verfolgten, sich mit den Leuten in Rasovo identifizieren könnten, würden sie wissen, dass eine kleine Hilfe schon einen großen Unterschied machen konnte. Vielleicht würden sie sich anschauen, was sie selbst hatten, erkennen, wie wichtig der Aufruf war, sich zu melden, und zum Telefon greifen.

Schließlich kam die Gruppe wieder am Essenszelt an. Die

Kinder waren noch nicht ganz bereit für ihren Auftritt, also bot Prinz Antony an, sich derweil mit den Reportern zu unterhalten. Getreu seinem Wort nahm er die erste Frage zum Anlass, um über den Bedarf an zusätzlichen Arbeitskräften für das Lager zu sprechen. Er holte den Zettel aus seiner Tasche. „Ich möchte sichergehen, dass ich Ihnen die richtige Nummer für die neuen Informationshotlines gebe", sagte er. „In den Vereinigten Staaten rufen Sie bitte –"

„Werden Sie sich ebenfalls freiwillig melden?", unterbrach ihn einer der Journalisten.

Der Prinz lächelte bedauernd. „Ich wünschte, ich könnte es. Leider erlaubt das mein Terminkalender im Moment nicht."

„Was ist mit Bianca Caratelli?", fragte ein anderer und bezog sich dabei auf eine Frau, die Pia als eine der reichsten Aristokratinnen von San Rimini bezeichnet hatte … und deren Name mit dem des Prinzen in Verbindung gebracht worden war. Die Gruppe brach in Gelächter aus und auch der Prinz stimmte mit ein.

„Gehen Sie immer noch mit Bianca Caratelli aus?", fragte einer der dreisteren Reporter von hinten. „Oder gibt es eine andere romantische Beziehung, von der wir erfahren sollten? Es wurde vielfach berichtet, dass Ihr Vater Sie drängt, lieber früher als später zu heiraten."

„Frida Heit vielleicht?", meldete sich eine weibliche Stimme aus der Menge. Jennifer konnte nicht erkennen, welche Journalistin das gefragt hatte. Ging der Prinz auch mit dem Supermodel aus? Offensichtlich hatte sie durch ihre Arbeit in Rasovo keine Ahnung mehr, was gesellschaftlich in der Welt vor sich ging.

Ein amerikanischer Reporter, der in ihrer Nähe stand, murmelte seinem Kameramann laut genug zu, dass Jennifer ihn verstehen konnte: „Ich weiß nicht, warum er das Bedürfnis hatte, hierherzukommen. Dieser Ort ist ein Drecksloch. Wir bekommen nicht einmal eine anständige Mahlzeit."

„Ich habe ein Sandwich im Wagen. Willst du die Hälfte? Salami auf Roggenbrot."

„Nee, passt schon. Wir sind bald wieder auf der anderen Seite der Grenze. Der Prinz muss heute Abend zu einem Dinner, also wird er so schnell wie wir von hier verschwinden wollen."

„Ich wette, da geht er nicht allein hin."

Der Reporter schnaubte. „Schade, dass ich nicht den Auftrag habe. Mit diesem Bericht hier bekomme ich keine fünf Minuten Sendezeit."

Jennifers Kehle wurde eng, als Enttäuschung sie übermannte. Nicht, weil der Prinz so viel weibliche Aufmerksamkeit auf sich zog – obwohl sie das mehr störte, als es sollte. Eher, weil den Reportern das Lager herzlich egal war. Sie wollten den Prinzen nur kalt erwischen in der Hoffnung, an Klatsch und Tratsch aus dem Königshaus zu kommen.

Schlimmer noch: Obwohl Antony den Anwesenden erklärte, dass er über das Camp und nicht über sein Privatleben sprechen wollte, hatte er die Nummern der Flüchtlingshilfe noch immer nicht genannt. So viel zu ihrer Hoffnung, dass Bewerber in Scharen zum Telefon greifen würden. Sie musste auf mehr Zugriffe auf die Website hoffen. Damit niemand ihre Frustration bemerkte, wandte sie sich ab. Wahrscheinlich würden die Reporter sonst denken, ihr grimmiger Blick bedeutete, sie wäre eifersüchtig auf die Prominente oder das Supermodel.

Eine Krankenschwester trat durch die Seitentür des Zeltes und schob Josef im Rollstuhl vor sich her. Seine Augen strahlten vor Aufregung, als er erst Jennifer und dann den Prinzen entdeckte. Er zupfte Jennifer am Ärmel und zeigte auf sein bandagiertes Bein. „Sehen Sie, Miss Jennifer." Er sprach lauter, damit sie ihn trotz des Lärms der Reporter, die Fragen riefen, hören konnte: „Mir geht es besser. Ich sitze im Stuhl. Wir können den Prinzen bald in seinem Schloss besuchen, ja?"

Jennifer sank das Herz bis zum Boden des Essenszelts. Selbst während ihre eigenen Träume für das Lager durch die lächerlichen Fragen der Reporter zunichte gemacht wurden, brachte sie es nicht über sich, Josefs Träume zu zerstören.

In diesem Moment schaute der Prinz über die Köpfe der Journalisten hinweg zu ihr herüber. Sie sahen einander an und sie fragte sich, was ihn dazu gebracht hatte, in ihre Richtung zu blicken. Er zwinkerte ihr zu, etwas, was so überraschend war, dass sie überlegte, ob sie es sich eingebildet hatte. Ein Kronprinz, der *ihr* zuzwinkerte? Er schaute zu Josef hinunter und grinste ihn an. Dann betrachtete er vielsagend das bandagierte Bein des Jungen, als wollte er sagen: *Bevor du mich besuchen kannst, musst du gesund werden.* Erst danach konzentrierte er sich lang genug auf die Reporter, um ihnen die Telefonnummern zu geben.

„Vielleicht, Josef", sagte Jennifer und fasste neue Hoffnung, als der Prinz darüber sprach, wie wichtig es wäre, Rasovo zu unterstützen. „Vielleicht werden wir den Palast sehen."

PRINZ ANTONYS MERCEDES fuhr durch die schmiedeeisernen Tore von La Rocca di Zaffiro, dem weitläufigen Palast von San Rimini, und dann zu einem Seiteneingang. An der Tür aus schwerem Eichenholz wartete Harriet auf seine Ankunft.

Antony seufzte, als der Wagen anhielt, und wünschte, er könnte noch ein paar Minuten länger auf dem bequemen Rücksitz verweilen. Was würde er nicht alles dafür gegeben, mehr Zeit mit Jennifer Allen verbringen zu können! Es musste nicht unbedingt viel Zeit sein, nur gerade genug, um mehr darüber zu erfahren, was sie tat und warum.

Sie wirkte manchmal ein wenig schroff und zeigte eine Leidenschaft für ihre Arbeit und die Menschen, für die sie sich engagierte, die er selbst noch nie erlebt hatte – obwohl er sich sein Leben lang für Wohltätigkeitsorganisationen eingesetzt hatte. Dieser Charakterzug, den er bei Jennifer beobachtet hatte, machte ihn neugierig.

Noch verwirrender war die Tatsache, dass sie sein Geld weder zu wollen noch zu erwarten schien. Stattdessen hatte sie ihn gebeten, den Medien mitzuteilen, dass sie dringend Arbeitskräfte brauchten. Andere Leiter von Wohltätigkeitsvereinen und Organisatoren von Spendensammlungen erwarteten mehr von ihm, in der Regel eine vom Palast gesponserte Gala, vorzugsweise mit Scharen von Fotografen und Presseberichten. Gelegentlich machten sie ihrer Enttäuschung auf nicht ganz so subtile Weise Luft, wenn er weniger spendete als die exorbitante Summe, die sie sich erhofft hatten.

Er wusste, dass er sich über das Ergebnis des heutigen Camp-Besuchs freuen sollte. Der Scheck in seiner Tasche konnte genauso gut umgeschrieben und dem Roten Kreuz, der Krebshilfe von San Rimini oder einem anderen guten Zweck übergeben werden, wenn die Flüchtlingshilfe die Spende nicht unmittelbar benötigte.

Aber er freute sich nicht. Ganz im Gegenteil.

Als er mit Jennifer durch das Lager gegangen und den Spurrillen auf der unbefestigten Straße ausgewichen war, während sie versuchte, der ständigen Bedrohung durch Überschwemmungen und Krankheiten eine positive Seite abzugewinnen, war ihm aufgefallen, dass die Flüchtlinge sie mit hoffnungsvollen Augen und gelegentlich mit einem Lächeln aus ihren nahezu unbewohnbaren Zelten heraus beobachteten. Er ertappte sich dabei, dass er alles in seiner Macht Stehende tun wollte, um zu helfen. Und nicht nur den Flüchtlingen. Er wollte Jennifers Situation verbessern.

Warum, konnte er sich nicht erklären – zumal die Frau ihn nicht einmal zu mögen schien.

Und jetzt dachte er auch noch an sie als *Jennifer*. Nicht Miss Allen.

Auf dem Rückflug hatte er sich das Problem durch den Kopf

gehen lassen und versucht, eine Lösung zu finden. Es musste einen Weg geben, seinen Namen und seine Position zu nutzen, um ihr unter die Arme zu greifen, um das medizinische Personal zu rekrutieren, das nötig war, um die Sorgenfalten auf ihrer Stirn zu glätten, die er bemerkt hatte, als sie mitbekam, dass ein Arzt eine zusätzliche Schicht einlegte, weil der Zustrom an Flüchtlingen an diesem Tag größer war als sonst. Bestimmt konnte er eine Möglichkeit finden, um die notwendigen Lebensmittel, Decken und medizinischen Güter zu beschaffen und zu verteilen, damit Jennifer den Flüchtlingen, die sich mit all ihren Belangen an sie wandten, nicht erklären musste, dass nichts vorhanden war. Er wollte den Lebensstandard in dem Lager verbessern, bis ihre Vision Wirklichkeit wurde ... und die Flüchtlinge sich lange genug nicht um ihr Überleben zu sorgen brauchten, um von ihrer Zukunft träumen zu können.

Er drückte mit der Hand auf die Armlehne. Seiner Erfahrung nach konnte man mit Geld fast alles erreichen. Heute war er mit der Tatsache konfrontiert worden, dass sich mit Geld allein nicht alle Probleme lösen ließen. Wie Jennifer gesagt hatte, die Menschen mussten die Bedürfnisse der Flüchtlinge erst einmal ernst genug nehmen.

Als er in San Rimini gelandet war, war er zu dem Schluss gekommen, dass Jennifer – auch wenn sie es nicht geradeheraus gesagt hatte – meinte, *er* nähme das alles nicht wichtig genug. Seinen königlichen Pflichten gerecht zu werden, bedeutete mehr, als nur Geld zuzusichern. Es bedeutete, dass er mit ganzem Herzen dahinterstehen musste.

Diese neue Erkenntnis wirkte auf den ersten Blick simpel, doch die Umsetzung würde sich als Herausforderung erweisen. Noch beunruhigender war, dass es nach Hunderten von Treffen mit Katastrophenhelfern und Organisatoren von Wohltätigkeitsveranstaltungen in den letzten Jahren ausgerechnet dieser Frau gelungen war, ihm dies klarzumachen.

Harriet nickte ihm höflich zu, als er aus dem Fahrzeug stieg und sich dem Eingang von La Rocca näherte. Sie reichte ihm seinen Terminkalender zur Durchsicht. Auf Italienisch, das von einem deutlichen englischen Akzent geprägt war, sagte sie: „Willkommen zurück, Hoheit. Sie werden einen neuen Punkt auf dem Plan für heute Abend finden. Ihr Vater möchte, dass Sie ihn in seinen Privaträumen aufsuchen, sobald Sie sich von Ihrem Flug erholt haben."

„Mit anderen Worten: sofort."

Harriet konnte ihre Belustigung nur schwer verbergen. Seine adrette britische Assistentin verstand König Eduardos Gedankengänge manchmal besser als Antony. „Er betonte, dass er Sie vor Ihrer Verabredung zum Abendessen sehen möchte. Aber ich bin sicher, er wird Verständnis haben, wenn Sie vielleicht eine halbe Stunde brauchen."

Er warf einen Blick auf den Terminkalender, den sie ihm gereicht hatte. Er hatte sein Versprechen, mit Bianca Caratelli zu Abend zu essen, völlig vergessen. Er würde einen geeigneten Grund finden müssen, um abzusagen. Nachdem er den Tag in Rasovo verbracht hatte, war ihm nicht danach, Biancas endlosem Geschwätz darüber zu lauschen, wer in der gesellschaftlichen Elite von San Rimini mit wem schlief. Vielleicht würde sein Vater ihm die nötige Ausrede liefern.

„Hat der König den Zweck des Treffens erwähnt?"

„Nein. Nach seinem Verhalten zu urteilen, würde ich allerdings darauf wetten, dass es sich um Thema Nummer sechs handelt."

Antony unterdrückte ein Ächzen. In dem Jargon, den Harriet und er vor Jahren entwickelt hatten, um König Eduardos Lieblingsthemen zu benennen, bedeutete Thema Nummer sechs, dass Antony zu hören bekommen würde, warum königliche Pflichten über seinen persönlichen Wünschen standen. Genau das, was er brauchte, nachdem er den ganzen Tag mit der Erfüllung eben dieser Pflichten beschäftigt gewesen war, ganz zu schweigen von seinem Bemühen, nicht mit einer gewissen Rothaarigen zu flirten, die keinen Tropfen aristokratischen Bluts in sich hatte.

Er sah sich den Rest des Zeitplans an, bevor er fragte: „Die lange oder die kurze Version?"

„Da könnte ich nur raten."

„Hm. Hatte Prinz Federico heute eine Audienz beim König?" Gespräche mit Antonys nahezu perfektem jüngerem Bruder, der bereits verheiratet war und zwei Erben für die Familie diTalora gezeugt hatte, lösten bei König Eduardo oft den Wunsch aus, über Thema Nummer sechs zu sprechen.

„Ich glaube, sie haben zusammen zu Mittag gegessen."

„Verstehe. Dann wird es wohl die lange Version werden. Danke, Harriet. Ich wüsste es zu schätzen, wenn Sie Bianca Caratelli anrufen und unser Dinner verschieben könnten. Ich könnte mich verspäten und ich fürchte, danach wäre ich keine gute Gesellschaft."

„Darf ich außerdem eine Blumenlieferung vorschlagen?"

„Ja, bitte."

Harriet nickte, dann drehte sie sich um und wollte in ihr Büro zurückzukehren.

„Oh, Harriet? Eins möchte ich noch erwähnen –"

Sie wandte sich erneut um. „Ja, Hoheit?"

„Sollte ich weitere Anfragen erhalten, das Haffali-Camp zu besuchen oder mich für dieses einzusetzen, würden Sie mich bitte informieren, bevor Sie darauf antworten?"

Sie presste die Lippen zusammen. „Ich habe gehört, dass die Leiterin des Lagers aufgrund eines Kommunikationsfehlers bis gestern nichts von Ihrem Besuch wusste. Gab es vor Ort ein Problem, Hoheit?"

„Mitnichten."

„Zwei Stunden waren zu lang. Bitte entschuldigen Sie. Ich hätte Sie deswegen vorher fragen sollen."

„Keine Entschuldigung nötig. Tatsächlich konnte ich mir

nicht annähernd so viel anschauen, wie ich es mir gewünscht hätte."

„Ich verstehe." Sie schaute ihn einen Moment aufmerksam an, dann zog sie leicht ihre Brauen hoch. „Ich werde Bianca Caratelli sofort anrufen."

KAPITEL 3

ZWANZIG MINUTEN später gab Antony den Zugangscode in das Tastenfeld ein und betrat die Privaträume seines Vaters. Er atmete tief durch. Der Kontrast zwischen dem luxuriösen Heim der königlichen Familie und den Wohnquartieren, die er ein paar Stunden zuvor in Rasovo besichtigt hatte, nachdem er sein Treffen mit den Reportern beendet hatte, fiel ihm hier besonders auf. Sein Vater wechselte gerne die Kunstwerke, die im Vorraum hingen. Derzeit befanden sich dort ein Porträt seiner verstorbenen Mutter und ein goldgerahmtes Gemälde von Tizian. Es gehörte zu den Dutzenden von Werken aus der Renaissance in der königlichen Kunstsammlung, die zwischen dem Palast und verschiedenen Museen zirkulierten. Zwei moderne Gemälde von Künstlern aus San Rimini nahmen den Rest der Wandfläche ein.

Der Preis für eines dieser modernen Bilder würde ausreichen, um alle Flüchtlinge von Rasovo einen Monat lang zu ernähren.

Das wiederum setzte jedoch voraus, dass es auch Leute gab, die das Essen transportierten und zubereiteten, und dass

Möglichkeiten vorhanden waren, alles bei der richtigen Temperatur zu lagern, um die Genießbarkeit zu gewährleisten.

Er starrte auf eines der modernen Gemälde und wünschte, er hätte noch ein oder zwei weitere Stunden Zeit gehabt, um Jennifer auszufragen. Gleichzeitig machte er sich Gedanken über seine eigenen Unzulänglichkeiten.

Eine tiefe, gebieterische Stimme drang aus dem großen Wohnraum und lenkte seine Gedanken von der rothaarigen Mitarbeiterin der Hilfsorganisation ab. „Komm herein und nimm Platz, Antony."

Antony betrat das große Zimmer, das erst kürzlich modernisiert worden war. Er war seit der Renovierung erst ein paar Mal in diesem Raum gewesen und die Veränderung überraschte ihn immer noch. Die Sockelleisten und die Zierleisten an der Decke waren abgeschliffen worden, um die Jahrzehnte alten Flecken und Wachsreste zu entfernen, und anstelle der früheren Brokattapete waren die Wände nun in dezentem Perlweiß gestrichen. Diese Farbe verlieh dem Raum eine Atmosphäre von Leichtigkeit, die sein Vater in diesem Moment nicht zu empfinden schien.

Der König näherte sich Antony aus der Richtung seines Arbeitszimmers, gefolgt von Miroslav Vulin, dem stellvertretenden Sicherheitchef des Palastes, der König Eduardo auf Reisen oft begleitete. Miroslav hielt inne, um die Glastür zum Arbeitszimmer zu schließen, und trat dann zur Seite, als warte er auf weitere Anweisungen. Der König ließ sich Zeit, den Raum zu durchqueren, und setzte sich dann kerzengerade in seinen Lieblingslesesessel, ein Präsent des Königspaares der Niederlande. Antony ging an dem Gegenstück vorbei, das seine verstorbene Mutter, Königin Aletta, geschenkt bekommen hatte, und setzte sich stattdessen seinem Vater gegenüber auf das Sofa, das auf der anderen Seite des antiken Couchtisches stand.

Angesichts der tiefen Falten auf der Stirn des Königs und des

Fläschchens mit dem verschreibungspflichtigen Medikament, das neben dem kristallenen Wasserglas seines Vaters auf dem Teetablett stand, vermutete Antony, dass er so viel Abstand von seinem Vater brauchen würde, wie er bekommen konnte. Ihn erwartete definitiv die lange Version von Thema Nummer sechs.

„Wie ich höre, war dein Aufenthalt in China ein Erfolg. Ich hoffe, dass es heute auf deinem Besuch in Rasovo genauso gut gelaufen ist." Der König blickte Antony über seine Lesebrille hinweg an. „Ich gehe davon aus, die Flüchtlingshilfe wird unsere Spende gut einsetzen?"

Schuldgefühle überkamen Antony. Er widerstand dem Drang, mit der Hand über seine Tasche zu fahren, in der sich weiterhin der Scheck befand, jetzt allerdings mit der hingekritzelten Telefonnummer der Organisation auf der Rückseite. Er wählte seine Worte mit Bedacht: „Sie arbeiten an mehreren tragfähigen Projekten, die in erster Linie darauf abzielen, mehr Hilfskräfte zu gewinnen."

„Freut mich zu hören." Der König verzog das Gesicht, als er seine Position im Sessel veränderte.

Das Haffali-Lager und seine Leiterin erschienen Antony plötzlich nicht mehr so wichtig. Während seines Aufenthaltes in China und heute in Rasovo hatte sich der Gesundheitszustand seines Vaters offensichtlich verschlimmert. Er sah viel schlechter aus als noch vor ein paar Wochen, als er beschlossen hatte, nicht an Antonys Geburtstagsfeier teilzunehmen.

„Geht es dir gut, Vater?", fragte er mit leiser Stimme.

König Eduardo gab Miroslav ein Zeichen und bat ihn, sich um die Sicherheitsüberprüfung eines neuen Installateurs zu kümmern. Dann griff er nach seinem Kristallglas und nahm langsam einen Schluck, während der muskulöse Serbe die privaten Räume verließ. Sobald Vater und Sohn allein waren, gab der König seine starre Haltung auf und sackte halb in sich zusammen. Vor Antonys Augen wich die Förmlichkeit, die seinem Amt geschuldet war, einer tiefen Erschöpfung. Dabei hatte sein Vater seine Ernährung immer sehr ernst genommen und war in den letzten zehn Jahren zwei Marathons und unzählige Halbmarathons gelaufen.

Der König schloss einige lange Sekunden die Augen, dann sagte er: „Ich habe in den letzten Monaten so viele Pillen genommen, dass ich fürchte, ich habe alle Apotheken des Landes geleert. Ich kann meine Abgeschlagenheit nicht mehr lange vor dem Personal verbergen, geschweige denn vor der Öffentlichkeit. Miroslav ist diskret, aber ... nun ja, diese Woche hat an meinen Kraftreserven gezehrt."

Es ging also gar nicht um Thema Nummer sechs. Stattdessen würden sie das spezielle Thema besprechen. Über das nicht einmal Harriet Bescheid wusste. Das Herzleiden des Königs.

Antony hätte es vorgezogen, über Thema Nummer sechs zu sprechen. Die Tatsache, dass sein Vater trotz seiner gesunden Lebensweise und der strikten Einhaltung seines Medikamentenplans immer noch so abgespannt war, beunruhigte ihn.

„Was sagt dein Kardiologe dazu?"

„Dass es normal ist, bei verminderter Herzleistung leicht zu ermüden. Dass zwei verschriebene Medikamente angesichts meiner Diagnose nicht ‚zu viele Pillen' sind."

In diesem Punkt hatte der Kardiologe recht, dachte Antony. *Zwei Rezepte waren wahrscheinlich das Minimum, das man erwarten konnte.* „Hat er dir einen Rat gegeben, wie du weiter vorgehen sollst?"

„Ich brauche eine neue Herzklappe. Es führt kein Weg daran vorbei." Der König warf einen Blick zur Tür, obwohl er wusste, dass niemand ihn hören konnte. „Wir haben heute Morgen darüber gesprochen und sind übereingekommen, dass der Eingriff so bald wie möglich durchgeführt werden sollte, solange ich noch in relativ guter Verfassung bin. Es könnte schon nächste Woche sein, aber wahrscheinlich erst übernächste. Er hofft, dass er mir heute Abend telefonisch Datum und Uhrzeit mitteilen kann.“

Ihre Blicke trafen sich über den Couchtisch hinweg und jeder las die stumme Botschaft in den Augen des anderen. Eine Operation barg Risiken, über die beide nicht laut nachdenken wollten. Noch schlimmer war, dass die Boulevardpresse mit Sicherheit vorher vom Zustand des Königs erfahren würde, egal, wie sehr sie sich bemühten, die Operation geheim zu halten, und die Berichte würden die Situation weitaus schlimmer darstellen, als sie war. Eduardos Vater, König Alberto, war an dem gleichen Leiden gestorben, als er noch keine sechzig war, und sein Tod hatte die Welt schockiert. Niemand hatte erwartet, dass ein Mann, der bei bester Gesundheit zu sein schien, bei einer Schiffstaufe zusammenbrechen würde. Als sich herausstellte, dass König Alberto an einem angeborenen Herzklappenfehler litt und eine Operation notwendig war, sagte der König alle seine Termine ab.

Leider verstarb er in der Nacht vor seiner Operation.

„Ich bin noch nicht so schlecht dran wie mein Vater“, sagte König Eduardo und folgte damit Antonys Gedankengang. „Meine Gesundheit wird schon seit Jahren überwacht, während er die ersten Symptome abgetan hat. Ich werde nicht vor der Operation tot umfallen. Und aufgrund der Fortschritte in den Operationstechniken gibt es weniger Risiken und ich sollte mich schneller erholen, als es bei ihm der Fall gewesen wäre. Wenn die Operation und die Rehabilitation wie geplant verlaufen, könnte ich sogar meine frühere Fitness wiedererlangen.“

„Du könntest wieder joggen?“

„Ich könnte wieder joggen. Aber bis dahin ist es noch ein langer Weg, wenn du mir diesen Ausdruck verzeihst.“

Antony war nicht sicher, wie viel Vertrauen er in die Worte seines Vaters setzen sollte, doch er wartete schweigend, während König Eduardo aufstand und mit gemessenen Schritten im Raum umherging. Schließlich blieb er stehen und drehte sich zu ihm um. Sein Gesichtsausdruck war der eines stolzen, unerschütterlichen Monarchen und nicht eines Mannes, der sich einer Krise gegenübersah, die außerhalb seiner Kontrolle lag. „Ich habe dir von klein auf eingeprägt, dass deine Pflichten als Mitglied der Familie diTalora und als Thronfolger über deinen persönlichen Wünschen stehen müssen."

Also doch Thema Nummer sechs. „Ja, das hast du."

„Deine wichtigste Aufgabe ist es, einen legitimen Thronfolger zu zeugen. Dazu musst du natürlich verheiratet sein."

„Das ist mir schon klar, aber –"

Der König hob eine Hand. „Ich habe dir nahegelegt, dir Zeit zu lassen. Dich mit so vielen potenziellen Bräuten wie möglich zu verabreden. Ich habe sogar Dates mit der Unterstützung einiger meiner adligen Freunde für dich arrangiert. Ich habe nichts dazu gesagt, dass Federico geheiratet und Erben gezeugt hat, wie es seine Pflicht war, während du behauptest, du hättest noch nicht die richtige Frau für die Rolle der Königin gefunden. Mir ist klar, dass es schwierig ist, diese Rolle zu erfüllen. In der heutigen Welt Königin zu sein, erfordert eine gewisse Persönlichkeit. Leider kann ich nun nicht länger schweigen."

Eduardo fuhr sich mit der Hand durch sein dichtes, dunkles Haar und Antony sah, dass seine Schläfen in der letzten Zeit ergraut waren. Als der König seine Hand wieder sinken ließ, bemerkte Antony, dass sie zitterte.

„So optimistisch ich in Bezug auf meine Prognose auch bin, die harte Wahrheit ist, dass ich die Tausendjahrfeier unseres Landes vielleicht nicht mehr erleben werde. Das entspricht natürlich nicht meiner Absicht, aber ich muss mich mit der düsteren Frage meiner eigenen Nachfolge beschäftigen, ob ich will oder nicht."

Antony nickte verständnisvoll. Im Laufe der Jahre hatten er und sein Vater viele Diskussionen darüber geführt, was es bedeutete, ein guter Hüter des Landes zu sein. Die Weiterführung der diTalora-Linie mit ihren stolzen Traditionen trug zur

Stabilisierung von San Rimini bei. Das Parlament mochte streitbar sein und lautstarke Debatten führen, die sich auf alle Themen erstreckten, angefangen bei Haushaltsplänen bis hin zu den Beziehungen mit Handelspartnern, aber die Monarchie blieb so beständig wie die Berge, die ihre Heimat an der Adria von der rauen Landschaft im Inneren von Rasovo trennten.

„Ich verstehe die Dringlichkeit, die du verspürst, aber du musst wissen, dass ich durchaus vorhabe, Erben zu zeugen." Antony war es äußerst unangenehm, das Thema anzusprechen, das ihn wirklich beschäftigte, aber jetzt war der richtige Zeitpunkt dafür. „All die Verabredungen, die du arrangiert hast – auch wenn ich weiß, dass es für einen guten Zweck war –, haben mir in der Boulevardpresse einen Ruf eingebracht, den ich nicht verdiene. In letzter Zeit lässt mich die Berichterstattung als treulos erscheinen, als ob ich ein Typ wäre, dessen Blick nur auf die nächste Party und die nächste Frau gerichtet ist. Dabei verabscheue ich das. Wenn ich so darüber nachdenke, schienen die Mitarbeiter des Flüchtlingslagers in Rasovo, die ich heute getroffen habe, überrascht zu sein, dass ich überhaupt dort hingekommen bin. Ich vermute, dass mir mein Ruf vorausgeeilt ist."

Er atmete aus und machte dann eine schwungvolle Armbewegung, als ob er die Welt außerhalb der Palastmauern mit einschließen wollte. „Mit einer weiteren Frau auszugehen, nur weil sie den richtigen Lebenslauf hat, obwohl ich weiß, dass sie niemals eine gute Partnerin für mich sein würde, geschweige denn eine gute Königin, ist das Letzte, was ich zum jetzigen Zeitpunkt möchte."

„Eine gute Ehe kann einen schlechten Ruf beheben, vor allem, wenn du diese Ehe eingehst, bevor du den Thron besteigst." Der König kehrte zu seinem Sessel zurück, beugte sich vor und richtete seinen Blick fest auf seinen Ältesten. „Von heute an hast du ein Jahr Zeit, um eine Partnerin zu finden und sie zu heiraten. Vorzugsweise eine Frau von adliger Herkunft, die ihre zukünftige Rolle versteht. Jemand, der die Prinzipien unseres Landes, Freiheit und Nächstenliebe, hochhält, so wie deine verstorbene Mutter. Jemand, der bereit ist, so bald wie möglich nach der Hochzeit Kinder zu bekommen."

Nach einem Tag, an dem er sich mit Staatsangelegenheiten befasst hatte, war es für den König anstrengend, so lange zu sprechen. Atemlos fuhr er fort: „Du solltest noch einmal über Bianca Caratelli nachdenken. Ich vermute, dass es dir nicht ernst mit ihr ist, aber ich glaube, sie würde eine ausgezeichnete Königin abgeben. Giovanni Sozzanis älteste Tochter könnte ebenfalls geeignet sein."

„Die Tochter des Conte ist zwölf Jahre jünger als ich. Sie passt wohl kaum zu mir."

„Vielleicht nicht, aber sie scheint mir reif für ihr Alter zu sein. Praktisch veranlagt, wie deine Mutter." Der König zuckte mit den Schultern, aber sein entschlossener Blick blieb. „Und da wäre auch noch Frida Heit. Die Atmosphäre in der Model-branche macht mich misstrauisch, was die rücksichtsloseren Medienvertreter ausgraben könnten, aber sie hat königliches Blut und zeigt echte Wertschätzung der Kultur von San Rimini. Dennoch wäre Bianca meine erste Wahl. Sie spendet großzügig für das Rote Kreuz von San Rimini. Außerdem ist sie Ehrenvorsitzende des AIDS-Rates von San Rimini und tritt häufig in dessen Namen auf. Sie ist mit vielen Aufgaben vertraut, die ihr als Königin zufallen würden."

Antony hörte nicht länger zu, während sein Vater weiter Namen geeigneter Frauen aus dem europäischen Hochadel aufzählte. Die meisten hatte er schon einmal vorgeschlagen, während andere, wie die Tochter von Giovanni Sozzani, weit hergeholt waren. Der Tonfall des Königs ließ jedoch keinen Zweifel daran, dass er es ernst meinte, als er sagte, sein Sohn solle innerhalb eines Jahres heiraten. Während der König sprach, erhob sich Antony vom Sofa und ging zur gegenüberliegenden Seite des großen Wohnraumes hinüber, wobei er so tat, als würde er die Worte seines Vaters überdenken. Er verstand dessen Besorgnis, aber der Zeitplan war absurd. Wie sollte er eine Gattin finden, die für die Rolle der Königin geeignet war und ihn zugleich um seiner selbst willen liebte? Er konnte sein Leben nicht in einer lieblosen Ehe mit einer Frau verbringen, die nichts anderes wollte als seinen Titel, Geld oder das damit verbundene Prestige. Gerade sein Vater sollte das verstehen, denn er hatte die Liebe seines Lebens geheiratet, auch wenn Antonys Mutter, Aletta, zum Adel gehörte und auf dem Papier wie in der Wirklichkeit seinen Vater perfekt ergänzt hatte.

Ehrlich gesagt fand er Frauen wie Jennifer Allen – interessante Frauen, die sich nicht scheuten, in seiner Gegenwart ihre Meinung zu sagen – viel attraktiver, auch wenn sie keine eleganten Gartenpartys veranstalteten, um Geld für Tierheime und Kinderzentren zu sammeln, oder bei Staatsbesuchen wie in China, wo er auf Schritt und Tritt mit Problemen konfrontiert worden war, still an seiner Seite standen und lächelten.

Er wollte eine Frau, die mit ihm über brenzlige politische Situationen diskutierte. Eine Partnerin, die sein Leben teilte, statt dass sie nebeneinanderher lebten, wie es bei königlichen Paaren so oft der Fall war. Er wollte sich nicht wie in einem Drehbuch fühlen, das für ihn geschrieben wurde, nicht mehr, als es unbedingt notwendig war.

Während sein Vater weiter die ledigen Frauen Europas aufzählte, zwang er sich, ruhig zu bleiben, obwohl er den Drang verspürte, mit der Faust gegen die Wand zu schlagen. Er wartete auf eine Pause, um einzuwenden: „Bei allem Respekt, Vater, wie kannst du von mir erwarten –"

„Wenn du das nicht tust, Antony, wirst du den Titel des Kronprinzen an Federico abtreten."

Antony wirbelte herum, seine ohnehin nur mühsam aufrechterhaltene Selbstbeherrschung geriet ins Wanken. Es war ein langer Tag gewesen – eine lange Zeit von anstrengenden Wochen – und er hatte keine Geduld für Drohungen, nicht einmal von seinem Vater. „Das kannst du nicht machen."

„Das kann und das werde ich tun."

„Du bräuchtest die Zustimmung des Parlaments. Der Aufruhr, den das verursachen würde –"

„Wenn ich die Zustimmung will, bekomme ich sie."

Der König erhob sich und ging auf sein Schlafzimmer zu, die Schultern gebeugt, als würde das Gespräch auf seinem Körper lasten. „Ich habe den Vorsitzenden des parlamentarischen Thronfolgeausschusses letzte Woche zufällig bei einem Dinner getroffen, als du in China warst. Er fragte ausdrücklich, ob du vorhättest, zu heiraten und – ich zitiere – ‚die Linie zu sichern'. Als ich ihm sagte, dass er der Erste sein würde, der von einer bevorstehenden Hochzeit erführe, machte er mir klar, dass Federico ein hervorragender Monarch wäre. Er hat es natürlich nicht so direkt ausgedrückt, aber die Botschaft war unmissverständlich."

„Federico würde ohnehin nach mir erben, sollte ich keine Nachkommen bekommen. Und er hat zwei Söhne. Die Linie ist also gesichert."

„Es bedeutet Stabilität, wenn man die Thronfolge kennt. Du lässt Fragen offen."

Antony runzelte die Stirn. Zweimal in der tausendjährigen Geschichte der diTalora-Familie hatte ein zweiter Sohn den Thron anstelle des älteren Bruders bestiegen. Nach dem Gesetz von San Rimini war es nicht undenkbar, dass das Parlament Federico an seiner Stelle sehen wollte, vor allem, weil Antony kinderlos war, aber es war ungewöhnlich. Und es war kühn vom Vorsitzenden, dem König gegenüber anzudeuten, dass derartige Gespräche stattfanden. Das Thronfolgekomitee war meist nur der Form halber tätig und hatte selten wirklich etwas zu tun.

„Wissen die Mitglieder über dein Herz Bescheid?", fragte Antony. „Meine Krönung zum Kronprinzen fand vor neun

Jahren statt, mit einstimmiger Billigung des Komitees. Warum wird jetzt darüber diskutiert?"

„Ich habe nichts über meine Gesundheit gesagt, aber seit Monaten kursieren Gerüchte, seit ich meinen Morgenlauf aufgegeben habe. Niemand glaubt mir, dass ich einfach nur meinen Zeitplan geändert habe. Die Boulevardpresse hat die Spekulationen noch verstärkt, als ich deiner Geburtstagsfeier ferngeblieben bin. Es war sicherlich genug Gelegenheit für das Komitee, über deinen Platz in der königlichen Linie zu diskutieren. Sie lechzen nach Stabilität. Monarchen, die langfristig herrschen, sind ihnen lieber als welche, die nur für kurze Zeit auf dem Thron sind." Der König hielt einen Moment inne, als ob er wieder zu Atem kommen müsste. „Wenn die Nachricht von meiner Operation in der Öffentlichkeit die Runde macht, werden solche Gespräche bestimmt vermehrt geführt werden. Federico hat zwei Söhne und Lucrezia hat öffentlich erklärt, dass sie und Federico weitere Kinder haben möchten. Ich zweifle nicht daran, dass du ein hervorragender König sein würdest, aber du kannst keine solchen Zusicherungen für die Zukunft geben."

„Du willst unsere Landsleute beruhigen, indem du mich daran hinderst, den Thron zu besteigen, obwohl ich mein Leben lang an wirtschaftlichen Projekten gearbeitet habe, die San Rimini zum Vorteil dienen?" Er bemühte sich, nicht laut zu werden, falls jemand vor den Privaträumen des Königs herumschlich. „Federico ist intelligent. Er ist ein hervorragender Prinz und ein noch besserer Bruder. Aber er hat sich nicht so sehr dem Fortschritt von San Rimini verschrieben wie ich. Er ist sicherlich nicht so gut darauf vorbereitet, sich um die heikleren Staatsangelegenheiten zu kümmern, die in die Zuständigkeit der Monarchie und nicht des Parlaments fallen. Er ist weniger erfahren in der Diplomatie."

Antony starrte seinen Vater an und konnte kaum glauben, wie energisch die Kinnpartie seines Vaters auf einmal wirkte. Er stützte sich mit den Händen auf der Rückenlehne eines Sessels ab und sagte: „Damit ich tun kann, was ich gelernt habe, würdest du mich zu einer Ehe ohne Liebe zwingen? Deine eigene war ganz sicher nicht so. Bedenke, was aus Charles und Diana geworden ist. Glaubst du, das war gut für Großbritannien? Oder für einen der beiden Menschen in dieser Beziehung?"

Und dann waren da noch die Probleme in Federicos lieblose Ehe, die vor der Öffentlichkeit geheim gehalten wurden. Antony würde liebend gern darauf zu sprechen kommen, aber der König schien nichts in dieser Richtung bemerkt zu haben. Federico redete nie über sein Privatleben, obwohl die Spannungen zwischen ihm und Lucrezia für Antony und seine Geschwister, Isabella und Marco, offensichtlich waren, und das schon seit mehreren Jahren.

„Du weißt, dass es mir viel lieber wäre, wenn du eine Frau heiraten würdest, die du liebst, aber meine wichtigste Aufgabe besteht darin, dafür zu sorgen, dass die diTalora-Linie nach meinem Tod fortbesteht. Versteh das nicht als Urteil über deine harte Arbeit oder deine Fähigkeiten. Aber die Dinge sind nun einmal, wie sie sind, und sie sind immer so gewesen. Solange du kein eigenes Kind hast und meine Gesundheit in der Schwebe ist, habe ich kaum eine andere Wahl."

Der König überwand die letzten Schritte bis zu seinem Schlafzimmer und öffnete die Tür. Erschöpfung erschwerte ihm diese einfache Bewegung. „Es tut mir leid, Antony. Du hast ebenfalls kaum eine andere Wahl. Das ist die Bürde unserer Geburt. Du musst innerhalb eines Jahres heiraten. In der Zwischenzeit werde ich mein Bestes tun, um zu überleben."

KAPITEL 4

Harriet räusperte sich und lenkte so Antonys Aufmerksamkeit von der Broschüre über die Flüchtlingshilfe ab, in der er gelesen hatte.

Er richtete sich in seinem Schreibtischstuhl auf. „Es tut mir leid, Harriet. Ich fürchte, ich bin heute Morgen etwas mit meinen Gedanken woanders."

Sie richtete ihren Blick auf das Gesetzbuch, das auf seinem jahrhundertealten französischen Mahagonischreibtisch lag, und bemerkte dann die Suchmaske auf dem Computerbildschirm, dessen Inhalt er zum Glück gelöscht hatte. „Kann ich etwas für Sie recherchieren, Hoheit?"

Er schob seinen Stuhl zurück, wobei das antike Möbelstück knarrte, und stand auf, um sich zu strecken. „Nein, aber vielen Dank für Ihr Angebot."

Er hatte fast die ganze Nacht gelesen, doch jede Quelle führte ihn zu demselben Schluss: Das Thronfolgekomitee hatte das Recht, ihm den Titel des Kronprinzen abzuerkennen und Federico die Ehre zu verleihen. Es wäre zwar nicht einfach, aber wenn die Mitglieder des Ausschusses fest entschlossen waren, bezweifelte er, dass selbst Harriet ein Schlupfloch finden könnte. Frustriert über die Gesetzgebung von San Rimini hatte er sich den Informationen über die Flüchtlingshilfe gewidmet, die er weitaus interessanter fand.

Widerstrebend legte er die Broschüre in eine Schreibtischschublade, knöpfte sein Jackett zu und richtete seine silbernen Manschettenknöpfe. „Haben wir Zeit, das Tagesprogramm durchzugehen?"

„Natürlich." Sie drückte einige Tasten auf ihrem Telefon. „Ihr Friseur wird in dreißig Minuten zum Haareschneiden herkommen. Der Lunch mit der historischen Gesellschaft ist um elf Uhr und sollte bis ein Uhr beendet sein. Um zwei Uhr treffen Sie sich mit dem Wirtschaftsrat, der Sie über die kurzfristigen Ergebnisse der Änderungen an unserem Handelsabkommen mit Italien informieren wird. Die Sitzung ist auf zwei Stunden angesetzt."

„Perfekt." Er brauchte eine sinnvolle Ablenkung.

Harriet tippte erneut auf ein paar Tasten ihres Telefons, dann sah sie ihn erschrocken an. „Das hätte ich fast vergessen, Hoheit: Bianca Caratelli hat vor etwa einer Stunde angerufen. Sie hat ein paar mögliche Termine durchgegeben, auf die wir Ihr Abendessen verschieben können."

Er hob eine Braue. „Aber?"

„Ich wollte zuerst mit Ihnen sprechen. Ihr Vater hat mir heute früh eine Nachricht zukommen lassen und gefragt, ob es in Ihrem Terminkalender Platz gibt, um am Wochenende mit Signorina Caratelli zu dinieren. Ich habe noch nicht geantwortet, aber er beharrte darauf, dass Sie die Verabredung einschieben. Sie sponsern am Freitag das Dinner, das die Auftaktveranstaltung für Ihren neuen Stipendienfonds darstellt, und sie hat an diesem Abend noch nichts geplant, wenn Sie also möchten, könnte ich –"

„Der Mann ist wirklich entschlossen."

Harriets Augen weiteten sich bei Antonys kurzem Ausbruch.

Er hob eine Hand, um sie zu beruhigen. „Alles in Ordnung, Harriet. Es ist nur …“

Eine Idee überkam ihn mit einer solchen Wucht, dass er auf seinen Schreibtischstuhl zurücksank. Vielleicht könnte er zwei Fliegen mit einer Klappe schlagen. Er sah seine Assistentin an. „Das Dinner beginnt um acht Uhr abends, richtig?“

„Ja, im Königlichen Ballsaal. Ungefähr vierhundert Gäste haben zugesagt. Das Catering steht und die Sitzordnung sollte heute Nachmittag fertig sein.“

Ziellos fuhr er mit der Hand über die Schreibtischplatte, während sich die einzelnen Teile der Idee zu einem Plan zusammenfügten. „Wurden die Voraussetzungen, die für ein Stipendium zu erfüllen sind, schon bekannt gegeben?“

„Nein. Wir haben nur die Pressemitteilung über die Einrichtung des Fonds selbst rausgeschickt.“

„Gut, denn ich möchte eine Verpflichtung zu einem sozialen Dienst ergänzen.“

Mit etwas Glück würde er sich selbst und Jennifer Allen beweisen, dass er weit mehr tun konnte, als einen Scheck auszustellen. Er würde zeigen, dass ihm ihre Organisation und deren Arbeit am Herzen lagen. Er würde der Flüchtlingshilfe die Unterstützung zukommen lassen, die so dringend benötigt wurde.

Außerdem könnte Biancas Anwesenheit die Bedenken seines Vaters – ganz zu schweigen von denen des Komitees – über seine Zukunft zerstreuen. Sie würden ihn in seinem Element erleben, wenn er über wichtige Themen wie Bildung und Freiwilligendienst sprach, und dann beim Tanzen mit Bianca. Da sollten sie erkennen, dass ihr Handeln übereilt war.

„Bitte sorgen Sie dafür, dass Bianca an dem Dinner für den Stipendienfonds teilnimmt. Setzen Sie sie in den vorderen Teil des Raums.“ Er holte die Broschüre der Flüchtlingshilfe aus seiner Schreibtischschublade und reichte sie Harriet. „Dann sehen Sie, ob Sie Jennifer Allen im Haffali-Lager erreichen können. Es ist wichtig, dass ich so bald wie möglich mit ihr spreche."

Harriet blätterte durch die Broschüre und ihr Gesicht nahm den gleichen amüsierten Ausdruck an, den sie am Tag zuvor gehabt hatte, als er ihr von seinem Besuch in Rasovo erzählt hatte. „Ich verstehe, Hoheit."

***

„Diesen Freitag? Hoheit, es ist mir eine große Ehre, aber ich kann das Lager jetzt unmöglich verlassen."

Jennifer kam die ganze Situation surreal vor. Es war schwer genug, zu glauben, dass Prinz Antony sie im Anschluss an seinen Besuch angerufen hatte – immerhin hatte sie ihm geradezu einen Vortrag gehalten. Mehr als einmal war in ihrem Bestreben, den Bedürftigen zu helfen, ihr Temperament mit ihr durchgegangen und sie hatte potenzielle Unterstützer mit der Schärfe ihrer Aussagen vergrault. An diesem Charakterfehler arbeitete sie noch. Niemand mochte es, belehrt zu werden.

Dass der Prinz anrief, um sie zu einem privaten Wohltätigkeitsdinner einzuladen, verblüffte sie völlig.

Das Angebot war verlockend, das musste sie zugeben. Wer würde nicht gerne an einer schicken Veranstaltung mit einem hinreißenden Prinzen teilnehmen? Seit sie ihren Collegeabschluss gemacht und sich in humanitäre Arbeit gestürzt hatte, war sie nicht mehr schön angezogen ausgegangen. An den wenigen Abenden, die sie in Gesellschaft verbracht hatte, war sie mit Freunden in Bars oder Straßenrestaurants in der Nähe ihres Einsatzortes gegangen, wo der Dresscode strikt Jeans und T-Shirt lautete. Eine Reise nach San Rimini war jedoch unmöglich. Ein Ausgehabend war vielleicht überfällig, aber dies war nicht der richtige Zeitpunkt.

„Außerdem ..." Sie suchte nach Worten, um das Gespräch

aufzulockern. „Ich habe in Haffali nicht gerade einen Schrank voll mit Abendkleidung."

Antony lachte, ein tiefer, satter Klang, der eine Fülle hatte, die sie nicht erwartet hatte. Ein Lachen, das unbeschreibliche Dinge mit ihrem Magen anstellte.

Was hatte dieser Mann an sich, das ihn für sie so *begehrenswert* machte?

„Bevor Sie ablehnen, lassen Sie mich erklären, warum ich Sie bei diesem Dinner brauche. Es geht um den San-Rimini-Stipendienfonds, den ich kürzlich eingerichtet habe, um Studierende aus San Rimini bei der Finanzierung ihres Studiums zu unterstützen. Die Bewerber müssen finanziell bedürftig sein und hervorragende akademische Leistungen vorweisen können."

Sie runzelte die Stirn. Was hatte sie mit Stipendien zu tun? „Ich bin sicher, dass es vielen Studierenden helfen wird."

„Wir hoffen, vierzig Studierende pro Jahr finanzieren zu können, wenn wir unsere finanziellen Ziele erreichen. Aber etwas, das Sie gestern gesagt haben, hat mich nachdenklich gemacht. Sie waren der Meinung, dass Geld allein die Probleme der Welt nicht lösen kann."

Jennifer verdrehte die Augen und schaute zur Decke ihres Trailers. Warum konnte sie ihre große Klappe nicht halten? „Bitte entschuldigen Sie, dass ich so geradeheraus gesprochen habe, Hoheit."

„Bitte entschuldigen Sie sich nicht. Sie haben mich darauf aufmerksam gemacht, dass das Stipendienprogramm weitaus mehr Menschen helfen könnte als nur den Studierenden, deren Ausbildung dadurch finanziert wird. Es könnte auch Ihr Lager unterstützen."

Sie konnte sich nicht vorstellen, wie. „Wirklich?"

„Ich würde gerne einen Freiwilligendienst damit verknüpfen. Alle, die ein Stipendium erhalten, müssen mindestens einen Sommer lang für eine anerkannte Wohltätigkeitsorganisation arbeiten, beispielsweise für die Flüchtlingshilfe."

Jennifer setzte sich auf ihrem Schreibtischstuhl gerade hin. Konnte er das ernst meinen? Wenn auch nur ein Viertel der Stipendiaten für die Flüchtlingshilfe arbeiten würde, hätte das enorme Auswirkungen auf ihre Fähigkeit, den im Lager lebenden Flüchtlingen zu helfen.

„Miss Allen?" Die königliche Stimme des Prinzen drang in ihre Gedanken. „Ich hoffe, Sie sind damit einverstanden."

„Natürlich", sagte sie. „Zusätzliche Helfer wären für uns ein Geschenk des Himmels. Und natürlich auch für andere Wohltätigkeitsorganisationen. Vor allem wenn es Studierende sind, die ja einen hellen Verstand haben. Ich weiß nicht, wie ich Ihnen danken soll."

„Indem Sie zum Wohltätigkeitsdinner kommen und über Ihre Organisation und deren Bedürfnisse sprechen. Bringen Sie Ihre Botschaft einem größeren Publikum nahe. Ich glaube, die Gäste wären sehr interessiert an dem, was Sie zu sagen haben."

Jennifer warf einen Blick aus dem Fenster ihres Trailers. Eine Mitarbeiterin ging mit einem leeren Wasserkrug in jeder Hand vorbei und rief einem Flüchtling, der mit zwei vollen Krügen in die entgegengesetzte Richtung lief, etwas zu. Wenn Jennifers Anwesenheit beim Dinner den Flüchtlingen so viel Aufmerksamkeit einbrachte, wie der Prinz in Aussicht stellte, würden ihre Mitarbeiter sie sicher für ein oder zwei Tage vertreten. Vielleicht war ihre Teilnahme doch nicht unmöglich.

„Ich wüsste nicht, wie ich hinkommen sollte."

„Ich schicke meinen Hubschrauber. Wäre Ihnen Freitagmittag recht?"

„Ich denke, das bekomme ich hin, aber –"

„Wunderbar."

„Aber, nun ja, da ist immer noch das Problem mit der passenden Garderobe. Heutzutage gibt es in den Geschäften von Rasovo nicht gerade Abendkleidung."

„Kein Problem. Meine Assistentin Harriet wird Ihre Maße notieren und bei Ihrer Ankunft eine Auswahl bereithalten. Sie kann Ihnen auch bei den Schuhen helfen. Es wird getanzt werden, also brauchen Sie ein geeignetes Paar. Wir sehen uns dann Freitag."

„Wirklich, das ist zu –" Jennifer brach ab, als ein schleifendes Geräusch verriet, dass er das Telefon an Harriet weitergereicht hatte. Widerwillig gab sie der Assistentin des Prinzen ihre geschätzten Maße und beendete dann den Anruf, fassungslos über das Gespräch.

Als sie erneut aus dem Fenster des Trailers schaute, bemerkte sie, wie sich über den Bergen Sturmwolken bildeten. Eine Jugendliche, die auf das Essenszelt zuging, zog bei einer Windböe ihren Kragen hoch, dann richtete sich auch ihr Blick auf den sich verdunkelnden Himmel. Am nächsten Morgen würde das Lager feucht und schlammig sein.

Jennifer beobachtete, wie die Tür des Zelts im Wind hin und her schlug, dann erschien ein Mitarbeiter und hob sie in den Scharnieren leicht an, um sicherzustellen, dass die Verriegelung hielt.

Sie schloss für einen Moment die Augen und dachte über den Anruf nach. Sie musste ihre dumme, jugendliche Schwärmerei für den Prinzen beiseiteschieben. Am Freitagabend würde sie die Gelegenheit haben, der Welt von der Sache zu erzählen, die ihr am meisten am Herzen lag. Wenn ihr dazu ein fescher Prinz zufälligerweise ein Ballkleid lieh und mit ihr im selben Raum dinierte, dann war das eben so. Sie würde sich weiter auf diese Menschen und ihre Bedürfnisse konzentrieren. Nicht auf einen großen, dunkelhaarigen und gut aussehenden Märchenprinzen. Auch nicht, wenn er ihren Arm wieder berührte. Nicht einmal, wenn er sie mit seinem sexy Akzent zum Tanzen aufforderte.

Sie kramte einen Block aus ihrer Schublade und schrieb sich auf, dass sie die Schrauben an den Scharnieren zum Essenszelt festziehen sollte. Dann benutzte sie ein leeres Blatt, um sich Notizen für die Rede zu machen, die sie schreiben musste. Ihre

Eltern hatten sich jahrelang für politische Flüchtlinge und Menschen eingesetzt, die durch Naturkatastrophen in Kambodscha und Vietnam aus ihrer Heimat vertrieben worden waren, und sie hatten gerade so viel finanzielle Unterstützung erhalten, dass sie jedes Jahr das nötige Budget aufbringen und genügend Helfer einstellen konnten, um die Fluktuation der Arbeitskräfte auszugleichen. Die Politiker, die ihre Ansprechpartner gewesen waren, hatten ihnen jedoch nie so eine Gelegenheit geboten wie die Chance, die Prinz Antony ihr in Aussicht stellte.

„Vielleicht", murmelte sie, „vielleicht ist er *tatsächlich* anders." Immerhin hatte er Josef mit Gefühl vorgelesen und dann einen Plan zur Sprache gebracht, um mehr Arbeitskräfte in ihr Lager zu bringen – einen Plan, von dem sie ehrlich gesagt beindruckt war.

Sie lächelte, als sie den Stift aufs Papier setzte. Vielleicht würde sich Antonys Besuch ja doch noch als Glücksfall erweisen.

JENNIFER SASS KERZENGERADE auf der Kante des Jacquard-Sofas im Salon. Irgendwie fühlte es sich falsch an, eine weniger als perfekte Haltung einzunehmen, während sie auf die Assistentin des Prinzen wartete. Die Umgebung verlangte es.

La Rocca di Zaffiro, gemeinhin als La Rocca bekannt, war einer der berühmtesten Paläste der Welt. Jennifer verstand, dass dies vor allem an seiner langen Geschichte und seinen bekannten Bewohnern lag, fand aber, dass allein die Architektur und Innenausstattung genügten, um diesen Ruf zu begründen.

Sie schaute zum dritten Mal auf die Uhr, seit sie den Raum betreten hatte, und richtete dann, frustriert über das langsame Verstreichen der Zeit, ihre Aufmerksamkeit auf die Decke. Der Kronleuchter war reich mit Kristall verziert. Eine kunstvolle Szene war an die Decke gemalt worden, die den Eindruck erweckte, der Himmel habe sich geteilt, damit eine Gruppe von Engeln den Kronleuchter festhalten konnte.

Jennifer schluckte schwer und blickte wieder auf ihre alles andere als königliche Kleidung herab, dann strich sie mit einer Hand über ihre Hose. Gott sei Dank würde nur die Assistentin des Prinzen sie empfangen und nicht der Prinz selbst. Wenn er sähe, wie unangemessen sie für einen Besuch im Palast angezogen war, würde er sein Angebot vielleicht noch einmal überdenken.

Und dies war bereits das beste Outfit, das sie in Haffali dabeigehabt hatte.

„Miss Allen?"

Jennifer zuckte zusammen. Die schweren Holztüren schwangen so leise über das polierte Hartholz, dass sie nicht gehört hatte, wie die Assistentin hereingekommen war. Sie war eine Frau mittleren Alters und der Anzug aus Tweed, den sie trug, und ihr abgehackter britischer Akzent hätten in Jennifer beinahe den Wunsch geweckt, zum Ausgang zu rennen, wäre da nicht das warme, freundliche Lächeln auf ihrem Gesicht gewesen.

„Ja?", piepste Jennifer, als sich ihre Nerven beruhigt hatten.

„Ich bin Harriet Hunt, Prinz Antonys persönliche Assistentin. Sie können mich gerne Harriet nennen." Sie durchquerte den Raum und reichte Jennifer die Hand. „Ich hoffe, die Reise mit Emiliano war angenehm?"

Jennifer stand auf und schüttelte Harriets Hand. „Ich habe noch nie zuvor in einem Hubschrauber gesessen. Aber der Pilot hat dafür gesorgt, dass ich mich wohlgefühlt habe. Es war ein bequemer Flug."

Harriet lächelte. „Das freut mich. Wenn Sie jetzt bitte mit mir kommen würden, uns bleiben nur noch wenige Stunden bis zum Dinner."

Jennifer folgte Harriet, die sie aus dem Salon und durch eine Reihe von Marmorfluren führte, wobei ihre eleganten Absätze leise auf dem polierten Boden klackten. Goldverzierte Spiegel bedeckten die Wände in einem der langen Korridore und Jennifer ertappte sich mehr als einmal dabei, wie sie sich selbst betrachtete – ihr Gehirn war immer noch mit dem Wechsel von dem schlammigen, überfüllten Flüchtlingslager zu den makellosen, spiegelnden Fluren des königlichen Palastes beschäftigt.

„Ich habe ein Zimmer für Sie vorbereiten lassen, sodass Sie sich dort zurechtmachen können." Harriet warf einen Blick auf den Zeitplan auf ihrem Handy. „Das Dinner ist für Punkt acht Uhr im Königlichen Ballsaal angesetzt. Ich habe veranlasst, dass eine Auswahl an Abendkleidern um fünf Uhr zu Ihrem Zimmer gebracht wird. Um sechs Uhr steht Ihnen ein Stylist zur Verfügung, der Ihnen hilft, falls Sie Schwierigkeiten haben, die richtige Größe zu finden oder die richtigen Schuhe und die passende Handtasche auszuwählen. Die Visagistin wird um halb sieben eintreffen und der Friseur ist für –"

Jennifer war stehengeblieben.

„Gibt es ein Problem?"

Ja, es gibt ein Problem. Das hier ist eine Nummer zu groß für mich.

„Nein, natürlich nicht. Das ist alles sehr großzügig." Sie konnte nicht glauben, dass der Prinz und seine Assistentin sich so viel Mühe gegeben hatten. Es war ihr sehr unangenehm, wenn andere solche Anstrengungen für sie unternahmen. Ihre Eltern hatten sie dazu erzogen, sparsam zu leben, und das Geld, das übrig blieb, verwendeten sie in erster Linie für Bildung und wohltätige Zwecke – nicht für Stylisten oder anderen Luxus.

Für sie war es Luxus, wenn sie in der Eröffnungswoche ins Kino gehen und sich dort eine Limonade und Popcorn kaufen konnte.

Sie rang um die richtigen Worte und fügte schließlich hinzu: „Allerdings brauche ich keine Visagistin oder einen Friseur oder so etwas." Es war ihr schon peinlich genug, sich für diesen Anlass ein Kleid zu leihen.

Harriet musterte sie. „Sie möchten sich für die Veranstaltung selbst frisieren und schminken?"

Das Make-up, das sie mitgebracht hatte, bestand aus einem Abdeckstift und Mascara. Das war alles, was sie im Lager hatte. Vielleicht brauchte sie wirklich eine Visagistin, auch wenn es sich seltsam anfühlte. „Nun, es ist nur so, wissen Sie, dass –"

Harriets schnelles Lächeln beruhigte sie. „Prinz Antony erwähnte, wie hart Sie arbeiten. Er möchte, dass Sie sich entspannen und verwöhnen lassen. Außerdem werden Sie gedanklich genug beschäftigt sein, wenn Sie an der Reihe sind, Ihre Rede zu halten. Haare und Make-up sollten da Ihre geringste Sorge sein."

Etwas in Harriets Tonfall veranlasste Jennifer, zu nicken und zu sagen: „In Ordnung."

Harriet stieß eine weitere schwere Holztür auf und führte Jennifer einen eichengetäfelten Flur hinunter. Die Zimmer zu ihrer Linken und Rechten wirkten kleiner und intimer als die an den Seiten der breiten Marmorkorridore, die sie zuvor entlanggegangen waren. Ölgemälde früherer königlicher Familien von San Rimini schmückten die Wände, zeigten aber informelle Szenen – im Gegensatz zu den steifen, gestellten Porträts, die sie in anderen Bereichen des Palastes gesehen hatte. Statt der repräsentativen Vasen und kunstvollen Wandteppiche fanden sich hier Vitrinen voller Tongefäße, die meisten davon mit Zebra-, Giraffen- und Elefantenmotiven bemalt. Geschickt zwischen den Töpferwaren verteilt standen geschnitzte Holztiere, offenbar Geschenke von königlichen Auslandsreisen.

„Prinz Antony hat eine Vorliebe für alles, was afrikanisch ist", erklärte Harriet, die Jennifers Interesse bemerkt hatte, als diese Blicke in die Glasvitrinen warf und den Inhalt studierte. „Er erhält jedes Jahr Hunderte von Geschenken aus der ganzen Welt, aber das sind die Gegenstände, die er selbst ausgewählt hat, um sie hier auszustellen."

Jennifer hielt inne und betrachtete einen handgeflochtenen

Korb. Mit dem, was sie nicht über Prinz Antony wusste, ließe sich eine ganze Bibliothek füllen. Sie hätte nie gedacht, dass er etwas so … Naturverbundenes zu schätzen wusste. „Ich nehme an, die meisten stammen von ausländischen Würdenträgern?"

„Ein paar. Aber den größten Teil erhielt er von Frauen und Kindern, als er AIDS-Zentren und Waisenhäuser in Subsahara-Afrika besuchte. Danach organisierte er eine zweijährige Kampagne, die zur Entwicklung von Aufklärungsprogrammen in der gesamten Region beitrug. Er war der Meinung, dass Prävention der schnellste Weg sei, um den Bedarf an solchen Einrichtungen zu verringern. Das ist jetzt etwa zehn Jahre her. Das Programm war ziemlich effektiv."

Jennifer blinzelte überrascht. „Interessant."

Vielleicht hatte Prinz Antony es wirklich ernst gemeint, als er sagte, dass ihm das Schicksal der Flüchtlinge im Haffali-Lager am Herzen läge. Offensichtlich hatte er mehrere Reisen in die ärmsten Regionen der Welt unternommen, auch wenn die politische Situation dort anders war.

Harriet zeigte auf ein Foton, das in einer Vitrine hinter einer zierlichen Holzperlenkette stand. Es zeigte den Prinzen mit einem kleinen Kind. „Dieses Bild wurde aufgenommen, als Prinz Antony Simbabwe besuchte. Der Junge, der dem Prinzen die Perlen überreicht, hat beide Eltern durch AIDS verloren. Ein amerikanisches Nachrichtenmagazin berichtete damals über einen Anstieg der AIDS-Fälle und verwendete dieses Foto für die Titelseite. Das war eine großartige Werbung für die königliche Familie. Die diTaloras wollen die Öffentlichkeit wissen lassen, dass sie ihre karitativen Aufgaben sehr ernst nehmen."

Jennifers Begeisterung über die Wohltätigkeitsarbeit des Prinzen verflog. Wieder einmal befürchtete sie, dass sie voreilige Schlüsse über seine Motive gezogen hatte. Für die königliche Familie – insbesondere für Prinz Antony – schien wichtig zu sein, was ihre Wohltätigkeitsarbeit ihnen selbst brachte, und weniger, was die Hilfsbedürftigen davon hatten. Harriet hatte nicht erwähnt, was die Titelseite des Magazins zur Aufklärung über AIDS beitrug.

Nun, sei's drum, sagte sie sich. Die Unterstützung der Prinzen bedeutete immerhin, dass Tausende von Menschen auf die Notlage der Flüchtlinge in Rasovo aufmerksam gemacht wurden. Die Beweggründe des Prinzen für seine Hilfe sollten ihr völlig gleichgültig sein.

Ebenso wie sein Aussehen. Und sein Charme.

Sie schüttelte die Gedanken ab und konzentrierte sich auf die übrigen ausgestellten Stücke, auf die Harriet sie im Vorbeigehen aufmerksam machte. Es war sicherer, an die geschnitzten Giraffen zu denken, die die Vitrinen füllten, als an den Mann, dem sie gehörten.

Bald darauf bog Harriet um eine Ecke und öffnete eine Doppeltür, die den Blick auf ein luxuriöses Schlafzimmer freigab. Dicker beiger Damast bedeckte die Wände, für die Bettwäsche war ein schokoladenfarbener Stoff verwendet worden. Das Bett hatte einen riesigen Baldachin, der so hoch war, dass Jennifer sich fragte, wie man ihn wohl staubfrei halten konnte. Zwei kastanienbraune Ledersessel flankierten ein zweigeteiltes Fenster, das bis zur Decke reichte und einen Ausblick auf die königlichen Gärten bot. Und wie es sich für einen Palast gehörte, beleuchtete ein schwerer Kronleuchter den gesamten Raum.

„Dies ist Ihr Zimmer", sagte Harriet, während Jennifer sich bemühte, nicht die prächtige Ausstattung anzustarren. „Ich nahm an, dass Sie die Nacht hier verbringen möchten, weil das Dinner frühestens um Mitternacht beendet sein wird."

„Ich hatte noch keine festen Pläne, als ich das Lager verließ", gab Jennifer zu. Sie hatte Kleidung zum Wechseln eingepackt, da sie davon ausging, dass der Hubschrauberpilot die Berge nicht nach Einbruch der Dunkelheit überqueren wollte, und sie hatte vorgehabt, sich bei ihrer Ankunft nach Hotels zu erkundigen. Vorsichtshalber hatte sie sich ein paar Hotels in der Nähe von La Rocca herausgesucht und deren Nummern in ihr Telefon eingespeichert.

Welcher normale Mensch, der bei klarem Verstand war, erwartete, in einem königlichen Palast zu übernachten?

„Dort drüben finden Sie ein Badezimmer." Harriet wies auf einen Türgriff, der geschickt in der Wand versteckt war, drehte sich dann um und zeigte auf eine ähnlich getarnte Tür in der Nähe. „Und hier ist ein Ankleidezimmer. Sie finden alle üblichen Toilettenartikel sowie eine Reihe von Nachthemden zur Auswahl, falls Sie keins eingepackt haben." Die tüchtige Assistentin ging zum anderen Ende des Raumes und öffnete eine weitere Doppeltür. „Ich habe veranlasst, dass der Stylist und die Visagistin Sie hier im Salon treffen."

Harriet ging hinein und winkte Jennifer zu sich. Dort stand ein prächtiges braunes Samtsofa, daneben ein Tisch mit Intarsien, auf dem sich ein Wasserkrug aus geschliffenem Kristall, mehrere passende Gläser und eine Schale mit frischen Früchten befanden. Zu Jennifers Linken war ein Kamin, der Jahrhunderte alt zu sein schien, mit einem geschnitzten Sims.

Ihr Blick schweifte über das Mobiliar und verharrte auf dem großen Ölgemälde über dem Kaminsims. Es zeigte einen jugendlichen Prinzen Antony in förmlicher Kleidung. Jennifer konnte nur staunen, wie selbstbewusst, souverän und ausgesprochen gut aussehend der Prinz schon als Heranwachsender gewesen war.

Als sie sich vom Kaminsims abwandte, blickte sie durch die Tür zurück ins Schlafzimmer und bemerkte an der gegenüberliegenden Wand einen kunstvoll bemalten Kleiderschrank. Ein passender Schminktisch mit einem schönen vergoldeten Spiegel stand neben dem bodentiefen Fenster, um das natürliche Licht von draußen einzufangen.

Das geradezu feminin wirkende Zimmer schien einer Königin angemessen zu sein und Jennifer fragte sich, ob die verstorbene Königin Aletta, die Mutter des Prinzen, hier gewohnt hatte oder ob es von Antonys Schwester, Prinzessin Isabella, benutzt worden war. In Anbetracht des Gemäldes bezweifelte sie das allerdings. Wahrscheinlicher war, dass sich hier die Freundinnen des Prinzen aufhielten. Sie konnte sich Frida Heit vorstellen, wie sie sich auf dem Sofa rekelte – in einem der dünnen Designerkleider, die sie auf den Laufstegen von Paris und Mailand vorführte.

Jennifer verdrängte den Gedanken und ärgerte sich über sich selbst, weil sie überhaupt über so etwas nachdachte. Was kümmerte es sie, ob der Prinz hier Frauen empfing?

„Sie haben noch etwa dreißig Minuten Zeit, bis die Kleider eintreffen, also machen Sie es sich bitte bequem", sagte Harriet, während sie die Vorhänge zurechtzog, damit Jennifer einen besseren Blick auf die Gärten hatte. „Ich werde ein paar Minuten vor dem Dinner zurück sein, um Ihnen den Weg zum Königlichen Ballsaal zu zeigen."

Harriet wandte sich um, doch auf dem Weg zurück durch das Schlafzimmer hielt sie inne, bevor sie die Tür zum Flur öffnete. „Oh, Miss Allen –"

„Bitte, nennen Sie mich Jennifer."

„Jennifer", fuhr Harriet fort und ihre Miene wirkte plötzlich herzlicher, „wenn Sie irgendetwas brauchen – etwas zu essen, frische Handtücher, zusätzliches Bettzeug –, läuten Sie." Sie deutete auf eine Samtkordel, die in der Nähe der Tür von der Decke hing. „Zoran, Prinz Antonys persönlicher Butler, wird Ihnen gerne helfen."

„Prinz Antonys persönlicher Butler?"

Jennifer wäre die Kinnlade beinahe bis zu dem mit einem Seidenteppich bedeckten Boden heruntergeklappt. Sie konnte nicht glauben, dass sie eine echte Kordel vor sich hatte, mit der sie Bedienstete rufen konnte.

„Der Prinz hat das Personal angewiesen, Sie als seinen persönlichen Gast und als VIP zu behandeln. Deshalb hat er auch dafür gesorgt, dass Sie hier, in seinem privaten Flügel des Palastes, und nicht in den Gästequartieren unterkommen. Zoran ist für diesen Bereich zuständig. Er ist sehr entgegenkommend, also zögern Sie nicht, ihn anzusprechen." Harriet setzte an, die Tür hinter sich zu schließen, hielt dann aber erneut inne und schaute noch einmal ins Zimmer hinein. Sie musterte Jennifer von oben bis unten und flüsterte: „Sollte jemand fragen, habe ich das Folgende niemals gesagt, aber wenn Sie heute Abend so überzeugend sind, wie Sie es im Flüchtlingslager gewesen sein müssen, könnte das Ihr Leben sehr verändern. Und auch das von Prinz Antony."

Harriet zog ihren Kopf wieder zurück, bevor Jennifer fragen konnte, wie sie das gemeint hatte.

„Wow", flüsterte Antony und zog den Rand des Samtvorhangs zurück, um besser sehen zu können. „Sie hat sich für das blaue Kleid entschieden."

Jennifer stand am Fuß der Doppeltreppe und wartete darauf, dass die Vorstellung der Gäste begann und sie den Königlichen Ballsaal betreten konnte. Obwohl er hoch über ihr auf einer Balustrade mit Blick auf die Treppe stand, entdeckte Antony sie sofort in der Menge. Kein Mann, der auch nur einen Tropfen Testosteron in sich hatte, konnte die wunderschöne Rothaarige in dem duftigen himmelblauen Kleid übersehen.

Nicht in seinen wildesten Fantasien hatte sie so gut ausgesehen und er hatte einige wilde Fantasien über Jennifer Allen, seit er und Emiliano auf dem Hubschrauberlandeplatz ihres Flüchtlingslagers gelandet waren.

Zugegeben, in diesen Fantasien waren sie eng beieinander, was ihm einen ganz anderen Blickwinkel bescherte.

Er schaute hinter sich auf die große Standuhr an der Wand und wünschte, die Minuten würden schneller vergehen.

Normalerweise legte er gern einen königlichen Auftritt hin, indem er immer als Letzter – abgesehen von seinem Vater – den Ballsaal betrat.

Nicht heute Abend.

Heute Abend wollte er Jennifer unbedingt aus der Nähe sehen. Er wollte mehr über sie erfahren, was sie dachte, woran sie glaubte. Er wollte ihrer Stimme lauschen, beim Tanzen ihren Rücken unter seiner Hand spüren, die Beschaffenheit ihrer wunderschönen roten Locken bewundern und davon träumen, wie das Leben hätte sein können.

An diesem überwältigenden Drang war natürlich sein Vater schuld. Der heutige Abend könnte Antonys letzte Chance sein, die Gesellschaft einer Frau zu genießen, wie er sie sich wünschte, bevor er gezwungen war, eine der aristokratischen Damen zu heiraten, die für jemanden mit seiner adligen Herkunft als geeigneter galten.

Er wollte keine Zeit verlieren, diese Gelegenheit zu nutzen.

In den Momenten zwischen seinen Terminen an diesem Nachmittag war er neugierig genug gewesen, um sein Handy zu zücken und mehr über Jennifer herauszufinden als das, was er durch Harriets Notizen zur Vorbereitung seines Besuchs im Camp über die Flüchtlingshilfe wusste. Er war überrascht gewesen, als er erfuhr, dass ihre Eltern ebenfalls humanitäre Hilfe leisteten – erst in Vietnam, dann in Kambodscha – und vertriebenen Kindern geholfen hatten, ihre Eltern wiederzufinden, oder, falls dies nicht möglich war, ihnen ein neues Zuhause zu suchen. Schließlich waren ihre Eltern in Rumänien gelandet, wo sie halfen, Tausende von Menschen medizinisch zu versorgen, deren Bedürfnisse in den Jahren zwischen dem Ende des Kommunismus und der darauffolgenden unvermeidlichen Phase des Wandels vernachlässigt worden waren.

Nachdem er darüber nachgedacht hatte, war er zu dem Schluss gekommen, dass Jennifer ähnlich wie er in dem Glauben erzogen worden sein musste, dass diejenigen, denen das Leben Vorteile geschenkt hatte, verpflichtet waren, denen zu helfen, die keine hatten. Leider hatte er sich in der letzten Zeit vor seinen Pflichten drücken wollen, insbesondere vor der Pflicht, die ihm sein Vater auferlegt hatte. Er kam nicht umhin, sich zu fragen, wie Jennifer an seiner Stelle handeln würde. Was auch immer sie tat, sie würde sich nie beklagen, vermutete er.

Dieser Gedanke führte dazu, dass er sie noch faszinierender fand.

„Ich kenne diese junge Dame nicht."

Antony ließ den Vorhang los, als er die Stimme des Königs hörte. So viel dazu, seinen Pflichten zu entkommen. „Ich wurde nicht informiert, dass du heute Abend anwesend sein würdest, Vater."

„Das bin ich auch nicht", erwiderte König Eduardo. „Ich fühle mich nicht besonders gut und ich fürchte, das wird denen, die mich gut kennen, nicht entgehen. Ich hatte gehört, dass du Bianca eingeladen hast, und wollte sehen, ob sie schon da ist." Der König schob den schweren Samtvorhang ein wenig zur Seite, um einen weiteren Blick auf die Gäste zu werfen, die darauf warteten, angekündigt zu werden. „Aber diese junge Dame sieht vielversprechend aus. Sie ist sehr groß. Und auch attraktiv. Ist das Francesca, die Tochter von Contessa Benedetta? Man erzählte mir, dass sie in Frankreich lebt und Kunstgeschichte studiert."

Es kostete Antony einige Mühe, sich nicht über den erneuten Versuch seines Vaters, die nächste diTalora-Königin zu finden, aufzuregen. „Nein, das ist Jennifer Allen. Sie ist die Leiterin des Haffali-Flüchtlingslagers. Sie wird beim Dinner sprechen." Er erklärte schnell den Freiwilligendienst, den er zu den Bedingungen für ein Stipendium hinzugefügt hatte.

„Eine hervorragende Idee", bemerkte der König. „Dies dürfte sowohl für die Wohltätigkeitsorganisationen als auch für die Stipendiaten von Vorteil sein."

„Das ist meine Hoffnung."

Die Aufmerksamkeit des Königs richtete sich wieder auf die Treppe. „Jennifer, sagtest du? Ist sie Amerikanerin?"

„Ja."

„Nun, ich hoffe, dass ihre Rede gut ankommt und dass die Veranstaltung ein Erfolg wird." König Eduardo hielt kurz inne und sagte dann: „Als ich sah, wie du sie beobachtet hast, hatte ich gehofft … egal. Es werden heute Abend einige ungebundene Damen anwesend sein, einschließlich Bianca. Ich hoffe, du machst das Beste aus der Gelegenheit."

„Das habe ich vor", erwiderte Antony und zwang sich, nicht wieder zu Jennifer hinüberzuschauen.

KAPITEL 5

JENNIFER LIEF ZIELLOS durch die Menge. Sie war unsicher, was sie mit sich anfangen sollte. Überall um sie herum bewegten sich Herren in elegant geschnittenen Anzügen und Damen in Cocktailkleidern und mit für Oscarverleihungen geeignetem Schmuck mit der Leichtigkeit von Vögeln, die durch die Luft glitten. Champagner floss in Strömen, die Klänge eines Streichquartetts erfüllten den Raum und die Gespräche schienen sich um Themen zu drehen, die sie nicht einmal eine Minute lang erörtern könnte.

Die Frauen in einer Gruppe prahlten voreinander mit ihren Raumausstattern, andere tratschten über jemanden, der vor Kurzem eine neue Jacht gekauft hatte. Die Männer unterhielten sich über den Aufschwung an der Börse und die Chancen verschiedener Mannschaften in einem Poloturnier. Die Gäste des Wohltätigkeitsdinners schienen sich alle untereinander zu kennen, doch keiner kannte sie, Jennifer.

Sie nahm all ihren Mut zusammen und ging auf eine hochgewachsene Frau zu, die ein gut sitzendes rotes Seidenkleid trug und in ihrem Alter zu sein schien. Die blasse Frau, deren Haare so schwarz wie Ebenholz waren, hatte gerade den Raum betreten und nahm sich ein Glas Champagner vom Tablett eines vorbeigehenden Kellners. Jennifer tat das Gleiche.

Die Frau bemerkte sie schließlich und lächelte. „Was für ein schönes Kleid! Escada, nicht wahr?" Sie reichte ihr die Hand und fügte hinzu: „Ich glaube, wir kennen uns noch nicht. Ich bin Bianca Caratelli. Und ein Fan von allem, was von Escada kommt."

Die angebliche Freundin des Prinzen? Das war kein Wunder. Sie war fast so groß wie Jennifer, hatte aber das dünne *Frag mich mal, wie reich ich bin*-Aussehen einer Frau, die feste Termine bei einem Personal Trainer und in einem Schönheitssalon hatte und nichts Gehaltvolleres aß als Salat.

Jennifer könnte niemals einen Körper wie diese Frau haben, selbst wenn sie die Zeit und den Wunsch hätte, es zu versuchen. Ihr einziges Training bestand darin, im Lager umherzulaufen und alles zu tragen, was getragen werden musste.

Sie schüttelte die Hand der anderen Frau und bemerkte, wie klein sie sich in ihrer eigenen anfühlte. „Ich freue mich, Sie kennenzulernen, Bianca. Ich bin Jennifer. Jennifer Allen."

„Nun, Miss Allen, Sie müssen mir sagen, wer Ihr Kleid entworfen hat. Wenn es nicht von Escada ist, muss ich vielleicht jemand anderen zu meinem neuen Favoriten erklären."

Jennifer spürte, wie ihre Wangen heiß wurden. Sie hatte nicht daran gedacht, auf das Etikett ihres Kleides zu schauen. Sie hatte einfach eines von der Stange genommen, das ihr ins Auge gefallen war und so aussah, als könnte es ihr passen. „Bitte, nennen Sie mich Jennifer. Ich muss gestehen, ich habe keine Ahnung, wer es entworfen hat. Ich hatte keine Zeit, etwas Passendes für die Veranstaltung heutige Abend zu besorgen, daher ist es nur eine Leihgabe. Aber ich werde die Besitzerin wissen lassen, dass Sie sich positiv darüber geäußert haben."

Bianca ließ ihren Blick über das Kleid wandern. Jennifer spürte förmlich, wie sie unter dem prüfenden Blick dieser Dame der Gesellschaft in sich zusammenfiel. Sie hatte den deutlichen Eindruck, dass Bianca nicht das Kleid begutachtete, sondern abschätzte, ob Jennifer eine Konkurrenz für Prinz Antonys Aufmerksamkeit darstellte. Wahrscheinlich beurteilte sie jede Frau, der sie in solchen Situationen begegnete, auf diese Art.

„Es steht Ihnen, als würde es Ihnen gehören", erwiderte Bianca schließlich und ein geübtes Lächeln erschien auf ihrem Gesicht. Offensichtlich war sie der Meinung, dass Jennifer – mit ihrer Unbedarftheit in Sachen Mode – keine Bedrohung darstellte und es daher sicher war, das Gespräch fortzusetzen. „Sie müssen das Mädchen aus Amerika sein, das Antony letzte Woche bei seinem Besuch in Rasovo kennengelernt hat. Mir wurde gesagt, dass er Sie eingeladen hat, im Zusammenhang mit seinem neuen Stipendienfonds über Ihre Organisation zu sprechen."

„Ja, das stimmt", erwiderte Jennifer, die überrascht war, dass Bianca den Vornamen des Prinzen verwendete, und das in einer so beiläufigen Weise. Es klang seltsam in ihren Ohren, allerdings nahm sie an, wenn Bianca wirklich die Freundin des Prinzen war, hatte sie das Recht, ihn zu nennen, wie sie wollte.

„Wie schön für Sie." Das Lächeln der Adligen wurde immer breiter und gekünstelter. „Antony ist ein so großzügiger Mann. Er tut gern, was er kann, um Menschen zu helfen, die weniger Glück haben als wir."

Menschen wie Ihnen, konnte Jennifer der Stimme der Frau beinahe entnehmen. Als würde Prinz Antony ihr persönlich einen Gefallen tun, anstatt den Hunderten von Flüchtlingen zu helfen, die er auf seiner Besichtigungstour gesehen hatte. Menschen, die seine Nachbarn waren.

Bianca winkte einer Freundin zu, dann fuhr sie fort: „Ich hatte noch nie von Ihrer kleinen Organisation gehört, bevor Antony sie erwähnte. Das Dinner soll helfen, diese ins Bewusstsein der Leute zu rücken, nicht wahr? Ich wünsche Ihnen viel Glück für Ihre Rede."

Damit stolzierte die dunkelhaarige Schönheit auf eine Gruppe junger Männer zu, die alle ihre Ankunft bemerkt zu haben schienen.

„Großartig", murmelte Jennifer vor sich hin. Ihre Freude, dass sie die Gelegenheit hatte, über die Lagerbewohner und ihre Notlage zu sprechen, verflog mit einem Schlag.

Bianca hatte klargestellt, dass niemand über die Flüchtlingshilfe Bescheid wusste, und wenn sich das heute Abend nicht änderte, lag es daran, dass Jennifer keine überzeugende Rede gehalten hatte. Obwohl sie ungefähr im gleichen Alter sein mussten, war Jennifer nur ein „Mädchen aus Amerika" für sie, keine *Frau*, und damit eindeutig nicht in Bianca Caratellis Liga. Jennifer fragte sich, wie viele der anderen Gäste ihre Meinung teilten und ob sie nur hier waren, um gediegen mit dem Prinzen zu speisen und einen Abend lang untereinander zu tratschen.

Sie ballte ihre Hände zu Fäusten und entspannte sie dann wieder. Vermutlich war es ein Wunder, dass der Prinz sie überhaupt eingeladen hatte, um hier zu sprechen.

So ungern sie es auch zugab, aber der Gedanke, dass es Antony vielleicht nicht so wichtig war, wie sie gehofft hatte, zerriss ihr das Herz. Er hatte so begeistert gewirkt über das, was er für die Menschen in Rasovo tun konnte, und es hatte keine Anhaltspunkte gegeben – zumindest nicht bei seinem Anruf –, dass es ihm nur um Publicity ging. Er schien aufrichtig daran interessiert zu sein, ihr zu helfen und sie als Gast im Palast zu haben. Sie fragte sich, ob Prinz Antony es tief in seinem Inneren vorzog, mit Frauen wie Bianca zu dinieren, wohingegen Frauen – oder *Mädchen* – wie Jennifer ihn wie einen Helden aussehen lassen sollten, weil er ihre „kleinen Organisationen" pflichtschuldigst unterstützte.

„Also gut", murmelte sie. „Wenn das der Fall ist, dann mache ich ihn eben zum Helden." Nach dem heutigen Abend konnte sie zurückkehren, den Prinzen vergessen und die Daumen drücken, dass sie wortgewandt genug gesprochen hatte, um das

Flüchtlingslager bekannter zu machen und Leute zu ermuntern, sich für das neue Stipendium des Prinzen zu bewerben. Sie würde die Hilfskräfte bekommen, die sie so dringend benötigte, und das war das Wichtigste.

„Wen zum Helden machen?"

Beim Klang von Antonys königlicher Stimme, die stark von seinem verführerischen Akzent von San Rimini geprägt war, erschrak sie fast zu Tode. Wie lange hatte er schon hinter ihr gestanden? Wie viel mehr hatte sie noch ausgesprochen, ohne zu merken, dass er jedes Wort hören konnte?

„Es tut mir leid, ich wollte Sie nicht erschrecken", sagte er, grinste allerdings, als er seine große, warme Hand auf ihren Arm legte.

„I-Ich hatte Sie nicht gesehen." Jennifer rang nach Worten, weil seine Berührung ihre Konzentration zunichtemachte. Wie hatte sie die plötzliche Stille im Raum nicht bemerken können? War sie so in ihre Gedanken vertieft gewesen, dass sie überhört hatte, wie die Ankunft des Prinzen verkündet wurde?

„Sie scheinen abgelenkt, Miss Allen. Sie denken über die Rede nach, die Sie heute Abend halten wollen, nehme ich an?"

„Natürlich." Nun, sie dachte tatsächlich über ihre Rede nach. In gewisser Weise. Und wie sie sich darauf konzentrieren konnte statt auf ihn. „Aber bitte, nennen Sie mich doch Jennifer", fügte sie hinzu in der Hoffnung, das Thema zu wechseln. „Niemand nennt mich Miss Allen."

„In Ordnung. Jennifer." Ihr Name klang eher wie *Ssennifer*, aber sein warmes Lächeln machte seine Aussprache mehr als wett.

Sie könnte damit leben, *Ssennifer* genannt zu werden.

„Das mit dem Helden müssen Sie mir allerdings ein anderes Mal erklären." Antony wies über ihre linke Schulter. „Ich möchte Ihnen meinen Bruder, Prinz Federico, und seine Frau Lucrezia vorstellen."

Jennifer drehte sich um und war überrascht, das königliche

Paar direkt hinter sich stehen zu sehen. Sie stellte sich vor und fügte hinzu: „Ich fühle mich geehrt. Ich wusste nicht, dass Sie zugegen sein würden."

Federicos Gattin, ein Bianca-Klon, wie er im Buche stand, hatte anscheinend auch nicht vorgehabt, zugegen zu sein, ihrem kühlen Gesichtsausdruck nach zu urteilen.

Prinz Federico hingegen schien entzückt. „Im Gegenteil, Miss Allen", begrüßte Antonys jüngerer Bruder sie, „wir freuen uns, dass Sie herkommen konnten, um über die Flüchtlingshilfe zu sprechen. Wir tun gerne für das Land, was wir können."

„Ich fürchte, unsere Schwester, Prinzessin Isabella, und unser jüngerer Bruder, Prinz Marco, können heute Abend nicht hier sein, obwohl Sie wissen sollten, dass sie eingeladen wurden", setzte Antony hinzu. „Isabella hält eine Rede bei einer Benefizveranstaltung eines Kunstmuseums in New York, und Marco –"

„Marco ist Marco und mal wieder sonst wo", unterbrach Federico ihn mit einem missbilligenden Kopfschütteln.

„Zum Glück weiß unser Vater nichts davon, sonst würde Marco für seine unentschuldigte Abwesenheit eine ziemliche Standpauke bekommen." Antony senkte seine Stimme aus Spaß zu einem Flüstern.

Lucrezia blickte von einem Bruder zum anderen. In ihren Augen stand Belustigung, die von jahrelanger Vertrautheit herrührte, genug, um ihre scharfen Züge zu mildern und Jennifer das Gefühl zu geben, dass sie nicht ganz so kalt war wie Bianca. „Ja", sagte sie, „aber König Eduardo wird es herausfinden, wie immer. Und ihr werdet Marco decken, wie immer."

„Das denke ich auch", erwiderte Antony. Damit begannen er und Federico, sich an Streiche zu erinnern, die Prinz Marco als kleiner Junge gespielt hatte. So wie es sich anhörte, hatten Antony, Federico und Isabella Marco bei zahlreichen Gelegenheiten aus der Patsche geholfen, zum Beispiel einmal, als Marco sich in der Küche versteckt hatte, um die Erbsen für ein Staatsdinner durch Kugeln aus grüner Knetmasse zu ersetzen.

Jennifer lachte und war erstaunt über die Liebe, die die königlichen Geschwister füreinander hegten. Das Geplänkel des diTalora-Clans klang, als würde es sich um eine typische Familie handeln, mit dem rebellischen jüngeren Bruder, der gutmütigen einzigen Tochter, dem dominierenden Vater und den beschützenden älteren Brüdern. Das heißt, wenn es als typisch angesehen werden konnte, Erbe einer tausend Jahre alten königlichen Linie zu sein und in einem Palast mit Personal zu leben, das einem jeden Wunsch von den Augen ablas.

Einen kurzen Moment fragte sich Jennifer, wie es wohl wäre, zur Familie diTalora zu gehören. Lucrezia schien gegen ihre Umgebung abgestumpft zu sein, trotzdem blieb sie nahe bei ihrem Gatten und berührte ab und zu seinen Arm. Das konnte allerdings auch an ihrer Erschöpfung liegen. Die Frau sah wirklich ein wenig mitgenommen aus. Sie und Federico hatten zwei kleine Söhne, die sie auf Trab hielten.

Sie lächelte Prinz Antony an, der die Knet-Geschichte weiter ausschmückte. Wie wäre es wohl, jeden Morgen zu seinem Lachen aufzuwachen? Mit den Händen durch sein dichtes, dunkles Haar zu fahren, ihn an sich zu ziehen und einen Kuss zu tauschen, der sie beide glücklich machte? Ihn an ihrer Seite zu haben, während sie weiterhin ihre Träume verfolgte? Oder – in der gewagtesten aller Fantasien – ihm zuzuhören, wenn er ihren eigenen Kindern mit genauso viel Liebe und Sorgfalt vorlas, wie er es bei Josef getan hatte?

Während die Männer weiter über Marcos Heldentaten redeten, wandte sich Lucrezia an sie. „Sagen Sie, Miss Allen", begann sie, „gefällt es Ihnen in San Rimini?"

Jennifer riss ihre Gedanken von Antony los und sagte sich, dass dieses Gespräch eine gute Ablenkung wäre. „Sehr sogar", erwiderte sie. „Ich war schon ein paar Mal in San Rimini, aber noch nie in La Rocca, nicht einmal bei einer Führung durch die dem Publikum zugänglichen Räume. Der Palast ist beeindruckend."

„Ich kann mir vorstellen, dass der Unterschied zum Leben in einem Flüchtlingscamp ziemlich groß ist."

Jennifer konnte an Lucrezias ausdruckslosem Ton nicht erkennen, ob sie automatisch Smalltalk abspulte oder ob sie die Absicht hatte, herablassend zu klingen. Sie beschloss, im Zweifel zu Lucrezias Gunsten zu entscheiden.

„Es ist ein sehr großer Unterschied. Wir sind schon froh, wenn wir Taschenlampen haben, von Kronleuchtern kann keine Rede sein", sagte sie und hoffte, das würde Federicos Frau aufheitern.

Leider lächelte die Frau nicht. Sie bewegte sich ein wenig, sodass die Männer von dem Gespräch abgeschnitten wurden. „Haben Sie vor, länger zu bleiben?"

„Ich übernachte in San Rimini und fliege gleich morgen früh wieder zurück. Wie Sie vielleicht wissen, ist das Lager unterbesetzt."

Lucrezia zog die Brauen hoch. „Ich kann mir nicht vorstellen, dass viele Menschen unter solch schrecklichen Bedingungen arbeiten wollen. Es ist doch praktisch eine Strafe, wenn man von Stipendiaten verlangt, an einem solchen Ort tätig zu werden."

Jennifer musste so entgeistert geschaut haben, wie sie sich fühlte, als sie diese Aussage hörte, denn Lucrezia fügte schnell hinzu: „Es ist jedoch ein gutes Konzept. Je mehr Hilfskräfte Sie haben, desto einfacher wird die Aufgabe. Es ist also nicht wirklich eine Bestrafung."

„Ich hoffe, niemand sieht es als Bestrafung an", antwortete Jennifer, der es trotz der unbedarften Ansichten der Frau gelang, höflich zu bleiben. „Die Studierenden schenken der internationalen Gemeinschaft etwas von ihrer Zeit, und im Gegenzug schenkt die internationale Gemeinschaft den Studierenden etwas sehr Wertvolles: eine erstklassige Ausbildung hier in San Rimini. Darin ist die Erfahrung als solche noch gar nicht berücksichtigt. Man kann sehr viel lernen, wenn man sich in eine Situation begibt, die außerhalb der eigenen Komfortzone liegt."

„Das ist sicher wahr", stimmte Lucrezia zu. Im selben Augenblick ertönte eine Glocke im Ballsaal.

„Es ist Zeit, dass wir unsere Plätze einnehmen", sagte Antony und kehrte an ihre Seite zurück. „Hier entlang."

Er nahm erneut Jennifers Arm, eine Geste, die gleichzeitig Mut machte und beschützend wirkte. Eine Welle von Hitze und nervöser Energie durchströmte ihren Körper. Wenn er mit ihr sprach, gelang es ihm auf einzigartige Weise, sie in seiner Welt willkommen zu heißen und ihr den Eindruck zu vermitteln, dass sie zu dieser elitären Gruppe gehörte, auch wenn die anderen – einschließlich Antonys Schwägerin – sie auf Abstand zu halten schienen.

„Sie werden mit mir vorne sitzen." Antony beugte sich dicht zu ihrem Ohr, so wie er es getan hatte, als er mit ihr auf dem Hubschrauberlandeplatz in Rasovo gesprochen hatte. „Ich werde Sie vorstellen und dann sollten Sie aufstehen und zum Podium kommen. Sie werden – wie sagt man noch? – alle umhauen." Er runzelte die Stirn. „Das klingt nicht richtig."

„Ich weiß, was Sie meinen", stieß Jennifer hervor. Jedes Mal, wenn er mit seinem verführerischen Akzent sprach, spürte sie ein Kribbeln im ganzen Körper. Wie konnte sie sich auf ihre Rede konzentrieren, wenn der Prinz ihr ins Ohr flüsterte, sie solle *alle umhauen?*

Sie griff nach ihrer Handtasche und suchte darin ihre Notizen. Vielleicht würde eine kurze Durchsicht der Punkte, die sie ansprechen wollte, ihren Stresspegel ein wenig senken und sie von Antonys Charme ablenken.

Sie stockte. Ihre Finger fuhren über einen Lippenstift und Kosmetiktücher, die ihr die Visagistin mitgegeben hatte, sowie über einen kleinen Spiegel und zwei Haarklammern, die bereits in der Tasche gewesen waren. Keine Karteikarten. Hatte sie sie in ihrem Zimmer vergessen? Sie öffnete die winzige Handtasche weiter, um besser hineinschauen zu können, und wühlte noch einmal darin herum.

Keine Karteikarten.

„Stimmt etwas nicht?" Antony legte besorgt die Stirn in Falten.

Sie blickte sich im Raum um und bemerkte, dass fast alle Gäste ihre Plätze eingenommen hatten. Einige musterten sie, wahrscheinlich fragten sie sich, wer die fremde Frau war, die den Prinzen vom Podium fernhielt. Sie nagte einen Moment an der Innenseite ihrer Lippe. Jetzt war keine Zeit mehr, um ins Zimmer zurückzukehren. Sie würde improvisieren müssen.

„Es ist nichts", log sie und hoffte, dass der Prinz ihre wachsende Panik nicht bemerkte. Sie zwang sich zu einem Lächeln und fügte hinzu: „Es wird Zeit, alle umzuhauen."

„WUNDERSCHÖN", murmelte Antony als Antwort auf Biancas Frage, ohne wirklich zu wissen, was sie gesagt hatte. Irgendetwas über eine neue Frisur für Emanuela Masotti, deren Vater ein weltberühmter Opernsänger gewesen war und deren Mutter einem großen Modehaus vorgestanden hatte.

Antony nippte langsam an seinem Wein und versuchte, sich auf Biancas pausenloses Gerede zu konzentrieren. Was hatte er sich nur dabei gedacht, als er Harriett bat, sie neben ihn auf das Podium zu setzen?

Es stimmte schon, dies würde seinen Vater und die beim Dinner anwesenden Parlamentsmitglieder glauben machen, dass er Interesse an ihr hatte, und ihre Bedenken zerstreuen, dass er nie einen Erben zeugen würde. Es stimmte ebenfalls, dass er wahrscheinlich bis zum Jahresende Bianca oder Emanuela oder eine aus ihrem gesellschaftlichen Umfeld heiraten würde. Wenn es denn sein musste. Aber er hatte unterschätzt, wie stark er sich zu Jennifer hingezogen fühlte. Da sie beim Abendessen links von ihm saß, war es ihm fast unmöglich, Bianca zu seiner Rechten Aufmerksamkeit zu widmen.

Bianca fragte nach dem Wein. Er antwortete, dass es sich um einen Pinot noir handele, er aber nichts Näheres über die Herkunft wisse. Wenn sie wolle, könne er das Catering-Personal fragen. Sie sagte, das wäre ihr lieb, und er erwiderte: „Falls ich es vergesse, erinnere mich bitte daran."

Also bitte. Er hatte ihr Beachtung geschenkt.

Und gleich nach diesem Gedanken fühlte er sich wie ein Trottel.

Er lächelte Bianca an und ließ dann seine Augen durch den Raum wandern. Dabei setzte er den wachen Blick auf, den er sich für Situationen angeeignet hatte, in denen er seine Aufmerksamkeit nicht auf eine bestimmte Person richten, sondern allgemein interessiert wirken wollte.

Er spürte eher, als dass er sah, wie Jennifer vorsichtig einen Schluck von ihrem Wein nahm.

Er hatte sie bei seinem Besuch in ihrem Lager als etwas forsch empfunden. Doch in dieser Umgebung verkörperte sie alles, was eine diTalora-Königin sein sollte und was er sich persönlich von einer Partnerin wünschte. Sie war elegant, attraktiv und intelligent. Im Gegensatz zu anderen Anwesenden beteiligte sie sich nicht an Klatsch und Tratsch. Er bezweifelte, dass es daran lag, dass sie mit den anderen gesellschaftlich nicht verkehrte. Es schien einfach nicht ihr Stil zu sein. Sie konzentrierte sich auf gehaltvollere Themen. Wichtigere Themen.

Plötzlich beneidete er sie um ihre Energie und ihre Überzeugungen. Ja, er engagierte sich auch für wohltätige Zwecke. Aber er glaubte nicht, dass er dasselbe getan hätte wie sie, wenn er die Freiheit gehabt hätte, Entscheidungen in seinem Leben zu fällen: sich in gefährlichen Teilen der Welt abzumühen, stundenlang körperlich zu arbeiten, um dafür zu sorgen, dass

Menschen in Not etwas zum Anziehen und zum Essen hatten und in Sicherheit waren. Jennifer wirkte auf ihn wie jemand, der viele Wege im Leben hätte einschlagen können. Er bezweifelte, dass irgendeine andere Frau in diesem Raum dieselbe Wahl getroffen hätte wie sie, wenn sie die Möglichkeit dazu gehabt hätte, und das ließ alle im Vergleich mit ihr blass erscheinen.

Er blies langsam die Luft aus. Allein der Gedanke an Jennifer ließ seine Arme vor Verlangen schmerzen, sie zu halten, zu streicheln, sie zu küssen. Sein ganzes Leben lang hatte er davon geträumt, eine Frau wie sie zu finden, eine Frau, die ihn in jeder Hinsicht herausforderte und befriedigte, intellektuell, geistig und körperlich.

Eine Frau, die er bewunderte.

Sie hatte nur nicht die richtige Abstammung.

Und damit war die Ehe mit ihr eine Fantasie – der er sich zugegebenermaßen seit der Ankündigung seines Vaters ein paar Mal hingegeben hatte. Nicht mehr als das. Reine Fantasie.

Er riskierte einen Blick nach rechts, wo Jennifer eine Tomate vom Rand ihres Salats mit der Gabel aufspießte. Ihr rotes Haar leuchtete in dem hellen Licht der Lampen über dem Podium und eine lockige Strähne an ihrer Schläfe glänzte, sodass sie fast engelsgleich wirkte.

Reine Fantasie.

„Antony, mein Lieber." Bianca stupste ihn am Arm an und zwang ihn so, seine Aufmerksamkeit wieder auf sie zu richten. „Ist alles in Ordnung? Ich glaube, du hast den ganzen Abend kein einziges Wort gehört von dem, was ich gesagt habe."

Antony lächelte ihr halbherzig zu. „Ein leichter Fall von Nervosität, nehme ich an. Es ist ein wichtiger Abend für den Stipendienfonds. Ich möchte, dass das Ganze ein Erfolg wird."

Bianca lehnte sich näher zu ihm herüber, als ihm lieb war, und flüsterte: „Es geht um sie, stimmt's? Machst du dir Sorgen, dass sie eine schlechte Rede hält? Ich bezweifle, dass sie jemals vor einem so renommierten Publikum gesprochen hat. Das könnte einschüchternd auf sie wirken."

„Das ist es nicht", antwortete er wie aus der Pistole geschossen, wobei er seine Stimme dämpfte, damit Jennifer nichts mitbekam.

„Nun, wenn dein Problem die Nerven sind", Biancas Stimme verriet, dass sie nicht glaubte, dass dies der Grund war, „dann ist der Gedanke an einen langen, langsamen Tanz mit mir vielleicht das perfekte Heilmittel."

Sie strich mit der Hand über seinen Arm und Antony bemerkte einen Pressefotografen in der Ecke des Raumes, der eine Kamera auf sie richtete.

Er bezwang sich, keine Grimasse zu ziehen. *Du hast dich selbst in diese Situation gebracht*, erinnerte er sich. Mit Bianca in einer mehr als nur freundschaftlichen Pose fotografiert zu werden, würde seinen Vater definitiv beruhigen. Es könnte ihm sogar Spielraum für das lächerliche Ultimatum verschaffen, wenn sein Vater dadurch überzeugt wäre, dass er zumindest versuchte, eine Ehefrau zu finden.

Er biss die Zähne zusammen. Seit seiner Diagnose war der König nicht mehr er selbst gewesen. Der Kardiologe hatte sie gewarnt, dass Herzpatienten unter Angstgefühlen oder sogar Todesfurcht leiden konnten. Antony wusste, wäre dies bei seinem Vater der Fall, würde das einiges erklären. Er war sicher: Wäre seine Mutter noch am Leben, würde Eduardo die gegenwärtige Krise mit mehr Ausgeglichenheit überstehen. Der König hätte sich ihr auf eine Weise anvertraut, wie er es bei seinen Kindern nie tat. Auch hätte er nicht verlangt, dass Antony nach einem bestimmten Zeitplan heiratete. Zuvor wäre die Königin eingeschritten.

Aber Antony musste mit der Realität leben.

Aus seiner Ecke schoss der Fotograf einige Bilder, was dazu führte, dass sich Antonys Verbindung mit Bianca offiziell anfühlte. Jede Zeitung und jede Nachrichtensendung in Europa würde morgen ein Bild von ihnen zeigen, wie sie scheinbar in ein Gespräch vertieft eng beieinandersaßen. Der Gedanke daran ließ sein Inneres zu Stein und sein Blut kalt werden.

Er bewegte sich auf seinem Stuhl, sodass es für Bianca schwer wurde, ihre Hand auf seinem Arm liegen zu lassen.

„Dann gehört der erste Tanz nach dem Essen dir", versprach er, obwohl die gertenschlanke, stets posierende Bianca Caratelli plötzlich die letzte Frau war, die er wollte.

Er wollte Jennifer.

Er wollte sie sogar noch mehr als zu dem Zeitpunkt, als er auf dem Balkon hinter dem Vorhang gestanden und sie beobachtet hatte. Und er wollte sie nicht nur für heute Nacht.

Er konnte nicht länger Interesse an Bianca heucheln und flüsterte: „Ich muss mit der Vorstellung beginnen."

„Ich bin bei dir", hauchte sie zurück.

Das war es, wovor er Angst hatte.

KAPITEL 6

ANTONY STAND AUF. Obwohl es nicht nötig gewesen wäre, klopften einige Gäste gegen ihre Champagnerflöten, damit Ruhe im Raum einkehrte. Antony blickte zu Jennifer, deren Platz zwischen ihm und dem Podium lag. Sie hatte die Hände fest auf dem Schoß verschränkt, ihre Knöchel waren weiß.

„Zeit, um Krach zu machen?", fragte er so leise, dass nur sie es hören konnte, als er an ihr vorbeiging.

Jennifers Mundwinkel zuckten und sein Magen zog sich erneut vor Verlangen zusammen. „Ich denke, Sie brauchen noch ein paar mehr Lektionen in Slang und Aphorismen, Hoheit."

„Offenbar, denn ich kenne das Wort ‚*A-foris-men*' nicht." Er sprach es ganz langsam aus und hoffte, dass er nicht allzu unwissend klang. „Was bedeutet es? Ist es etwas Ähnliches wie Slang?"

Sie nickte leicht und ihr Grinsen wurde breiter, sodass sich Fältchen an ihren Augenwinkeln bildeten. Irgendwie konnte er sich nicht vorstellen, dass Bianca oder eine ihrer Freundinnen so natürlich lächeln würde. Wenn etwas, was er sagte, sie zum Lachen bringen würde, hätten sie zu viel Angst vor den Falten, die ein echtes Lächeln verursachen könnte.

„Gehen Sie nach vorn", flüsterte Jennifer.

Als er aufschaute, stellte er fest, dass es im ganzen Raum still geworden war. Alle beobachteten ihn interessiert und warteten darauf, dass er ans Mikrofon trat und mit seiner Rede begann.

Alle außer Bianca Caratelli. Sie starrte ihn über Jennifers Schulter hinweg finster an.

Er schaltete das Mikrofon an und begann, über die Flüchtlingshilfe zu sprechen. Eigentlich wollte er nur eine kurze Einführung zu Jennifers Rede geben, aber als er anfing, dem Publikum von seiner Reise nach Rasovo zu erzählen, sprudelten die Worte nur so aus ihm heraus. Er wollte, dass die Anwesenden die Menschlichkeit der Flüchtlinge, den Optimismus von Kindern wie Joseph und die Freundlichkeit und Hingabe der Hilfskräfte im Haffali-Camp kennenlernten.

Vor allem aber wollte er das Publikum wissen lassen, dass sich die Lage entscheidend verbessern ließ. Ihre Bereitschaft, seinen Stipendienfonds und damit Organisationen wie die Flüchtlingshilfe zu unterstützen, könnte den entscheidenden Unterschied ausmachen. Sie würden nicht nur die Ausbildung der besten und begabtesten Studierenden von San Rimini fördern, sondern auch ihren Nachbarn in Rasovo und anderen Menschen in ähnlichen Situationen die Hilfe zukommen lassen, die sie zum Überleben brauchten.

„Schauen Sie nach rechts und links", forderte er die Gäste auf. „Die Menschen, die Sie sehen, sind Ihre Nachbarn. Sie haben Ihnen in schweren Zeiten ihre Unterstützung gewährt und in guten Zeiten mit Ihnen gefeiert. Ich nehme an, Sie würden dasselbe für sie tun?"

Zustimmendes Gemurmel erfüllte den Raum.

„In meiner Rolle als Kronprinz schaue ich nach links und sehe Italien als meinen Nachbarn. Wenn ich nach rechts schaue, sehe ich Slowenien. Wenn ich nach Slowenien schaue, sehe ich natürlich auch Rasovo, ein kleines, aber wunderschönes Land, das eine ebenso reiche Geschichte hat wie wir."

Er ließ seinen Blick über die Gesichter in der Menge schweifen in der Hoffnung, allen seine Botschaft zu verdeutlichen. „Die Menschen von Rasovo haben uns in den schwierigsten Zeiten unseres Landes unterstützt und mit uns unsere Erfolge gefeiert. Vor fast dreihundert Jahren, als viele unserer Tiere bei Überschwemmungen umkamen, schickten sie uns Rinder als Geschenk. Während des Zweiten Weltkriegs sandten sie Freiwillige zu uns, die bei Bauvorhaben an unserem Hafen halfen. Und bald, wenn San Rimini das tausendste Jahr seiner Unabhängigkeit feiert, hoffe ich, dass Rasovo mit uns feiern kann. Leider kann das nur geschehen, wenn wir den Friedensprozess weiterhin fördern und sie wie gute Nachbarn behandeln, indem wir uns für die Hilfe revanchieren, die wir von ihnen erhalten haben.“

Er räusperte sich und sah Jennifer an. Ihre sanften blauen Augen erwiderten seinen Blick und ein Wirrwarr von Gefühlen erfüllte ihn, die tiefer gingen, als er erwartet hatte. Der Drang, zu helfen, und ein ganz und gar menschliches Verlangen.

Ein Verlangen, das völlig unangebracht war.

Er wandte seinen Blick von Jennifer ab und betrachtete die Anwesenden, die jedem seiner Worte zu lauschen schienen. „Jennifer Allen, eine Amerikanerin, geht in dieser Hinsicht weit über ihre Pflicht hinaus und behandelt die Menschen von Rasovo so, als wären sie ihre eigenen Nachbarn und nicht unsere.“

Er wollte noch so viel mehr über sie sagen, aber dies war Jennifers Abend und er sollte sie sprechen lassen. „Die Stipendiaten, die für die Flüchtlingshilfe und ähnliche Wohltätigkeitsorganisationen arbeiten werden, können sicherlich von ihrem Beispiel lernen, wie wir alle es tun sollten. Hier ist Miss Jennifer Allen.“

Ihre Miene drückte Überraschung aus, als sie aufstand. Sie hatte offensichtlich nicht erwartet, dass er sie so ausführlich vorstellen würde.

„Danke, Hoheit", flüsterte sie, als sie sich dem Mikrofon näherte.

Er beugte sich dicht zu ihrem Ohr hinüber, damit sie ihn über den Applaus hinweg hören konnte: „Ich entschuldige mich. Ich habe zu lange geredet."

Ihre Lachfältchen vertieften sich bei ihrem Lächeln, nach dem er sich zu sehnen begann. Doch dieses Mal glänzten ihre Augen. Er war nicht sicher, ob er ungeweinte Tränen sah oder nur die Reflexion der hellen Lampen über dem Podium. „Ganz und gar nicht. Sie haben mir aus dem Herzen gesprochen."

Er kehrte zu seinem Platz zurück und sah zu, wie sie das Mikrofon ergriff.

„Ich danke Ihnen für Ihre Bereitschaft, mich auf Englisch statt auf Italienisch sprechen zu lassen", begann sie. „Zunächst muss ich Prinz Antony für seine Einführung danken. San Rimini kann sich glücklich schätzen, jemanden mit seinem kreativen Geist zu haben. Die heutige Veranstaltung unterstützt einen Plan, der sowohl den Bedürftigen in der Welt wie den Bewohnern des Haffali-Lagers helfen soll als auch den Studierenden hier in San Rimini, die ihre Bildungsziele verfolgen wollen. Es ist diese Art von Führung, die Frieden und Wohlstand für zukünftige Generationen sichert."

Ein unerwartetes Gefühl von Zufriedenheit stieg in Antony auf, als er ihr lauschte. Es lag nicht so sehr an Jennifers Worten über seine Führungsqualitäten – wenngleich er diese angesichts der Drohungen seines Vaters zu schätzen wusste –, sondern daran, dass er eine Lösung für ein schwieriges Problem gefunden hatte. Er hatte das Gefühl, dass er etwas bewirken konnte.

Das war genau das, wozu Jennifer ihn herausgefordert hatte. Mehr zu sein als ein wohltätiger Scheckaussteller, der nur auftrat, um auf Probleme aufmerksam zu machen.

Er lächelte bei dieser Erkenntnis. Sie weckte in ihm den

Wunsch, andere Probleme anzupacken und zu sehen, was er in der Welt wirklich verändern konnte.

„Meine Güte, Antony", murmelte Bianca in sein Ohr, während sie verstohlen ihre Hand auf seinen Arm legte. „Ich glaube nicht, dass ich dich je zuvor so sprechen gehört habe."

Er wandte sich Bianca zu und freute sich, dass sie die Veränderung bemerkte, die er in seinem Inneren fühlte. „Nein, ich glaube nicht, dass ich das jemals getan habe."

Bianca antwortete nicht, offenbar wollte sie mehr über den Stipendienfonds erfahren.

Antony wandte seine Aufmerksamkeit ebenfalls dem Rednerpult zu. Jennifer sprach mit einer tiefen Überzeugung, die ihr Publikum in den Bann zog. Die Frauen waren wie gefesselt von den Geschichten der Flüchtlinge. Die Männer starrten sie an, teils beeindruckt von Jennifers Worten und teils – davon war Antony überzeugt – von ihrer Schönheit.

Von seinem Platz aus hatte er den perfekten Blickwinkel, um die Kurven ihrer Taille und Hüften zu studieren, die durch das exquisite blaue Kleid aufs Vorteilhafteste betont wurden. Sein Blick blieb an ihren Beinen hängen, die lang und schlank unter dem duftigen Stoff ihres Kleids hervorkamen.

Es würde ihm nichts ausmachen, diese Beine aus seinem Bettzeug herausragen zu sehen, wenn sie schlief.

Er blinzelte und versuchte, das Bild aus seinem Kopf zu vertreiben und sich wieder zu konzentrieren; offensichtlich hatte er viel zu lange keinen Sex mehr gehabt.

Entgegen seinem Ruf in der Presse war er in dieser Hinsicht immer zurückhaltend gewesen. Einmal, in seinen späten Teenagerjahren, hatte Antony bei einem Grand-Slam-Tennismatch neben einem älteren, bekannten Filmstar gesessen. Einer der Spieler steckte mitten in einem Sexskandal und das war das Gesprächsthema des Turniers. Der Schauspieler, der für eine Reihe von Actionfilmen mit hohen Einspielergebnissen bekannt war, sagte, dass ihm der Tennisspieler leidtäte, und erzählte Antony dann, dass seine eigene Karriere ruiniert worden wäre, wenn er selbst in einer Ära aufgewachsen wäre, die so von der intensiven Beobachtung durch soziale Medien geprägt war. „Man weiß jetzt nie, wer gerade eine Kamera auf einen richtet", hatte der Mann gesagt. „Es war schon schlimm genug, wenn eine Bekanntschaft vor ihren Freunden damit geprahlt hat, dass sie mit dir geschlafen hat, vor allem, wenn sie Details verraten hat. Man musste immer befürchten, dass diese Details in einer Boulevardzeitung landen würden. Aber nun haben sie die Möglichkeit, es mit Bildern zu dokumentieren, wenn beispielsweise eine Beziehung in die Brüche geht. Selbst wenn die Frau nicht der Typ ist, der solche Informationen weitergibt, sie könnte ein belastendes Foto auf ihrem Handy haben und wer weiß, wer darauf Zugriff hat? Ein Hacker, ein Freund, dem man nicht trauen kann, ein neuer Liebhaber ... es ist entsetzlich. Die Menschen haben keine Integrität mehr."

Der Unmut in der Stimme des Mannes kratzte auf eine Weise an Antonys Psyche, wie es die Warnungen seiner Eltern nicht vermocht hatten. Antony hatte zwar viele Verabredungen gehabt – auf Drängen seines Vaters oft mehr, als ihm lieb war –, aber er war vorsichtig, wenn es darum ging, mit diesen Bekanntschaften zu schlafen. Er wollte keine falschen Erwartungen wecken oder eine Frau wütend oder mit gebrochenem Herzen zurücklassen, weil das einerseits nicht nett war und sich andererseits in einer Weise rächen könnte, die seine ganze Familie in Mitleidenschaft zog.

Als er nach seinem Wasserglas griff, bemerkte er, dass Jennifer leicht mit einem Fuß auf den Boden tappte. Er schaute hoch in ihr Gesicht, sah dort aber keine Spur von Nervosität, nichts, was dem Publikum ihren offensichtlichen Anfall von Lampenfieber verraten könnte.

„Sie ist furchtbar nervös", wisperte Bianca an seiner Schulter. Ihr war Jennifers tappender Fuß offenbar ebenfalls aufgefallen. „Es ist gut, dass du das meiste gesagt hast. Sie ist am Rednerpult nicht in ihrem Element."

Antony wollte sich von ihr abwenden, damit sie still war, aber als Bianca wieder ihre Hand auf seinen Arm legte und ihm ein vertrauliches Lächeln zuwarf, überlegte er es sich anders. Sie jetzt zum Schweigen zu bringen, würde ihre Gefühle verletzten. Er konnte nicht riskieren, sie zu verprellen, egal, wie sehr er sich in diesem Moment wünschte, sie los zu sein.

Jennifer, so erinnerte er sich, würde trotz all der positiven Dinge, die sie ihn gelehrt hatte, nur vorübergehend hier sein. In ein paar Stunden würde sie zu ihrem Leben in Rasovo zurückkehren und mit Flüchtlingen arbeiten. Er würde hierbleiben, inmitten der Machtzirkel von San Rimini, mit all den Erwartungen und Pflichten, die dies mit sich brachte.

Er streifte Biancas Hand, dann richtete er sich auf seinem Stuhl auf. Eduardo diTalora war kein Mann, der seine Meinung änderte, wenn er einmal eine Entscheidung getroffen hatte. Er war sowohl Antonys Vater als auch sein König.

„Weißt du was?", flüsterte Bianca. „Sobald sie fertig ist, bekommen wir unseren Tanz."

Antony löste seinen Blick nicht von Jennifer, als er murmelte: „Das könnte ich unmöglich vergessen."

DAS KRAMPFHAFTE GRINSEN auf ihrem Gesicht ließ sie wahrscheinlich wie ein gewöhnlicher Stein in einem Raum voller Diamanten erscheinen, aber das war Jennifer egal. Der Abgeordnete, der vor ihr stand, hatte sich beeilt, sie kennenzulernen. Seine Begeisterung empfand sie als surreal.

Obwohl sie ihre Notizen vergessen hatte und obwohl Antony mit seiner langen Einführung praktisch ihre gesamte Rede vorweggenommen hatte, die sie improvisiert hatte, war ihr Vortrag reibungslos über die Bühne gegangen. Und

Dutzende von San Riminis wohlhabenden Bürgern sagten ihr daraufhin ihre Unterstützung zu.

„Das war inspirierend", sagte der ältere Mann mit Brille zu Jennifer, während er ihr die Hand schüttelte. Er sprach Englisch zwar mit starkem Akzent, aber er schien sie gut zu verstehen. „Ich fühle mich geehrt, zu dem Stipendium beizutragen, wie auch viele meiner Bekannten und Freunde. Es ist gut, zu wissen, dass das Geld so gewinnbringend eingesetzt werden wird. Je mehr Studierende wir finanzieren können, desto größer ist der Nutzen."

„Eine wunderbare, wunderbare Rede", schwärmte die Gattin dieses Mannes, deren Akzent weit weniger ausgeprägt war. Sie war eine kleine Frau mit dünnem weißem Haar, die Jennifer nicht einmal bis zum Schlüsselbein ging. „Wir besuchen mindestens zwei- oder dreimal im Jahr die Wohltätigkeitsveranstaltungen des Palastes, aber noch nie haben wir jemanden so wortgewandt sprechen hören. Und der Prinz!" Sie blickte zur anderen Seite des Raumes, wo Antony von seinen Fans umringt war, und fächelte sich zum Spaß Luft zu, als wäre ihr heiß, was ihrem Mann ein Glucksen entlockte. „Prinz Antony ist immer ein charismatischer Redner, aber ich habe ihn noch nie so optimistisch und aufrichtig sprechen gehört wir heute Abend. Ich glaube, unser Kronprinz ist ein ganz anderer Mensch geworden."

„Da bin ich ganz deiner Meinung", pflichtete ihr Gatte bei und entschuldigte sich dann höflich, als ein Bekannter ihn zu sich winkte.

Jennifer bedankte sich bei seiner Frau für ihre Freundlichkeit, fand aber die Behauptung, dass Antony eine Art grundlegende Veränderung durchgemacht hätte, etwas übertrieben. Zwar würde sie diesen Worten nur allzu gern Glauben schenken und sicher sein, dass er diesen Auftritt heute Abend nicht nur aus Routine hingelegt hatte. Aber sie bezweifelte, dass jemand in seiner Position sich so sehr wandeln würde, nur weil er durch ein Flüchtlingslager gelaufen war.

Sie lächelte, als sich ein weiterer Gratulant näherte.

Es sollte ihr eigentlich egal sein, aber Jennifer wollte, dass Antony ihr Anliegen gern unterstützte. Dass es sein Herz berührte, so wie es ihres berührte.

Der ältere Herr, der ihr die Hand drückte, stellte sich als Giovanni Sozzani vor. Harriet hatte ihn erwähnt, als sie Jennifer zum Ballsaal geleitet hatte, und gesagt, er wäre ein enger Freund des Königs. „Ihre Arbeit ist beeindruckend und Sie haben auch Prinz Antony beeindruckt", sagte er, als er ihre Hand losließ, und beugte sich dann dichter zu ihr hin, damit sie ihn über den Lärm der Menge hinweg verstehen konnte. Er stellte mehrere Fragen über ihre Tätigkeit bei der Flüchtlingshilfe, über deren Gründer und über die Verwendung von Geldern, seit die Wohltätigkeitsorganisation ihre Arbeit aufgenommen hatte.

Während sie sich unterhielten, kommentierte eine tiefe Männerstimme mit starkem Akzent hinter ihr die Ernsthaftigkeit von Antonys Einführung. Obwohl sie den Rest der Anmerkungen verpasste, weil sie mit dem Freund des Königs sprach, war das, was sie hörte, genug, um ihr Herz vor Hoffnung höher schlagen zu lassen. Wenn Prinz Antony diese Leute – die ihn seit seiner Jugend kannten – davon überzeugt hatte, dass er ein anderer Mensch geworden war, dann stimmte das vielleicht auch.

Nachdem sich König Eduardos Freund verabschiedet hatte, drehte sich Jennifer um, weil sie sehen wollte, wer die Bemerkung über Antony gemacht hatte. Sie erstarrte, denn sie stand Auge in Auge mit Prinz Federico, der sich gerade von einer Gruppe gleichaltriger Männer abgewandt hatte.

Federico küsste ihr die Hand und schenkte ihr ein warmes Lächeln. „Glückwunsch! Ihre Rede war ein Erfolg."

„Danke." Sie blinzelte und konnte kaum glauben, dass ein Prinz ihr gerade die Hand geküsst hatte.

„Mein Bruder hat sich schon immer für wohltätige Zwecke eingesetzt", fuhr Federico fort, „aber ich habe ihn noch nie so engagiert gesehen. Ich glaube, wenn er könnte, würde er selbst freiwillig in Ihrem Camp arbeiten. Ich hoffe, dass die Anwesenden heute Abend den Stipendienfonds sowohl finanziell unterstützen als auch, indem sie die Informationen verbreiten und junge Menschen ermutigen, sich zu bewerben."

„Das wäre ideal", sagte Jennifer. Gleichzeitig versuchte sie, sich Antony bei der Arbeit im Lager vorzustellen. Auch wenn er zu seinem Besuch ein weitaus legereres Outfit getragen hatte als den Gesellschaftsanzug, den er heute Abend anhatte, konnte sie ihn sich nicht vorstellen, wie er Latrinen grub oder ein Dutzend Feldbetten mit Laken bezog.

Als die Band zu spielen begann, blickte sich Federico kurz im Raum um. „Ich sehe meine Frau nicht", meinte er dann. „Vielleicht ist sie im Waschraum. Wie dem auch sei, als Mitglied der königlichen Familie führe ich unsere Gäste immer gerne auf die Tanzfläche. Wären Sie so freundlich, mich zu begleiten?"

Ein Tanz mit Antonys jüngerem Bruder? Wieso nicht? „Ich würde mich freuen."

Jennifer nahm den ausgestreckten Arm des Prinzen und ließ sich von ihm auf die Tanzfläche führen. Auf der anderen Seite des Ballsaals erblickte sie Antony, der sich ebenfalls einen Weg durch die Menge zur Tanzfläche bahnte. Sein dunkles Haar glänzte im gedämpften Licht der Kronleuchter.

Wieder einmal verspürte sie plötzliches Begehren, als sie seinen geschmeidigen, selbstbewussten Gang beobachtete. Er hatte etwas an sich, das ihre Aufmerksamkeit auf sich zog, selbst in einem Raum voll eleganter, einflussreicher Menschen.

Sie verlor Antony aus den Augen, als Federico sie im Takt der Musik drehte und dabei einen höflichen Abstand zwischen ihnen wahrte. Er war ein vollendeter Tänzer, der jede Partnerin gut aussehen und sich wohlfühlen ließ.

Dennoch fragte sich Jennifer, wie es wohl wäre, mit Antony

zu tanzen. Würden seine Bewegungen auf der Tanzfläche genauso elegant sein wie sein Gang? Sie bezweifelte, dass sie die Gelegenheit bekommen würde, das herauszufinden. Andererseits könnte er sich auch verpflichtet fühlen, mit ihr zu tanzen, immerhin war sie die Rednerin des Abends. Der Gedanke schnürte ihr die Kehle zu, obwohl sie wusste, dass es nur ein Tanz sein würde und nicht mehr. Prinzen gingen nicht mit Sozialarbeiterinnen aus. Schon gar nicht mit amerikanischen Sozialarbeiterinnen, die aus einer Familie stammten, in deren Kleiderschränken kein einziges Escada-Gewand zu finden war.

Federico stellte ihr einige Fragen darüber, wie sie aufgewachsen und zu ihrer Tätigkeit in Haffali gekommen war. Sie erzählte ihm über ihre Kindheit und Jugend mit ihren Eltern, die ihre Lebenserfüllung aus der Arbeit für andere schöpften. Das war eine willkommene Ablenkung. In Tagträumen über Antony zu schwelgen, war ein sicherer Weg, um ihre Konzentration zu verlieren, während sie sich mit denjenigen vernetzte, die den Flüchtlingen am meisten helfen konnten. Sie hatte den Abend schon beinahe zu Beginn vermasselt, weil sie so viel Zeit damit verbracht hatte, an Antony zu denken, dass sie ihre Notizen im Zimmer vergessen hatte.

Federico drehte sie so, dass sie einen direkten Blick auf den Kronprinzen hatte. Er stand in der Nähe der Tanzfläche, wo er mit dem Parlamentsmitglied sprach, das Jennifer unmittelbar nach ihrer Rede begrüßt hatte. Der Mann fasste Antony an den Schultern, wie man es bei einem Freund tun würde, und wandte sich dann einem anderen Gast zu. Einen Moment lang wünschte Jennifer, Antony würde ihren Tanz mit Federico unterbrechen. Dann begegnete er plötzlich ihrem Blick und er schluckte so heftig, dass sie es sehen konnte.

Ihre eigene Kehle wurde eng, sodass sie kaum sprechen konnte. Zum Glück erzählte ihr Federico gerade eine Geschichte aus seiner Kindheit über eine Reise nach Kambodscha und ersparte ihr so die Mühe.

Sie wollte ihren Blick von Antony losreißen, aber es gelang ihr nicht. Ihn im sanften Schein der Lampen zu sehen, unbeeindruckt von den Blicken der Bewunderinnen um ihn herum – das hatte etwas.

Dann erschien Bianca Caratelli an seiner Seite.

Die schlanke Gestalt dieser Angehörigen der vornehmen Gesellschaft war von den anderen, die sich um Antony versammelt hatten, verdeckt worden, aber als der Abgeordnete zur Seite trat, tauchte die dunkelhaarige Schönheit aus der Menge auf; ihre schmale Hand ruhte fest, aber entspannt auf Prinz Antonys Arm. Und was noch schlimmer war: Sie starrte alle Frauen in der Nähe finster an, während sie Antony zur Tanzfläche drängte, als wollte sie sagen: *Er gehört mir.*

Jennifer sah weg. Wie war das noch mit den Bettlern, die dann reiten könnten? Ach ja, wenn Wünsche Pferde wären …

„Was heißt das, Wünsche sind Pferde?", fragte Federico.

Hatte sie das etwa laut gesagt?

„Gelegentlich verstehe ich etwas in Englisch falsch, da es nicht meine Muttersprache ist. Aber falls sie sich wünschen sollten, dass Bianca ein Pferd wird, muss ich Einspruch erheben", fügte er hinzu. Sein Akzent war stark ausgeprägt, aber sein Grinsen war leicht zu verstehen.

Sie wurde puterrot, als sie erkannte, dass Federico wusste, dass sie Antony und Bianca beobachtet hatte. „Das habe ich nicht gemeint."

„Ich glaube, ein Wiesel würde besser zu ihr passen", ergänzte Federico und drehte sie so, dass er seinen älteren Bruder und die glamouröse Dame der Gesellschaft sehen konnte. Er betrachtete die beiden einen Moment, bevor er seine Aufmerksamkeit wieder auf Jennifer richtete. „Ja, definitiv ein Wiesel. Aber das ist keine offizielle Stellungnahme des Palastes."

Jennifer verkniff sich ein Lachen. „Ich hätte nie gedacht, dass Sie so etwas sagen würden. Vor allem nicht über eine Person, die eines Tages Ihre Schwägerin werden könnte."

„Ein Mitglied der königlichen Familie darf nicht so sprechen, deshalb werde ich es leugnen, sollte ich je danach gefragt werden. Aber", er senkte seine Stimme, „Sie irren sich in Bezug auf Bianca. Ich bezweifle, dass Antony sie heiraten wird, auch wenn sie es sich wünscht."

Überraschung durchzuckte Jennifer. Sie konnte sich nicht vorstellen, dass Federico solche persönlichen Gedanken oft teilte, nicht in seiner Position. Und dann war da noch der Inhalt dessen, was er gesagt hatte. Sie holte kurz Luft, um sich zu sammeln, und fragte dann: „Warum nicht? Sie ist schön, souverän, aus einer guten Familie. Alles, was er sich in seiner Rolle als Kronprinz wünschen würde, sollte man meinen."

Er nickte. „In gewisser Weise ist Bianca wie meine Frau Lucrezia. Lucrezia passt gut zu mir, aber für Antony muss eine Frau –" Federico runzelte die Stirn und suchte nach den richtigen Worten. „Sie muss sein Herz … anfassen."

„Es berühren?"

„Ja, berühren Sie es!"

Als sich die Band dem Ende des Songs näherte, hatte Jennifer noch einmal Gelegenheit, Antony und Bianca zu beobachten. Alles an dieser Frau war perfekt – ihr Haar, ihr Lächeln, ihre Abstammung, sogar ihre Freunde. Sie war die Art von Frau, deren Foto andere studierten, um zu entscheiden, wie sie sich schminken sollten, oder deren Kleid sie einer Verkäuferin zeigten, um etwas Ähnliches zu finden.

„Wenn eine Frau wie Bianca Caratelli sein Herz nicht berührt, wird es keine tun", kommentierte Jennifer.

„Ich vermute, das hat eine andere Frau bereits getan."

„Dann muss sie wirklich außergewöhnlich sein. Ich hoffe, sie macht ihn glücklich."

Jennifers Traum zerbrach in tausend Stücke, auch wenn Federico sie weiterhin über die Tanzfläche wirbelte, als gäbe es keine Probleme auf der Welt. Ihre Wunschvorstellungen über Antony hatten nicht das Geringste mit der Realität zu tun, aber es war schön gewesen, sich ihnen hinzugeben. Als er sie im Lager angerufen hatte, begeistert von seiner Idee, wie man mehr Hilfskräfte anwerben könnte, war sie von seinem Vorschlag sehr angetan gewesen und – wenn sie ehrlich war – von der Gewissheit, dass er sich mit ihrem Problem beschäftigt hatte. Dann hatte er sie in den Palast eingeladen, ihr ein Zimmer in seinem Privatflügel angeboten und seine persönliche Assistentin beauftragt, sich um sie zu kümmern. Er hatte für eine Auswahl an Kleidern, Schuhen und Handtaschen gesorgt, die einer Königin angemessen gewesen wären.

Wer hätte da keinen Moment emotionaler Schwäche gehabt?

Und heute Abend hatte seine Einführung sie mehr berührt als alles andere, was er getan hatte. Zu hören, wie Federico und die anderen sagten, Antony hätte sich verändert, hatte ihre Fantasie beflügelt – das hätte sie nicht zulassen sollen.

Er liebte offenbar eine andere Frau. Aber wen, wenn nicht Bianca Caratelli?

„Antony, Bianca", rief Federico zu ihrer Überraschung plötzlich über ihre Schulter.

Jennifer drehte den Kopf und sah, dass er sie geschickt so geführt hatte, dass sie nun neben Antony und Bianca tanzten.

„Guten Abend, Prinz Federico", sagte Bianca und nickte ihm höflich zu. Allerdings konnte man an ihrem Gesichtsausdruck erkennen, dass sie diese Unterbrechung nicht schätzte. „Und Miss Allen. Ich gratuliere Ihnen zu Ihrer wunderbaren Rede. Sie und Antony haben das großartig gemacht." Sie zog Antony ein wenig näher zu sich hin und strahlte ihn an, um deutlich zu machen, wer von den beiden ihrer Meinung nach wirklich großartig gewesen war.

„Das ist nett von Ihnen", erwiderte Jennifer. Dabei sehnte sie sich mit jeder Faser ihres Herzens danach, die Frau zu schlagen. Während ihrer ganzen Rede hatte sie jemanden in der Nähe flüstern hören. Als sie einen Blick auf Bianca geworfen hatte, um zu sehen, ob sie die Quelle der Unruhe war, hätte sie schwören können, dass die Frau gerade die Augen verdrehte.

„Bianca, wir haben uns schon ewig nicht mehr unterhalten. Es macht dir doch nichts aus, wenn ich euch unterbreche, oder, Antony?" Federico bedankte sich mit einem Lächeln bei Jennifer und griff schon nach Bianca, als er gerade erst seine Frage ausgesprochen hatte.

„Natürlich, nur zu."

Antony bedankte sich bei Bianca für den Tanz, dann trat er von ihr weg. Als Bianca sich zu Federico umdrehte, zeigte sich ein Ausdruck der Erleichterung auf Antonys Gesicht. Aber in dem Moment, als Jennifer dies bemerkte, war er wieder verschwunden.

Sie musste es sich eingebildet haben. Genauso wie sie sich eingebildet haben musste, dass Antony sie angestarrt hatte, als sie mit Federico tanzte. Er hatte sicher an ihr vorbei zu irgendeiner umwerfend schönen Blaublütigen in der Menge geschaut. Wahrscheinlich zu derjenigen, die Federico erwähnt hatte.

„Wir scheinen beide ohne Partner zu sein", sagte Antony und reichte ihr seine Hand. „Würden Sie mir die Ehre erweisen?"

Sie unterdrückte ein unbeholfenes und ungeschliffenes „Ja, sicher, okay", holte kurz Luft, um ihre Fassung wiederzugewinnen, und sagte dann einigermaßen ruhig: „Wenn Sie sich mutig genug fühlen, gerne. Ich glaube, Prinz Federico hat mich stehen lassen, weil ich ihm fast auf die Füße getreten bin."

„Das liegt daran, dass Federico kein so vorzüglicher Tänzer ist wie ich." Nachdem Jennifer ihre Hand in seine gelegt hatte, führte er sie in die Mitte der Tanzfläche und drehte sie dann so, dass sich sein freier Arm um ihre Taille legte. „Ich verspreche Ihnen, Sie werden mir nicht auf die Füße treten."

Jennifer sagte nichts, stattdessen legte sie eine Hand auf Antonys muskulöse, breite Schulter und ließ sich von ihm führen. Die grandiose Musik, die den großen Raum erfüllte, in Verbindung mit dem warmen Druck von Antonys Hand an ihrem Rücken, erweckte in ihr den Wunsch, die Augen zu schließen und sich für diese Nacht mitreißen zu lassen. Sie wollte den Schmerz, das Leid und die Mühsal vergessen, die sie morgen wieder erwarteten.

„Sehen Sie?", bemerkte er. „Ich bin darin viel besser als Federico."

Jennifer konnte nicht anders, sie musste Antony anlächeln. „Hat Ihnen schon mal jemand gesagt, dass Sie sehr viel Selbstvertrauen haben?"

Er zuckte nur mit den Schultern. „Es ist mein Job, selbstsicher aufzutreten, ob ich mich so fühle oder nicht. Die Bürger von San Rimini erwarten das. Wenn ich das nicht täte, würde dies ein schlechtes Licht auf das Land werfen." Er grinste verschmitzt. „Ich habe immer gedacht, dass Amerikaner mehr Selbstvertrauen zeigen als ein typischer Europäer, besonders in Situationen, in denen sie sich nicht selbstbewusst fühlen. Außer Ihnen."

„Außer mir?"

Er zog ihren Körper näher an seinen, als ein weiteres Paar dicht an ihnen vorbeitanzte. Sie konnte Antonys Atem fast auf ihrer Wange spüren, als er erwiderte: „Auf meiner Tour durch das Lager hatten Sie kein Problem damit, mir zu sagen, wohin ich gehen und was ich sehen sollte. Sie hatten alles unter Kontrolle."

„Aber?"

„Aber hier sind Sie nervös."

Sie zwang sich dazu, sich beim Tanzen ein wenig höher aufzurichten. „Wie kommen Sie darauf?"

„Sie konnten während Ihrer Rede nicht stillstehen. Die anderen haben es nicht bemerkt, ich schon."

Er hatte sie beobachtet. Irgendwie überraschte sie das nicht, nachdem sie jetzt so eng miteinander tanzten. „Ich verrate Ihnen ein kleines Geheimnis, Hoheit. Erinnern Sie sich, wie ich gezögert habe, als wir vor dem Essen zu unseren Plätzen gingen?"

„Ja."

„Mir wurde in dem Moment klar, dass ich die Notizen für meine Rede in meinem Zimmer vergessen hatte. Ich musste sie ad libitum halten."

„Ad libitum?" Er schüttelte den Kopf, verstand sie offenbar nicht.

„Ad libitum. Improvisieren. Mir beim Sprechen überlegen, was ich sage."

Einer seiner Mundwinkel zuckte. „Ihre ganze Rede?"

„Ja. Auch wenn Ihre Einführung unglaublich lang war und Sie fast alles gesagt haben, was ich sagen wollte –"

„Ich entschuldige mich dafür –"

Sie schüttelte den Kopf. „Ich scherze nur. Eine bessere Einleitung ins Thema hätte ich mir nicht wünschen können. Wir sind ein gutes Team."

Kaum waren ihr die Worte über die Lippen gekommen, wurde ihr klar, was sie da gerade gesagt hatte. *Ein Team.*

Nun, sie waren tatsächlich ein gutes Team, beruflich gesehen. Prinz Antony hatte den nötigen Einfluss, um die Dinge für die Bewohner Rasovos ins Rollen zu bringen. Sie hatte die Leidenschaft. Wobei ... Wenn sie Antony nur nach seiner heutigen Leistung beurteilte und ignorierte, wie er offenbar in der Vergangenheit Wohltätigkeitsveranstaltungen betrachtet hatte, besaß auch er diese Leidenschaft.

Die Musik wurde langsamer, Antony verschob seine Hand auf ihrem Rücken und verlangsamte ihr Tempo. „Sie haben recht, Jennifer." Seine Stimme wurde ruhiger, als würde sie sich ebenfalls der Musik anpassen. „Wir sind wirklich ein gutes Team."

Jennifer begegnete Antonys Blick und was sie in seinen blassblauen Augen sah, ließ keinen Zweifel an seinen Gedanken.

KAPITEL 7

KAUM HATTE Antony die Worte ausgesprochen, hätte er sich am liebsten die Zunge abgebissen. Er hatte nicht das Recht, Jennifer zu sagen, dass sie ein gutes Team wären, nicht ohne hundertprozentig sicher zu sein, dass sie dies als professionelle Aussage auffassen würde.

Vor allem, wenn seine eigenen Gedanken in eine intimere Richtung gingen.

Er führte sie zu einem anderen Bereich der Tanzfläche, weg von Bianca, die weiterhin mit Federico tanzte. Woher sein Bruder gewusst hatte, dass er vor ihr gerettet werden musste, war ihm ein Rätsel, aber er war ihm dankbar. Eine romantische Beziehung mit Jennifer mochte ein Wunschtraum sein, doch er genoss die Gelegenheit, sie in seinen Armen zu halten, so korrekt und offiziell die Umstände auch sein mochten. Während ein Lied in das andere überging, sprachen sie über Rasovo und die Aussichten auf Frieden. Ein Treffen der Anführer der verschiedenen Gruppierungen in drei Wochen in Brüssel könnte sich als fruchtbar erweisen, meinte sie, und er stimmte ihr zu. Der Vermittler war bei anderen Konflikten erfolgreich gewesen. Die Verhandlungen im Rasovo-Konflikt würden nicht einfach sein, aber das waren Situationen, in denen Emotionen hochkochten, nie.

Sie unterhielten sich weiter und er fand sie mit jedem Augenblick faszinierender. Sie scheute sich nicht, ihre Gedanken zu einer Reihe von Themen zu äußern, und hörte sich seine Meinung aufmerksam an.

Sein ganzes Leben lang hatten Frauen ihn angestarrt, mit ihm geflirtet, ihm nachgestellt und vor allem deutlich gemacht, dass sie sich jeder Idealvorstellung anpassen würden, die er von einer Partnerin hatte. Nicht so Jennifer. Nur sie ließ ihn ihre wahre Persönlichkeit erkennen. Sie schien nicht von ihm eingeschüchtert – von La Rocca und seinem Gepränge vielleicht, aber nicht von ihm persönlich – und sie war keine Frau, die ihre Meinung änderte, nur um ihn zu beeindrucken.

Es war eine willkommene Abwechslung für ihn, Zeit mit ihr zu verbringen und sich ihre Ansichten anzuhören, statt die des kleinen Kreises von Frauen, die normalerweise zu diesen Veranstaltungen kamen. Er wünschte sich nur, dass es immer so sein könnte.

In einer Gesprächspause blickte er zu ihr hinunter und sagte: „Falls ich es noch nicht erwähnt habe, Sie sehen in diesem Kleid absolut umwerfend aus."

Er hatte sie in ein tiefgründigeres Gespräch verwickeln und sie nach Ideen ausfragen wollen, zum Beispiel für die Krebshilfe von San Rimini oder andere Einrichtungen, die sich für Hilfsbedürftige einsetzten. Aber irgendwie kam ihm die Bemerkung über ihr Kleid über die Lippen.

Ihre Mundwinkel verzogen sich zu einem zögernden Lächeln. „Ich danke Ihnen. Als Sie sagten, Sie würden eine Auswahl an Kleidern für mich bereitstellen, hätte ich nicht erwartet, dass es so viele sein könnten und dass sie so schön sein würden."

Er hatte sich also hinreißen lassen. Welchem Mann würde es nicht so gehen, wenn er die Gelegenheit dazu hätte?

„Warum haben Sie dieses ausgewählt?"

„Sie meinen, aus den zweiunddreißig Kleidern, die mir ins Zimmer gebracht wurden?" Sie lachte dabei und die Leichtigkeit, mit der sie sprach, zauberte ein Lächeln auf Antonys Gesicht. Es gab Tage, an denen die kalten Säle des Palastes eine Dosis ihres Lachens gebrauchen könnten. Es würde sie beleben, damit sich der Ort eher wie ein Zuhause als wie ein Museum anfühlte. Selbst Miroslav, der ernste Sicherheitsbeauftragte seines Vaters, würde bei solch einem fröhlichen Geräusch lächeln.

„Ich nehme an, wegen der Farbe", antwortete sie schließlich. „Es war das einzige hellblaue. Und", sie senkte ihr Kinn gerade genug, um das Kleid zu betrachten, „es war schlichter geschnitten als die anderen und hatte nichts Glitzerndes. Ich bin ein Typ, der Einfachheit vorzieht. Warum fragen Sie?"

Die Augen, die ihn anblickten, waren von einem noch schöneren Blau als das Kleid.

„Von den – zweiunddreißig, sagten Sie? – ist dies mein Lieblingskleid."

„Sie haben die Kleider gesehen?" Eine Furche erschien auf ihrer Stirn. „Wann?"

„Gestern. Ich habe sie ausgesucht."

Ihre Augen weiteten sich vor Überraschung. „Ich nahm an, Sie hätten Personal, das diese Art von Dingen erledigt."

„Sie haben auch angenommen, dass ich Leibwächter überallhin mitnehme."

„Ich verstehe. Mir scheint, ich muss noch eine Menge über Sie lernen."

Er konnte sich ein Grinsen nicht verkneifen. „Nun, jetzt wissen Sie, dass ich die Farbe Blau mag. Und dass ich ebenfalls einen schlichten Stil bevorzuge."

„Okay. Wie sieht es mit Ihrem Lieblingsessen aus?"

„Das ist leicht zu beantworten: Lasagne."

„Lasagne ist kein einfaches Gericht", bemerkte sie.

„Verglichen mit dem, was mir oft serviert wird, ist das ein ziemlich einfaches Essen. Mehr wie etwas, das man bei jemandem zu Hause und nicht bei einer Veranstaltung zu sich nimmt." Mit einer schnellen Handbewegung bezeichnete er den ganzen Raum. „Leider habe ich nicht oft die Gelegenheit, einfache Dinge zu genießen. Berufsrisiko."

Das ließ sie wieder lächeln. „Nun, ich hoffe, Sie finden eines Tages eine Partnerin, die es schlicht mag, gerne Blau trägt und eine teuflisch gute Lasagne zubereitet."

Er ließ sie für eine langsame Drehung los, denn er wollte ihr einen Moment lang nicht in die Augen sehen. Er hatte eine Frau gefunden, die diese Kriterien genau erfüllte – nun, er war nicht sicher, was ihre Kochkünste betraf, aber wenn man bedachte, wie tüchtig Jennifer in Haffali war, vermutete er, dass sie mit dem richtigen Rezept Wunder wirken könnte –, er konnte sie bloß nicht heiraten. Durfte noch nicht einmal daran denken, sie zu heiraten, nicht in Anbetracht des Ultimatums, das sein Vater ihm gestellt hatte. Jede Frau, die für eine Heirat in Betracht kam, wäre alles andere als schlicht. Sie wäre mehr wie Bianca oder eine ihrer Freundinnen.

Jennifer bewegte sich anmutig zurück in seine Arme und legte dann den Kopf schief. „Was ich gesagt habe, war unange-bracht. Das sehe ich an Ihrem –"

„Nein, es war ... dieser Ausdruck: eine teuflisch gute Lasa-gne." Er war zufrieden mit sich, weil er sich so schnell wieder gefasst hatte. „Wie kann eine Lasagne teuflisch gut sein?"

Sie gab sich keine Mühe, ihre Erleichterung zu verbergen. „Ach, das meinen Sie. In Amerika meint man mit einer ‚teuflisch guten' Lasagne eine ‚hervorragende' Lasagne. Wir verwenden den Ausdruck aber nicht nur für Essen. Zum Beispiel", sie warf einen Blick über die Tanzfläche, „Ihr Bruder Federico ist ein teuflisch guter Tänzer."

„Ich verstehe." Er grinste von einem Ohr zum anderen,

während er ihrem Blick folgte. „Man könnte aber auch sagen, er ist ein Teufelsbraten."

Sie wollte etwas erwidern, aber in dem Augenblick endete der Song. Ein Walzer begann und ihr wurde das Wort abgeschnitten.

Weitere Paare strömten auf die Tanzfläche. Federico verabschiedete sich, um mit einem prominenten Mitglied des Parlaments zu sprechen – jemandem aus dem Thronfolgeausschuss, wie Antony feststellte –, sodass Bianca wieder frei war. Und sich in seine Richtung bewegte.

„Ich sollte mich auch um die übrigen Gäste kümmern", sagte Antony und ließ Jennifer widerstrebend los. „Ich danke Ihnen für diese anregende Unterhaltung."

„Und ich danke Ihnen für diesen wunderbaren Abend. Die Menschen in Rasovo werden über Ihre Großzügigkeit gerührt sein."

Er strich ihr mit der Hand über die Wange, er konnte sich nicht bremsen. „Ich möchte den Flüchtlingen helfen. Und Ihnen." Er zwang sich, seine Hand von ihrem Gesicht zu lösen, und ging zu der missbilligend dreinschauenden Bianca hinüber.

***

ABGESCHIEDEN in der Damentoilette lehnte Jennifer ihre Stirn gegen die Innenseite der großen, mit Schnitzereien verzierten Tür der Toilettenkabine. Sie wollte nicht, dass jemand merkte, wie sehr der Tanz mit Antony sie aus der Fassung gebracht hatte.

Sie hatte sich den Ausdruck in seinen Augen nicht eingebildet. In letzter Zeit hatte sie zwar nicht viele Verabredungen gehabt, aber gewisse menschliche Gefühle waren offensichtlich. Antony hatte mit ihr tanzen wollen. Sie halten, wie ein Mann mitten in der dunklen, geheiligten Nacht seine Geliebte hält, nicht wie ein Prinz einen Gast bei einem Staatsempfang – so wie Federico bei seinem Tanz mit ihr.

Sie schlang ihre Arme um sich und atmete aus, während sie darauf wartete, dass ihr Herzschlag wieder zu einer normalen Geschwindigkeit zurückkehrte. Als ihre Hände über den kühlen Stoff des Kleides glitten, erinnerte sie sich daran, dass Antony es selbst ausgesucht hatte.

Antony war weitaus sensibler, als das Bild vermuten ließ, das er in der Öffentlichkeit abgab. Und ihrem Gespräch nach zu urteilen, war er weitaus sachkundiger, als die Boulevardpresse behauptete. Keiner seiner Angestellten hatte ihm Informationen geliefert, als sie über den belgischen Vermittler sprachen, der das Treffen der Gruppierungen leiten sollte, die sich in Rasovo bekriegten. Er kannte die Beteiligten und wusste Bescheid über das Auftreten des Verhandlungsführers in anderen Konflikten.

In Antony steckte weit mehr, als sie geglaubt hatte, als sie über den Hubschrauberlandeplatz auf ihn zugegangen war. Man konnte sich gut mit ihm unterhalten und ihr gefielen sowohl seine Meinungen als auch seine Scherze. Er hatte sie mit seinen Witzen über die teuflisch gute Lasagne überrascht. Sie holte noch einmal tief Luft. So ungern sie es sich auch selbst eingestand, sie fand ihn nun noch attraktiver als zu dem Zeitpunkt, als sie zugehört hatte, wie er mit Josef gelesen hatte. Obwohl sie nie eine echte Beziehung mit Antony haben konnte – ganz abgesehen davon, dass er ein Prinz war, lagen ihr die Menschen in Rasovo viel zu sehr am Herzen, als dass sie das Lager je verlassen könnte –, wollte sie dennoch, dass er sie begehrte.

Sie schloss die Lider, während das Bild seiner hellen Augen mit dem amüsierten Blick ihre Gedanken erfüllte. Wieder mit ihm zu tanzen, seine Hand zu spüren, mit der er ihre Schritte über die Tanzfläche lenkte, die gebändigte Kraft seines schlanken, muskulösen Arms, wenn sie ihre Hand an seine Schulter legte, ihn vielleicht sogar zu küssen ... All das war ein wunderschöner Traum. Es war nicht schwer, sich vorzustellen, wie es sich anfühlen würde.

Dann erinnerte sie sich an Federicos Worte. Er hatte gesagt, dass eine andere Frau das Herz des Prinzen bereits gewonnen hätte, und sie wusste, dass nicht sie gemeint war. Bianca Caratelli offenbar auch nicht. Wenn eine schöne Frau wie sie, die sich gewandt in der vornehmen Gesellschaft bewegte, ihn nicht erobern konnte, welche Hoffnung bestand dann für sie selbst?

Jennifer richtete sich auf und überprüfte, ob nichts an ihrem Kleid verrutscht war. Wie sehr hatte Antony ihre Gefühle auf den Kopf gestellt, dass sie so weit gekommen war, ihren Kopf an die Tür einer Toilettenkabine zu lehnen? Sie beugte sich vor, um die Riemchen ihrer Schuhe zu richten, und beschloss, in den Ballsaal zurückzukehren und sich auf das Knüpfen von Kontakten zu konzentrieren, die den Flüchtlingen nützlich sein konnten, statt darüber nachzugrübeln, warum sie sich unerklärlicherweise derart zu Antony hingezogen fühlte.

Sie wollte gerade die Kabinentür öffnen, als sie eine ihr bekannte Stimme aus der Richtung der Waschbecken hörte. Die Frau sprach Italienisch mit dem Akzent von San Rimini, aber Jennifer verstand genug von der Sprache, um dem Gespräch zu folgen.

Und das Gespräch war nicht freundlich.

„Sie hat sich dem armen Antony an den Hals geworfen", stänkerte Bianca. „Als er ihr Lager besuchte, hat sie anscheinend unablässig davon gesprochen, dass sie mehr Arbeitskräfte braucht. Was konnte er anderes tun, als ihr gefällig zu sein?"

Eine unbekannte weibliche Stimme antwortete: „Möglich, aber es ist ihr Job. Trotzdem hätte er nicht mit ihr zu tanzen brauchen. Er hätte mit dir tanzen sollen."

„Oder mit dir, Emanuela. Zwischen Antony und mir besteht natürlich eine Verbindung, dennoch werde ich seine Zeit bei öffentlichen Veranstaltungen nicht vollständig in Beschlag nehmen. Das wäre nicht angemessen. Aber wenn er mit anderen Frauen tanzt, sollte er trotzdem wählerisch sein. Es ist ein Unterschied, ob er mit ihr – einer amerikanischen Bürgerlichen – mehrere Tänze absolviert oder mit jemandem, der seiner gesellschaftlichen Stellung mehr entspricht, so wie du."

„Du hast völlig recht", sagte die andere. Es musste Emanuela Masotti sein. Harriet hatte erwähnt, dass sie die Tochter eines berühmten Opernsängers war. Der Name war Jennifer im Gedächtnis geblieben, weil er zu den Lieblingskünstlern ihrer Eltern gehörte.

„Ich kenne Antony lange genug, um zu wissen, dass er niemals Zeit mit dieser Frau verbringen würde, wenn er sich nicht dazu gedrängt fühlen würde", fuhr Bianca fort. „Sie muss etwas gesagt haben, während sie tanzten, das ihn davon abgehalten hat, sich höflich von ihr zu entfernen. Was für eine Dreistigkeit, ihn in eine solche Lage zu bringen!"

„Offenbar weiß sie nichts über die grundlegende Etikette." Zumindest glaubte Jennifer, das Wort Etikette verstanden zu haben. Ihre Italienischkenntnisse wiesen ein paar Lücken auf.

Worum es allgemein ging, konnte sie jedoch verstehen.

Das Wasser lief. Als der Hahn zugedreht wurde, hob Bianca erneut an: „Ich werde mit Antony darüber sprechen, wie er sich verhalten soll, wenn sie versucht –"

Jennifer wusste, noch ein weiteres Wort darüber, wie sie sich Antony „an den Hals geworfen" haben musste, und sie würde die Beherrschung verlieren. Noch nie in ihrem Leben hatte sie sich aus irgendeinem Grund einem Mann an den Hals geworfen.

Sie öffnete die Kabinentür, schritt zielstrebig zu den Marmorwaschbecken und stellte sich in die Lücke zwischen Emanuela Masotti, die mit Schmollmund in den Spiegel blickte, um ihren Lippenstift zu überprüfen, und Bianca Caratelli, die in ihrer paillettenbesetzten Handtasche wühlte.

„Oh, Jennifer!", zwitscherte Bianca auf Englisch. „Ich wusste nicht, dass Sie hier sind. Gerade eben habe ich zu Emanuela gesagt, welch großen Einfluss Sie auf Antony haben."

„Ja." Jennifer hielt den Blick auf ihr Spiegelbild gerichtet, während sie sich die Hände wusch, und griff dann nach einem der zusammengerollten Handtücher, die in einem Korb neben dem Waschbecken lagen. „Ich verstehe genug Italienisch, um zu wissen, was Sie gesagt haben."

„Wie bitte?"

Plötzlich fühlte sie sich stark und fuhr fort: „Ich fürchte, es war nicht sehr höflich. Oder vielleicht wurde es in Unkenntnis der grundlegenden Etikette geäußert. Ich habe mich Prinz Antony nicht an den Hals geworfen, und übrigens auch niemandem sonst. Und selbst wenn ich es getan hätte, wenn Sie denken, dass ich ihn zwingen könnte, auch nur eine Minute lang etwas zu tun, was er nicht will, unterschätzen Sie ihn."

Emanuela erstarrte, dann traf ihr Blick den von Jennifer im Spiegel. In hochnäsigem Ton sagte sie: „Ich glaube, Sie haben sich geirrt. Bianca würde niemals –"

„Ich glaube", schaltete sich Bianca ein, „meine Freundin möchte Ihnen *höflich* empfehlen, ein italienisches Wörterbuch zu konsultieren. Sie haben uns offensichtlich missverstanden."

„Nein, das denke ich nicht. Und wissen Sie was?" Jennifer trocknete sich langsam die Hände ab und warf das Handtuch in den Behälter unter dem Waschbecken, bevor sie Biancas eisigem Blick mit einem nicht minder eisigen begegnete. „Sie haben völlig recht: Ich bin Amerikanerin und eine Bürgerliche. Aber ich bin viel besser dran als Sie. Trotz Ihres Geldes und Ihrer aristokratischen Herkunft sind Sie nichts weiter als eine Schlange."

„Eine ... was?" Fragend hob Bianca eine Braue.

„Ich empfehle Ihnen, ein englisches Wörterbuch zu konsultieren."

Jennifer drehte sich um und verließ die Damentoilette, wobei sie eine ebenso perfekte Körperhaltung einnahm wie

Bianca. Als sich die Tür hinter ihr geschlossen hatte, biss sie sich auf die Lippe. Dann grinste sie.

ANTONY ZWANG sich zu einer freundlichen Miene, als Bianca näher kam. Ihre Abstecher zur Toilette schienen nie so lange zu dauern, wie er es sich gewünscht hätte. Er hatte gehofft, die wenigen Augenblicke, die er zwischen zwei Tänzen ergattern konnte, damit zu verbringen, sich mit der Rektorin der Universität von San Rimini zu beraten. Die langjährige Pädagogin hatte feste Vorstellungen, wie Hochschulbildung finanziert werden sollte, und Antony wollte von ihr wissen, wie man das Stipendium bei potenziellen Bewerbern bekannter machen könnte und was sie von der zusätzlichen Bedingung hielt.

Leider hatte Bianca nicht immer Verständnis für sein Bedürfnis, ernsthafte Gespräche zu führen. Bevor er die Rektorin der Universität ausfindig machen konnte, strich Bianca ihm kurz mit den Fingerspitzen über den Arm und sah dann mit erwartungsvollem Gesicht zu ihm auf. „Eure Hoheit, ich glaube, ich höre den Anfang des San-Rimini-Walzers. Hattest du darum gebeten, dass man ihn spielt?"

Sie überschritt damit die Grenzen der Etikette. Normalerweise bat man ein Mitglied der königlichen Familie nicht um einen Tanz, sondern wartete darauf, dass man aufgefordert wurde. Doch sie wusste, dass er verpflichtet war, während dieses Musikstücks zu tanzen, und er konnte sie nicht ignorieren, wenn so viele Augenpaare auf sie gerichtet waren. Die Rektorin der Universität würde warten müssen. Zum Glück hatte er Jennifer vorhin auf sie aufmerksam gemacht. Mit etwas Glück hatte sie die grauhaarige Dame bereits in ein Gespräch verwickelt.

Er würde nachfragen, sobald er und Bianca den Tanz beendet hatten. Wenn Jennifer noch nicht mit der Rektorin gesprochen hatte, würde er dafür sorgen, dass sie einander vorgestellt wurden.

Mit der willkommenen Aussicht, erneut mit Jennifer reden zu können, führte er Bianca auf die Tanzfläche, um den San-Rimini-Walzer mit ihr zu absolvieren.

Während sie tanzten, warf Antony ein paar verstohlene Blicke über ihre Schulter und schaute sich unauffällig im Raum um. Die Gäste, die nicht tanzten oder sich unterhielten, beobachteten entweder ihn oder Federico, was nichts Neues war. Er und seine Geschwister hatten sich im Laufe der Jahre an die ständige Aufmerksamkeit und das Getuschel gewöhnt. Er bemerkte zwei Fotografen, je einen von den wichtigsten Nachrichtenagenturen in San Rimini, die Fotos von ihm und Bianca machten. Die Bilder würden wahrscheinlich in der Morgenzeitung und im Internet erscheinen, wenn die Medien nicht schon die Fotos verwendeten, die während des Abendessens entstanden waren.

Er hatte seine Ziele für diesen Abend erreicht. Sein Vater würde die Bilder sehen und sich entspannen, zumindest so lange, bis er seine Operation überstanden hatte und Antony das Ultimatum gefahrlos zur Sprache bringen konnte. Außerdem würde die Presse den Ereignissen des Abends möglicherweise genug Beachtung schenken, um angemessen über den Stipendienfonds von San Rimini zu berichten.

Schließlich, und das war das Wichtigste, hatte er dank Federico die Gelegenheit gehabt, mit Jennifer zu tanzen. Die Erinnerungen an diesen Abend – an den leichten Duft ihres Haares, ihre Taille, die er unter seiner Handfläche gespürt hatte, die Leichtigkeit, mit der sie sich unterhalten konnten – würden ihn noch lange Zeit begleiten. Wenn er sich am Ende zum Wohle des Landes vermählte, würde er wenigstens das haben, so kurz die Begegnung auch gewesen war.

Es würde genügen müssen. Wenn er heiratete – selbst wenn

es Bianca wäre –, würde er treu sein. Etwas anderes entsprach einfach nicht seinem Wesen.

Er hielt über die Menge der Fotografen und Bewunderer hinweg Ausschau nach Jennifer.

„Nach wem suchst du, Antony?", erkundigte sich Bianca, die ihn auf frischer Tat ertappte.

Er zuckte mit den Schultern und versuchte, gleichgültig zu wirken. „Miss Allen, nehme ich an. Ich möchte sichergehen, dass sie die neue Rektorin der Universität kennenlernt, falls das noch nicht geschehen ist. Und als Gastgeber sollte ich ihr alles Gute wünschen, bevor sie sich für den Abend verabschiedet."

„Das ist sehr aufmerksam von dir", sagte Bianca mit überraschend sanfter Stimme. „Aber ich glaube, sie ist bereits gegangen. Ich habe sie vorhin auf der Damentoilette gesehen, und ... nun ja, wie soll ich mich ausdrücken? Sie sagte einige ärgerliche Dinge zu Emanuela." Bianca achtete darauf, leise zu sprechen, damit andere Paare sie nicht hören konnten. „Sie hat es natürlich nicht absichtlich getan, aber es war einfach nicht angemessen. Ich habe das Gefühl, dass sie nicht über die Grundregeln der Etikette informiert ist. Sie sollte zum Beispiel wissen, dass man den Ballsaal nicht vor der königlichen Familie verlässt."

Antony betrachtete Bianca prüfend. „Was genau hat sie zu Emanuela gesagt?"

Bianca ließ die Luft entweichen, als wäre es ihr sehr unangenehm, darüber ausgefragt zu werden. „Einige ziemlich abfällige Dinge über San Rimini, fürchte ich. Etwas in der Richtung, dass unser Akzent seltsam und nicht leicht zu verstehen ist, selbst für diejenigen, die Italienisch sprechen. Du weißt, wie patriotisch Emanuela sein kann. Sie ist stolz auf unser Erbe."

„Und Miss Allen hat sich nach dieser Bemerkung einfach verabschiedet?"

„Ich bin mir nicht sicher. Wie auch immer, ich habe sie danach nicht mehr gesehen. Ich bin überzeugt, dass sie den Ballsaal verlassen hat, als sie bemerkte, dass sie Anstoß erregt hat. Das hätte ich auch getan, allerdings hätte ich mich vorher entschuldigt. Das ist äußerst unhöfliches Benehmen, besonders für jemanden, der bei einer Abendgala eine Rede gehalten hat. Natürlich", Bianca drückte seine Hand, wie um ihren Standpunkt zu unterstreichen, "weißt du, wie sehr ich an San Rimini hänge. Ich würde nie etwas tun, was die königliche Familie oder die Traditionen unseres Landes einschließlich unserer Sprache herabsetzt."

"Ich bin sicher, dass du das nicht tun würdest." Aber Jennifer auch nicht. Er konnte es sich nicht vorstellen.

"Weißt du", fuhr sie fort, "wenn es nicht zu geradeheraus ist, das zu sagen, aber die Familie diTalora ist mir so lieb wie meine eigene. Es liegt ein gewisser Trost –"

"Bianca", unterbrach Antony sie. Er schaute über ihre Schulter hinweg, als hätte ihm jemand ein Zeichen gegeben. Dann blickte er sie entschuldigend an. "Ein Gast benötigt meine Aufmerksamkeit. Es ist schade, dass wir unseren Tanz unterbrechen müssen, aber ich vermute, es ist dringend. Das verstehst du doch?"

"Selbstverständlich", antwortete sie. Allerdings huschte ein Ausdruck der Enttäuschung über ihr Gesicht, bevor sie den Raum mit den Augen absuchte, um zu sehen, welches Mitglied des Personals Antony ein Zeichen gegeben hatte.

"Vielen Dank. Matteo Carozzo ist auf der Suche nach einer Partnerin. Macht es dir etwas aus?"

"Ganz und gar nicht. Unsere Eltern sind gut befreundet und ich kenne ihn schon seit Jahren", erwiderte sie, während Antony sie bereits zu dem jungen Mann hinführte. Er sagte Matteo, er müsse sich um eine geschäftliche Angelegenheit kümmern, könne seine Partnerin aber nicht einfach so stehen lassen. Als Matteo in die Bresche sprang, verließ Antony die Tanzfläche, so schnell er konnte. Er spürte, dass er von Bianca nur die halbe Wahrheit gehört hatte, und er war fest entschlossen, den Rest zu erfahren.

Er schlenderte durch die Menge und blieb nur so lange wie unbedingt nötig stehen, um weitere Gäste zu begrüßen, bevor er sich in Richtung der Türen bewegte. Dabei hielt er die Augen nach Jennifer offen. Nach ein paar Minuten kam er zu dem Schluss, dass sie den Ballsaal tatsächlich verlassen haben musste.

„Federico", murmelte er, ergriff den Arm seines Bruders und drängte ihn, sich kurz von der Menge der Würdenträger abzuwenden. „Hast du Jennifer Allen gesehen?"

Federico antwortete leise: „Sie ging vor etwa fünf Minuten in Richtung der Treppe zum Ostflügel."

„Weißt du, wo sie hinwollte?"

„Nein." Federico machte ein Gesicht, als wollte er fragen: „Was soll das alles?"

„Sie wirkte nicht verärgert, nehme ich an? Und sie hat nicht gesagt, dass sie beschlossen hat, früher zu gehen?"

„Ich habe nicht mit ihr gesprochen, aber ich hatte nicht den Eindruck." Er zögerte, dann fragte er: „Kennt sie den Weg?"

Dieser Gedanke war Antony noch gar nicht gekommen. „Deshalb hatte ich gehofft, sie zu finden", improvisierte er. „Harriet sollte sie dorthin begleiten, wenn die Veranstaltung um Mitternacht endet. Vielleicht hat sie nur etwas aus ihrem Zimmer gebraucht, aber wenn sie müde ist und sich für die Nacht zurückgezogen hat, muss ich Harriet informieren."

Federico zog eine Augenbraue hoch. „Du hast mich vom Präsidenten des Rats der Künste von San Rimini weggeholt, um Harriet nicht zu verstimmen?"

„Nein. Schon gut." Antony winkte seinem jüngeren Bruder zu, bevor er den Ballsaal durch die Tür verließ, die dem Treppenhaus zum Ostflügel am nächsten lag. Glücklicherweise versuchte keiner der Gäste, ihn abzupassen.

Sobald er die Menge hinter sich gelassen hatte, lief er die Treppe hinauf, wobei er zwei Stufen auf einmal nahm, und joggte dann drei Gänge entlang bis zu dem Flügel des Palastes, wo sich seine privaten Räume befanden. Er klopfte an Jennifers Tür und wartete.

Keine Antwort.

Er klopfte erneut, aber aus dem Zimmer drang kein Laut. Sein Atem ging stoßweise.

Vielleicht hatte sie das Dinner doch nicht verlassen. Möglicherweise fand sie aber auch einfach nicht zurück in ihr Zimmer.

Er ging denselben Weg wieder zurück und schaute in einen Seitenflur nach dem anderen. Ohne Erfolg.

Er hatte den Ballsaal schon fast wieder erreicht, als er sie endlich sah.

Sie stand oben auf der Osttreppe, als ob sie sich entscheiden wollte, welchen Weg sie einschlagen sollte. Sie sah nicht, wie er sich ihr näherte. Stattdessen drehte sie sich um und lief auf einen Gang zu, der sie an mehreren Büros des Personals und der Bibliothek des Palastes vorbeiführen würde bis zu einer Treppe, die sowohl zu Isabellas als auch zu Marcos Privaträumen führte.

„Da wollen Sie nicht langgehen", rief er ihr zu.

„Warum nicht?"

„Etwa ein halbes Dutzend Wachen werden Sie aufhalten."

Sie drehte sich zu ihm um und er war überrascht, dass ihre Wangen rote Flecken hatten. Sie ballte die Hände an ihren Seiten zu Fäusten, öffnete sie aber wieder, als er sie anschaute. Offensichtlich war sie sich bewusst, dass er sie aufmerksam betrachtete. Ein Kloß bildete sich in seiner Kehle. Er bezweifelte, dass sie sich leicht aus der Ruhe bringen ließ.

Was auch immer auf der Damentoilette passiert war, er wollte den Schaden wiedergutmachen. Er konnte sich vorstellen, dass es bei solchen Veranstaltungen immer mal zu kleinen Auseinandersetzungen kam und dass er sich davon nicht stören lassen sollte. In diesem Fall konnte er sich jedoch nicht zurückhalten. Gerade Jennifer hatte es verdient, ab und zu rauszukommen und sich auf einer Party zu amüsieren.

„Dann nehme ich an, das ist nicht der Weg zurück in mein Zimmer, Hoheit?"

„Nein."

„Wären Sie so freundlich, mir den Weg zu zeigen?"

Er schenkte ihr ein – wie er hoffte – beruhigendes Lächeln. „Ich weiß nicht. Wären Sie so freundlich, mir zu erzählen, was auf der Damentoilette passiert ist?"

Jennifer hielt inne, dann hob sie eine Augenbraue. „Bianca und ihre Freundin Emanuela haben Ihnen nicht von dem Schlagabtausch erzählt?"

„Ich würde lieber Ihre Version des Vorfalls hören." Er trat näher an sie heran, sodass sie vom Fuße der Treppe aus nicht zu sehen waren, und nahm ihre Hand. Die Spannung in ihren schlanken Fingern war unverkennbar. Es fühlte sich ganz anders an als zu dem Zeitpunkt, als er sie auf die Tanzfläche geführt hatte.

Er tat so, als würde er einen Moment lang ihre Knöchel begutachten, dann begegnete er ihrem Blick. Die Sommersprossen zeichneten sich deutlich auf ihrer Nase ab. Er war froh, dass sie nicht zugelassen hatte, dass eine Visagistin sie abdeckte. „Ich sehe keine blauen Flecken, also nehme ich an, dass *Schlagabtausch* keine wörtliche Beschreibung dessen ist, was sich zugetragen hat?"

„Nein." Die Ruhe in ihrer Stimme klang gezwungen. „Nichts so Schlimmes."

„Was dann?"

„Prinz Antony, ich kann es Ihnen wirklich nicht sagen. Es fühlt sich nicht richtig an. Ich bin sicher, Sie verstehen das."

Er half ihr. „Gelegentlich können Bianca Caratelli und ihre Freunde ziemlich ... sozial-aggressiv sein, das ist wahrscheinlich die beste Beschreibung, die ich habe. Sie werden mich nicht beleidigen, wenn Sie mir die Wahrheit sagen, Jennifer."

„Wenn Sie sie als sozial-aggressiv empfinden", ein Lächeln zupfte an einem ihrer Mundwinkel, „was die meisten Menschen als höfliche Umschreibung dafür ansehen würden, dass sie unverschämt sind, warum sind sie dann Ihre Freunde?"

Darüber musste er erst einmal nachdenken. Es war ihm nie in den Sinn gekommen, *nicht* mit ihnen befreundet zu sein, da ihre Familien sich seit so vielen Generationen kannten. Er zuckte mit den Schultern. „Ich bin nicht immer mit ihrem Verhalten einverstanden. Aber manchmal bin ich als Kronprinz gezwungen, Zeit mit Leuten zu verbringen, mit denen ich mich, wäre ich in einer anderen Position, vielleicht nicht anfreunden würde."

Sie bewegte ihre Hand in seiner und blickte dann auf ihre ineinander verschlungenen Finger. Ohne zurückzuweichen, sagte sie leise: „Wir alle haben immer eine Wahl."

„Leider trifft das auf mich nicht zu. Nicht in Bezug darauf, wohin ich reise, wo ich wohne, mit wem ich verkehre und bis zu einem gewissen Grad sogar, wen ich heirate. Ich mag erwachsen sein, aber ich muss mich der Autorität meines Vaters in seiner Eigenschaft als König beugen. Und auch wenn ich selbst König werde, bin ich dem Willen des Volkes von San Rimini unterworfen."

Sie blickte wieder zu ihm auf, jetzt mutiger, mit einem herausfordernden Glanz in den Augen. „Sie *haben* eine Wahl, ob Sie es glauben oder nicht. Sie sind nur nicht bereit, mit den Konsequenzen zu leben."

Er starrte sie einen Moment lang an, nicht gewillt, die Verbindung zu unterbrechen, die zwischen ihnen entstand. Er hatte noch nie über Konsequenzen nachgedacht. Abgesehen davon, dass er sich einer Heirat widersetzte, hatte er sein ganzes Leben lang einfach das getan, was man von ihm verlangte, ohne es zu hinterfragen. Er hatte alle richtigen Veranstaltungen besucht, den richtigen Interviews zugestimmt, die richtigen Freunde gewählt. Aber er hatte diese Dinge nicht immer getan, weil er sie tun wollte. Und er hatte ganz sicher nie das Für und Wider abgewogen, wenn er sie *nicht* täte. Gewisse Dinge waren einfach notwendig, wenn man an erster Stelle der Thronfolge stand.

„Sie haben Recht", sagte er langsam. „Ich habe eine Wahl. Ich muss nur mit den Konsequenzen leben."

Es gab eine Wahl, die er schon den ganzen Abend liebend gern getroffen hätte.

Er berührte ihr Kinn, dann streichelte er ihre Wange mit den Fingerspitzen. Er erwartete, dass sie sich von ihm löste und eine höfliche Entschuldigung vorbrachte, aber das tat sie nicht. Ihre Augen blieben auf seine gerichtet. Dann hob er ihr Kinn an und küsste sie, erst zaghaft, dann fordernder, als sie ihre Hände auf seine Schultern legte und sich ihm ganz langsam öffnete.

Ja. *Das* war seine Wahl.

Er wollte, wenn auch nur für diesen Abend, die Erfahrung auskosten, eine Frau im Arm zu halten, die ihn nicht wegen seiner Stellung oder des Reichtums seiner Familie wollte. Die sich nicht um seinen Titel scherte und die Charakterstärke besaß, seine persönlichen Vorstellungen und Träume zu hinterfragen und ihn dadurch zu einem besseren Menschen zu machen.

Er strich ihr mit der Hand über das Haar und zog sie dann eng an seinen Körper heran, während er sie kostete. Als sich ihre Finger als Reaktion darauf in seine Schultern gruben, war er schockiert über die Welle des Verlangens, die über ihn hinwegrollte. In seinem ganzen bisherigen Leben war kein erster Kuss auch nur annähernd mit diesem vergleichbar gewesen.

Als er seinen Mund über ihre Wange gleiten ließ, um eine Stelle unter ihrem Ohr und dann ihren Hals zu küssen, erregte ein Geräusch seine Aufmerksamkeit. Er versuchte, es zu ignorieren, aber als ihn ein zischendes Scht! erreichte, wurde ihm klar, was es sein musste.

Kameras.

Antony zuckte zurück, als hätte ihn ein Blitz getroffen. Als er die Treppe hinunterblickte, sah er, dass Gäste aus dem Ballsaal eilten, um zu sehen, warum sich ein Fotograf auf Zehenspitzen die Treppe hinaufgeschlichen hatte. Der Mann stand auf dem Treppenabsatz, seine Kamera war genau auf Antony und Jennifer gerichtet.

Antony drehte sich zu Jennifer um, die wie benommen von ihm zurückgetreten war. Ihre Lippen waren von dem Kuss geschwollen und ihr sorgfältig aufgetragener Lippenstift war fast ganz verschwunden.

„Antony?", sagte sie mit brüchiger Stimme, während ihr Blick von dem Fotografen zu ihm und dann wieder zu dem Fotografen und der wachsenden Menschenmenge huschte.

„Nein, Jennifer. Ich hatte nicht die Absicht –"

Doch seine Worte kamen zu spät. Jennifer sah an ihm vorbei und entdeckte Harriet gerade in dem Moment, als die Assistentin aus dem gegenüberliegenden Korridor trat, der zu seinem eigenen Wohnbereich und Jennifers Gästezimmer führte. Harriet blieb vor Schreck über die Szene der Mund offen stehen, doch sie fing sich schnell wieder und geleitete Jennifer zum Gang.

Ohne ihn anzusehen, eilte Jennifer an Antony vorbei und verschwand in dem langen Korridor.

KAPITEL 8

„Jennifer Allen! Warum in aller Welt hast du mir nichts davon gesagt?" Pia fuchtelte mit einer Zeitung aus San Rimini, als sie den Trailer betrat. „Es ist schon schlimm genug, dass unser Internet so unzuverlässig ist, dass es nahezu nutzlos ist, aber wenn der Knüller des Jahres direkt vor mir sitzt, erwarte ich, dass ich davon erfahre."

Jennifer zuckte innerlich zusammen und legte die Bedarfsanforderung beiseite, die sie für die Zentrale der Flüchtlingshilfe vorbereitet hatte. In den achtundvierzig Stunden seit ihrer Rückkehr ins Lager hatte sie versucht, Antony – und die Erinnerung an das, was zwischen ihnen passiert war – aus ihrem Kopf zu bekommen. Sich in Listen und Aufstellungen zu vergraben, hatte nicht geholfen. Sich in ihrem Büro zu verstecken, brachte offenbar auch nichts.

Jennifer nahm die Zeitung von Pia entgegen – und ihre Kinnlade sank fast bis zum staubigen Boden des Trailers herab. Auf der Titelseite war ein großes Bild von ihr in Prinz Antonys Armen. Sein Mund war nur einen Atemhauch von ihrem Wangenknochen entfernt.

Die Perspektive, aus der das Foto aufgenommen worden war, ließ keinen Zweifel daran, dass es sich um einen mehr als freundschaftlichen Kuss handelte. Schlimmer noch, die Schlagzeile posaunte:

ANTONY GIBT GELD AUS UND VORSICHT AUF
San Riminis Kronprinz wird von amerikanischer
Spendensammlerin umgarnt

JENNIFER LEGTE eine Hand auf ihren Leib, als sich ihr der Magen umdrehte. Wie konnte das nur passieren?

„Das ist schlecht", murmelte sie und starrte immer noch ungläubig auf die Schlagzeile. Sie zwang sich, weiterzulesen. Die Zeitung, die einen Tag alt war, stellte sie als schmeichlerische Goldgräberin dar.

Hatten ihre Eltern sie nicht immer wieder vor Aristokraten und Politikern gewarnt? *Sie sagen das eine und tun das andere.* Sie konnte fast die enttäuschte Stimme ihrer Mutter hören, wenn wieder einmal eine Geldzusage nicht eingehalten worden war, so wie damals, als ein Multimillionär ihren Eltern eine große Summe für ihr Schulprojekt in Kambodscha in Aussicht gestellt hatte. Seine Bedingung war, dass sie eine Reihe von Auftritten absolvierten, um seine Kandidatur bei der Senatswahl zu unterstützen. Das taten sie, indem sie wortgewandt den Wunsch des Politikers schilderten, Kindern überall eine Grundbildung zu ermöglichen, und erläuterten, dass solche Pläne der ideale Weg zu stärkeren internationalen Partnerschaften und wirtschaftlicher Stabilität wären. Nachdem er die Wahl gewonnen hatte, hatte er sein Angebot zurückgezogen.

„Es ist kein gefälschtes Foto? Prinz Antony hat dich wirklich *geküsst?*" Pias Augen wurden groß. „Das würde ich absolut nicht als schlecht bezeichnen."

„Hast du den Artikel gelesen?"

„Das Bild ist nicht genug? Als ich es sah, bin ich hierhergerannt, so schnell ich konnte."

Jennifer stöhnte laut auf, als sie den Artikel weiter überflog. „Sie schreiben, ich hätte ihn dazu verleitet, mich zu küssen. Offenbar behaupten ‚dem Prinzen nahestehende Quellen‘, dass ich mich ihm die ganze Nacht an den Hals geworfen hätte, um Publicity für die Flüchtlingshilfe zu bekommen, und anscheinend auch, damit etwas mehr für mich selbst dabei herausspringt."

„Das ist nicht wahr", protestierte Pia. „Jeder weiß, dass du so etwas nie tun würdest. Aber ist das wirklich wichtig? Als du aus San Rimini zurückkamst, hast du mir erzählt, dass die Veranstaltung eine Menge Geld für den Stipendienfonds eingebracht hat und dass die Universität San Rimini plant, das Stipendium in ihrer Studierendenzeitung anzukündigen und einen Informationsbereich auf ihrer Website einzurichten, um Bewerbungen zu fördern. Das ist das Wichtigste."

„Aber wenn es dem Ruf unserer Organisation schadet –"

„Das wird es nicht", versicherte ihr Pia. Dann erhellte sich ihr Gesicht und sie sagte: „Ich möchte mehr über diesen Kuss erfahren! Wie kam es dazu?"

Jennifer schluckte. Der Kuss. Sie konnte nicht einmal ansatzweise über den Kuss nachdenken.

„Es war nicht von Bedeutung, der Prinz war nur höflich", antwortete sie. Sie wedelte mit der Zeitung und fügte hinzu: „Aber *das hier*, dieses Foto und die Art, wie es dargestellt wird, das ist wichtig." Jennifer schloss für einen Moment die Augen, öffnete sie wieder und blickte aus dem Fenster ihres Büros auf das Lager, das sie inzwischen als ihr Zuhause betrachtete.

Eine Gruppe von Flüchtlingen kam aus dem Essenszelt und

genoss warmes Brot – ein Leckerbissen, wenn man bedachte, wie viel Zeit und Arbeitskraft es kostete, frisches Brot für das ganze Lager zu backen. Für sie waren wichtigere Dinge bedeutsam als königlicher Klatsch und Tratsch. Zum Beispiel die Suche nach ihren vermissten Verwandten. Einen warmen und sicheren Schlafplatz zu haben. Die Gewissheit, dass sie am Ende eines jeden Tages eine Mahlzeit bekamen und etwas, um ihren Durst zu stillen. Und schließlich, Frieden zu haben und die Möglichkeit, ihr Leben wieder aufzubauen.

Jennifer atmete aus und sah Pia an. „Weißt du, am Ende wird dieses Foto am wichtigsten sein. Sie werden kein Vertrauen mehr haben in meine Fähigkeit, ihnen zu helfen, wenn sie glauben, dass ich meine Zeit damit verbringe, Helikopterflüge zu unternehmen, um an schicken Abendessen teilzunehmen und zu flirten, anstatt für ihr Wohlergehen zu kämpfen. Ihr Vertrauen hängt davon ab, wie ich ihre Situation vor dem Rest der Welt darstelle. Wenn sie das hier sehen, könnten sie anfangen, zu zweifeln.“

Pia winkte ab, noch während Jennifer sprach. „Sie kennen dich besser als das. Sie haben mitbekommen, was du tagein, tagaus im Camp machst. Außerdem glaube ich nicht, dass sie die Zeitung kennen, wenn das ein Trost für dich ist. Ein Mitarbeiter des Roten Kreuzes hat mir dieses Exemplar geliehen und ich habe im Lager keinen Mucks gehört. Wenn jemand davon wüsste, würden sie darüber reden.“

„Nun, ich denke, dafür sollte ich dankbar sein.“

Sie legte die Zeitung auf ihren Schreibtisch und fragte sich, wie viele der Leute, die an dem Abendessen teilgenommen und ihr Geld versprochen hatten, das Foto gesehen hatten. Oder schlimmer noch, den Artikel gelesen hatten und jedes Wort glaubten. Sie sprach Pia auf diese Sorge an und meinte dann: „Die Spender könnten annehmen, dass ich dieses Lager und meine Aufgaben nicht ernst nehme. Und wenn ich das nicht tue, werden sie es auch nicht ernst nehmen. Meine ganze Reise, die

Zeit, die ich weg war, meine Arbeit an der Rede – alles wäre dann umsonst gewesen."

Pia fuhr sich mit der Hand durch ihr kurzes blondes Haar und sah genauso frustriert aus, wie Jennifer sich fühlte. „Vielleicht kann jemand aus dem Vorstand die Zeitung anrufen und darum bitten, einen Widerruf zu drucken. Ich kontaktiere meinen Cousin, Visconte Renati, und erzähle ihm, was wirklich passiert ist. Vielleicht kann er den Klatsch und Tratsch ein wenig eindämmen und bei seinen Freunden für den Stipendienfonds werben. Er hat in der Vergangenheit schon gefragt, was er tun kann, um uns zu unterstützen."

Jennifer überflog den Artikel erneut. Sie hatte keinen Zweifel an der Identität der „dem Prinzen nahestehenden Quellen". Offensichtlich hatte sie besagte Quellen während ihres Streits auf der Damentoilette so verärgert, dass sie ihre giftigen Bemerkungen an die Öffentlichkeit trugen. Sie bezweifelte, dass Pias Cousin eine Chance gegen die gespaltenen Zungen von Bianca Caratelli und Emanuela Masotti hatte.

„Nein", sagte sie schließlich zu Pia gewandt. „Wenn jemand von unserer Organisation mit der Zeitung spricht, könnte dies falsch verstanden werden. Und ich werde deinen Cousin nicht in die Lage bringen, mich verteidigen zu müssen. Das Beste, was ich tun kann, ist, zu schweigen und es dem Palast zu überlassen, sich um diese Sache zu kümmern."

Nicht, dass sie das tun würden. Sie hatte immer noch Antonys Worte im Ohr von dem Moment, als die Fotografen begannen, ihre Aufnahmen zu machen: *Nein, Jennifer*, hatte er gesagt. *Ich hatte nicht die Absicht –*

Hatte er nicht erwischt werden wollen, fragte sie sich, oder hatte er sie gar nicht küssen wollen? Federico hatte gesagt, dass Antony Interesse an einer anderen Frau hatte. Soweit Jennifer wusste, hatte der Palast die Geschichte sogar bestätigt, bevor der Artikel gedruckt wurde. Und warum auch nicht? Prinz Antony wurde in dem Text als der Gute hingestellt, wenn auch als ein wenig naiv, während sie als hinterhältig beschrieben wurde. Und wenn Antony tatsächlich Gefühle für eine andere hatte, wie Federico vermutete, würde ihn diese Version der Ereignisse vor einer Auseinandersetzung mit dieser Frau bewahren.

Jennifer zog eine Grimasse und ärgerte sich, dass sie so vertrauensselig war. Antonys Freunde mochten davon überzeugt sein, dass er engagiert war und dem Lager wirklich helfen wollte, aber jetzt, wo sie ein paar Tage zum Grübeln gehabt hatte und der Kuss ihre Gedanken verwirrte, war sie nicht mehr so sicher.

Aus dem Augenwinkel sah sie eine Bewegung vor dem Fenster und bewegte sich auf ihrem Stuhl, um besser sehen zu können. Zwei Jungen rannten schreiend und lachend vorbei. Sie legte den Kopf schief. „War das ein Soccer-Ball?"

Pia täuschte Verwirrung vor. „Oh, meinst du den *fútbol*?"

„Ja, ja. Ich denke, wir wissen, dass ich Amerikanerin bin."

Pia grinste. „Eine der Krankenschwestern ist letztes Wochenende nach Hause in die Schweiz gefahren. Sie kam mit einem Volleyballnetz, zwei Volleybällen und einem ganzen *fútbol*-Set zurück. Einige der Jugendlichen fragten, ob sie ein Volleyballfeld ausmessen dürften. Sie sagte ihnen, wenn sie das tun, wird sie einen Plan für die Spielzeiten aufstellen. Vielleicht machen wir sogar ein Rundenturnier. Ich habe ihnen heute Morgen ein Maßband gegeben. Die *fútbol*-Tore lassen sich ganz einfach aufstellen und zusammenklappen."

„Das ist fantastisch." Durch Spiele im Freien würden die Jugendlichen ein Gefühl von Normalität bekommen und genau die Art von Optimismus und Hoffnung für ihre Zukunft, die sie brauchten.

Und damit war Jennifer wieder bei dem Artikel angelangt.

Sie griff unter den Tisch, um ihre Arbeitsstiefel anzuziehen, die sie dort abgestreift hatte, als sie mit dem Ausfüllen der Formulare für die Bedarfsanforderungen begonnen hatte.

Plötzlich sehnte sie sich nach frischer Luft. Sie brauchte das Gefühl, etwas Konstruktives zu tun und sich nicht einfach in ihr Schicksal zu ergeben.

„Lass uns nach draußen gehen", schlug sie vor. „Ich möchte dem Fluss und unseren Klärtanks ein paar Wasserproben entnehmen. Um mich zu vergewissern, dass wir alles sauber halten. Dann können wir schauen, wie es mit dem Volleyball-Feld läuft."

„Ich habe gestern Wassertests gemacht. Da war alles in Ordnung", sagte Pia und blickte wieder auf die Zeitung. „Bist du sicher, dass du die Sache mit Prinz Antony so handhaben willst? Er hat den Artikel wahrscheinlich schon gesehen. Vielleicht will er –"

„Was sollte ich da groß handhaben?" Jennifer zuckte mit den Schultern, als sie ihre Stiefel zugeschnürt hatte. „Ich werde Prinz Antony nie wiedersehen. Solange dieser Artikel nicht den Stipendienfonds oder den Ruf der Wohltätigkeitsorganisation in Mitleidenschaft zieht, ist alles in Ordnung – wie du gesagt hast. Und wenn er sich doch negativ auswirkt, kümmern wir uns dann darum." Sie drehte die Zeitung um, sodass sie Foto und Artikel nicht mehr sehen musste, bis Pia sie dem Mitarbeiter des Roten Kreuzes zurückgeben konnte. „Lass uns sicherheitshalber trotzdem die Wasserproben nehmen. Und dann werden wir ein paar Bälle spielen."

„ICH HÄTTE SO etwas von Marco erwartet, aber nicht von dir", zischte Federico über Speck, Omelette und heißem Toast mit Butter – ihr traditionelles Sonntagsfrühstück. „Ich bin überrascht, dass du den Mut hattest, heute Morgen hier aufzukreuzen, nachdem du unseren Vater gestern den ganzen Tag lang gemieden hast."

„Es gibt Kaffee hier, also bin ich hier."

Federico schüttelte den Kopf. „Ich verstehe es nicht. Wie konntest du zulassen, dass so etwas passiert? Du wusstest, dass auf dem Event Fotografen waren. Du musst auch geahnt haben, dass sie es mitbekommen, wenn du den Ballsaal verlässt. Dachtest du, sie würden dir nicht folgen? Oder dass Bianca der Presse nicht heimlich Zitate zuspielen würde? Uns ist beiden klar, dass sie es war. Sie hatte jedes Recht, aufgebracht zu sein, wenngleich das nicht entschuldigt, was sie getan hat."

Antony beachtete seinen Bruder nicht. Die beiden Prinzen saßen allein in dem riesigen Speisesaal des Palastes, aber König Eduardo würde sich ihnen jeden Moment anschließen.

„Antony, ignorier mich nicht. Dein Verhalten hat auch Folgen für mich."

Antony warf seinem Bruder einen wütenden Blick zu. Seit das belastende Foto an allen Zeitungsständen aufgetaucht war, zweifelte er mehr an sich selbst, als Federico es je könnte. Dass der ihn nun schalt – erst recht, nachdem er bereits von Bianca eine Standpauke bekommen hatte –, machte die Sache nicht besser.

„Okay", flüsterte Federico, der ebenso wie Antony befürchtete, das Personal – oder schlimmer noch, der König – könnte sie hören. „Ich gebe zu, dass Jennifer gut aussieht und intelligent ist. Sie hat einen wunderbaren Sinn für Humor. Und ich glaube, sie hat dein Herz berührt wie keine Frau zuvor. Ich mag sie ausgesprochen gern. Aber das ist eine unhaltbare Situation."

Antony wischte sich mit der Serviette den Mund ab und wünschte, Federico würde das Thema Jennifer auf sich beruhen lassen. Leider wusste er, dass sein Vater noch mehr zu sagen haben würde und sich dabei sicher weniger liberal zeigen würde als sein Bruder.

Federico aß weiter und wirkte auf jeden, der ihn von der Tür aus beobachten mochte, als genösse er ein ruhiges Frühstück. Aber er wollte nicht vom Thema ablassen und flüsterte: „Ich möchte genauso wie jeder andere, dass du glücklich bist,

Antony, aber das ist nicht immer unser Los im Leben. Nicht so, wie es in Filmen ist. Du weißt, dass du letztendlich jemanden wie Bianca heiraten musst, jemanden aus einer angesehenen Familie, und mit dieser Frau Kinder bekommen wirst. Wenn du das tust, wirst du dein Glück finden, auch wenn du im Moment in eine andere Person vernarrt bist."

„Ich entscheide mich dagegen."

Federico blinzelte. Er brauchte einen Moment, um sich zu fassen, dann sagte er: „Du *entscheidest* dich dagegen? Der Name auf deiner Geburtsurkunde schließt aus, dass du entscheiden kannst. Nicht in diesem Ausmaß. Ich war mir bei Lucrezia nicht sicher, als wir uns das erste Mal begegnet sind, aber es hat sich zum Besten gewendet. Wir haben eine solide Ehe. Wir haben Arturo und Paolo. Unsere Ehe ist gut für San Rimini."

Antony legte seine Serviette ab und schob seinen Stuhl zurück. „Aber ist sie auch gut für dich, Federico?", fragte er leise. „Ich weiß, du liebst die Jungen von ganzem Herzen, aber bist du auch glücklich?"

Er stand auf, denn er war nicht gewillt, eine sicherlich vorgefertigte Antwort anzuhören, und wandte sich zum Gehen. Als Federico beleidigt schwieg, deutete er mit einer ausholenden Geste auf die wertvollen Kunstwerke, die die Wände bedeckten. „Hast du jemals gedacht, dass es mehr im Leben geben könnte als dies hier? Oder das?" Er spreizte seine Finger und wies auf den Ring, der seit Generationen von Kronprinz zu Kronprinz weitergegeben wurde.

„Antony –"

„Ich weiß, dass es unsere Pflicht ist, im Dienst unserer Landsleute zu stehen. Ich bin mir jeder wirtschaftlichen und sozialen Errungenschaft bewusst und mir ist auch klar, dass wir einiges besser machen müssen. Unseren Landsleuten zu dienen, ist ein Privileg, das ich mir zu Herzen nehme. Aber reicht es dir, ein gutes öffentliches Leben zu führen? Willst du nicht mehr für dich persönlich?"

Federicos Kieferpartie spannte sich an und lockerte sich dann wieder. Nach einem Moment schüttelte er den Kopf und seufzte hörbar. „Das ist es, was ich dir zu erklären versuche. Die Rolle, in die wir hineingeboren wurden, ist eine öffentliche Rolle, und ja, wir müssen sie annehmen. Aber wir müssen auch das Beste daraus machen. Sosehr du dir wünschen magst, mit Jennifer Allen oder jemandem wie ihr auszugehen, und sosehr ich mir auch für dich wünsche, es wäre möglich, das ist es nicht. Akzeptiere diese Tatsache und suche dann deinen eigenen Weg, das Beste daraus zu machen. Finde ein Gefühl der Zufriedenheit innerhalb deiner Möglichkeiten als Kronprinz. Der Spielraum ist größer, als du denkst. Wenn du das nicht tust, wird unser Vater wahrscheinlich –"

„Nun, ich will mehr für mich selbst. Ich will hier ein besserer Mensch sein." Antony klopfte sich auf die Brust. „Egal, wie das Ergebnis für die Öffentlichkeit aussieht. Ich habe viele Frauen kennengelernt und abgesehen von unserer Mutter ist Jennifer die Einzige, die mich innerlich zu einem besseren Menschen macht."

Federico strich mit seinem Daumen über den Henkel seiner Kaffeetasse. „Das verstehe ich, Antony. Und das weiß auch jeder andere, der dir an jenem Abend zugehört hat. Aber ich glaube, du gibst zu früh auf. Es existiert doch sicher jemand –"

Die Tür zum Speisesaal schwang auf und König Eduardo trat ein. Er wandte sich an den jungen Mann, der ihm die Tür aufgehalten hatte, und sagte: „Vielen Dank, ich werde mich heute Morgen selbst von der Anrichte bedienen."

Der Bedienstete verneigte sich. Als der König auf den Tisch zuging, schloss sich die Tür so leise, wie sie sich geöffnet hatte.

„Du siehst gut aus heute Morgen, Vater", sagte Federico. „Hast du gut geschlafen?"

„Das habe ich." Eduardo ging zur Anrichte und gab einige Löffel seines Lieblingstees in einen Teefilter. „Ist das Wasser heiß?"

„Ja", antworteten Antony und Federico wie aus einem Mund.

Der König legte trotzdem prüfend einen Finger an die Kanne und hob sie dann an, um Wasser über seinen Tee zu gießen. Als Dampf aus der Tasse aufstieg, warf er einen Blick über die Schulter zu Federico. „Wenn du aufgegessen hast, wärst du so freundlich, uns allein zu lassen, damit ich mit deinem Bruder unter vier Augen sprechen kann?"

Federico schaute Antony kurz an und stand dann auf. Die Brüder wussten beide, dass König Eduardo keine Bitte geäußert, sondern einen Befehl erteilt hatte. „Ich wollte sowieso gerade hinausgehen. Mir ist aufgefallen, dass du heute Abend nichts vorhast. Wenn du magst, könntest du vielleicht mit Lucrezia und mir dinieren?"

„Ich gebe dir Bescheid."

Federico ging aus dem Raum, sodass Antony zum ersten Mal seit dem Fiasko im Ballsaal mit seinem Vater allein war.

Die Furchen auf der Stirn des Königs vertieften sich, während er abwechselnd seinen Teller mit Obst und trockenem Weizentoast füllte und Antony musterte. „Du bist mir aus dem Weg gegangen. Harriet zufolge warst du unpässlich, als ich dich zu sprechen wünschte."

„Ich entschuldige mich. Aber jetzt bin ich ja hier."

Der König drehte sich langsam um, er war wohl müde, auch wenn er nicht so aussah, und stellte seinen Teller auf den Tisch, bevor er zur Anrichte zurückkehrte, um den Tee zu holen. Er ließ sich auf einem Stuhl nieder und bedeutete Antony, es ihm gleichzutun.

„Ich bin immer noch genauso unglücklich über die Geschehnisse wie gestern, als ich aufwachte und von der Berichterstattung durch die Presse erfuhr. Allerdings hatte ich seitdem Zeit, meine Gedanken zu dem Thema zu ordnen, und ich habe einen Plan."

Antony nickte stumm, da er nichts sagen wollte, was die Situation verschlimmern könnte. Seit seiner Diagnose hatte sein Vater, der sich sowohl in der Öffentlichkeit als auch im Privatleben würdevoll gab, seine Wärme und seinen Humor verloren, die ihm die Liebe seiner Familie und der Menschen von San Rimini eingebracht hatten. Aber Antony wollte nicht riskieren, dass sein Vater bei einem Streit über seinen sogenannten Plan einen Herzinfarkt bekam.

Eduardo fuhr sich mit der Hand durch sein dichtes dunkles Haar, das von ersten grauen Strähnen durchzogen war. „Hast du deinen Zeitplan für diese Woche durchgesehen, Antony?"

„Ich habe heute Morgen einen Blick darauf geworfen. Harriet und ich werden ihn am Nachmittag genauer besprechen."

„Hast du am Mittwoch etwas vor?"

Er hatte gehofft, irgendwann diese Woche nach Haffali zu fliegen und sich bei Jennifer zu entschuldigen, sofern Emiliano dies zeitlich einrichten konnte. Der Mittwoch war ihm als die beste Möglichkeit erschienen, dies zu tun, ohne dass jemand seine Abwesenheit bemerkte, aber er hatte nicht vor, seinem Vater dies zu enthüllen. „Ich stehe zur Verfügung, wenn es um eine wichtige Angelegenheit geht. Warum?"

„Ich nehme an, Bianca Caratelli ist wegen deines Verhaltens bei der Benefizveranstaltung am vergangenen Freitagabend verärgert?" Der König nahm einen Schluck von seinem Tee und hob eine Braue, während er auf Antonys Bestätigung wartete.

„Mit dieser Vermutung hast du recht." Nicht, dass es ihm etwas ausgemacht hätte, auch wenn er wusste, dass es ihm nicht gleichgültig sein dürfte. Seit fast einem Jahr gab er sein Bestes, um etwas an Bianca zu finden, das er lieben konnte. Sein Bruder hatte nicht ganz unrecht: Eine Heirat mit Bianca Caratelli wäre gut für San Rimini. Doch tief in seinem Herzen fand er immer weniger, was er an ihr mochte, geschweige denn liebte. Federicos Ehe war vielleicht ideal oder auch nicht, aber Antony wusste, dass Federico seine Frau immerhin gernhatte.

Vorsichtig sagte er: „Ich bin nicht sicher, ob Bianca eine

Entschuldigung zu diesem Zeitpunkt annehmen wird, sollte das dein Plan sein."

„Ganz im Gegenteil. Ich habe Contessa Benedetta und ihre Tochter Francesca für Mittwochabend zu einem Dinner in unserem Speisezimmer für offizielle Anlässe eingeladen. Während ich danach mit der Contessa spreche, führst du bitte Francesca über das Gelände. Unterhalte dich mit ihr. Lerne sie kennen."

Das war es also, was seinen Vater beruhigte: eine neue Verkupplung. Allerdings hatte Antony nicht vor, sich seinen Verdacht anmerken zu lassen. „Was hast du mit der Contessa zu besprechen?"

„Du weißt, dass du so etwas nicht fragen solltest." Der König beugte sich über den Tisch und zwang Antony, ihm in die Augen zu sehen. „Es ist offensichtlich, dass ihr, du und Bianca, nicht gut zusammenpasst. Wenn du jedoch keine geeignetere Kandidatin im Sinn hast, möchte ich, dass du Francesca heiratest. Ihr werdet eine Reihe von öffentlichen Terminen gemeinsam absolvieren. Wir werden der Presse bestätigen, dass sie und ihre Mutter hier diniert haben. Wenn die Zeit reif ist, werden wir die Verlobung bekanntgeben."

„Du machst wohl Witze. Du kennst Francesca noch nicht einmal. Ich habe sie nur ein paar Mal getroffen, vielleicht zwei oder drei Mal."

„Du wurdest letztes Jahr mit ihr fotografiert."

„Wir haben uns bei einem Tennisturnier unterhalten."

„Ganz genau. Ihr habt beide gelächelt. Es sah recht freundschaftlich aus."

„Es war nicht mehr als höfliche Konversation über das Turnier." Er wusste nichts über diese Frau, abgesehen von ihrer Abstammung und dass sie in Paris Kunstgeschichte studiert hatte. Zuletzt hatte er gehört, dass sie in einer Galerie arbeitete. Oder in einem Museum. Er war sich nicht einmal dabei sicher.

Und das reichte bestimmt nicht aus, um darauf eine Ehe aufzubauen.

Dann sah er den Gesichtsausdruck seines Vaters und sein Frühstück lag ihm plötzlich wie ein Stein im Magen. „Du machst keine Witze."

„Nein, ich scherze nicht. Du hast mir keine andere Wahl gelassen, Antony."

KAPITEL 9

„KEINE WAHL." Antony biss die Zähne zusammen und zwang sich, seinen Vater nicht zu verärgern, obwohl er sonst nicht so konfliktscheu war.

Und warum glaubten anscheinend alle, dass man im Leben keine Wahl hätte?

Mit Ausnahme von Jennifer. Die hatte ihm gesagt, er hätte eine Wahl.

Er fragte sich, was sie jetzt von seiner Entscheidung, sie zu küssen, hielt – und von den Folgen. Wahrscheinlich nicht viel. Sie würde noch Schlimmeres denken, wenn sie die Nachricht sah, er wäre mit Francesca Benedetta liiert.

„Und wenn sie kein Interesse hat?"

„Ich habe Erkundigungen eingezogen. Sie ist ungebunden." König Eduardo wischte die Frage beiseite, als ob die Tatsache, dass Francesca ungebunden war, das einzige Kriterium für die Beurteilung ihres Interesses darstellte. „Meine Operation ist für morgen in zwei Wochen angesetzt", fügte er hinzu. „Ich erwarte, dass diese Angelegenheit bis dahin geklärt ist und die Verlobung bekannt gegeben wird. Das ist von äußerster Wichtigkeit. Habe ich mich klar genug ausgedrückt?"

Antony zögerte, dann sagte er: „Verstanden. Aber nur unter Protest."

„Wunderbar."

Antony stieß einen langen Seufzer aus. So viel zu freien Entscheidungen. Und ihren Konsequenzen. Er hatte sein Bestes getan, um dem Ultimatum seines Vaters zu entgehen, aber er hatte alles nur noch schlimmer gemacht.

Viel schlimmer.

Er würde einen Weg finden müssen, die Sache hinauszuzögern. Zwei Wochen für eine Verlobung waren völlig unangemessen.

Der König erhob sich, nahm ein zur Hälfte verzehrtes Stück Toast von seinem Teller und ging zur Tür. Auf dem Weg dorthin biss er ab, was Antony ihn noch nie hatte tun sehen. Der König lief langsamer, kaute und als er an der Tür war, steckte er den letzten Bissen in den Mund. Er schluckte, dann warf er seinem ältesten Sohn einen warnenden Blick zu. „Du wirst keinen weiteren persönlichen Kontakt mit Jennifer Allen haben. Wenn du das Bedürfnis verspürst, Rasovo zu besuchen, schicke Federico an deiner Stelle hin. Vielleicht auch Marco, wenn er zur Verfügung steht. Du darfst keine Situation schaffen, die es einem Fotografen oder Reporter ermöglicht, dir wieder eine romantische Beziehung zu Miss Allen nachzusagen."

Wut wallte in Antony auf, sodass er trotz des schlechten Gesundheitszustands des Königs aufsprang, um mit ihm zu streiten. Wie konnte sein Vater es wagen, ihm rundweg zu verbieten, Jennifer auch nur zu sehen? Er war ein erwachsener Mann und hatte gewisse Freiheiten, auch wenn sein Vater der König von San Rimini war. Dies war sein Stipendienfonds. Seine Wohltätigkeitseinrichtung. Sein Leben.

Er bemühte sich, seine Ruhe zurückzugewinnen, konnte jedoch seinen Zorn nicht vollständig zügeln. „Bei allem gebotenen Respekt und obwohl deine Gesundheit gefährdet ist, was eine große Belastung darstellt: Ich glaube, dass du im Moment nicht du selbst bist. Der Stipendienfonds ist mein Projekt, und –“

Der König hob die Hand. Sein Gesichtsausdruck sprach Bände. „Wir beide wissen, dass es hier nicht um den Stipendienfonds von San Rimini geht. Erfülle deine Pflichten wie geplant, bis deine Verlobung mit Francesca offiziell bekannt gegeben wird. Dies steht nicht zur Diskussion.“

ANTONY KLAPPTE das in Leder gebundene Buch zu, in dem er gelesen hatte, und blickte aus einem Fenster seiner Privaträume auf den weitläufigen Palastgarten. Die ersten Strahlen der Morgensonne tauchten die Blumen und Baumwipfel in ein goldenes Licht und kündigten den neuen Tag an. Singende Vögel hüpften zwischen den Sträuchern umher und ein Eichhörnchen flitzte über ein Stück freie Rasenfläche.

Antony erschienen sie unglaublich frei.

Er stand auf und zog die Vorhänge zu. Er wollte nicht bei noch einem Sonnenaufgang an die Tiere und ihre Freiheit denken. Er drehte sich um und blickte auf sein leeres Bett. Es sah den dritten Morgen in Folge genauso aus, wie es das Hauspersonal am Vorabend für ihn hergerichtet hatte. Es war aufgedeckt, die Kissen waren aufgeschüttelt und auf dem Nachttisch standen ein Kristallglas und eine Flasche mit frischem Wasser.

Für jeden anderen mochten die luxuriöse Daunendecke und die weichen Kissen einladend wirken. Antony hatte es jedoch vorgezogen, mit den Füßen auf einer Ottomane im Sessel zu sitzen und die Nächte durchzulesen in der Hoffnung, nicht an das Abendessen mit Contessa Benedetta und Francesca denken zu müssen, das sein Vater angesetzt hatte.

Und an Jennifer.

Wenn er es sich gestattet hätte, im Bett zu liegen, hätte er an nichts anderes denken können als an das, was passieren würde, wenn er es mit Francesca teilte. Was er wirklich wollte, war, es mit Jennifer zu teilen. Er wollte die Freude haben, bis spät in die Nacht aufzubleiben, über die Ereignisse des Tages zu sprechen und Zukunftspläne zu schmieden. Und dann gemeinsam in verknäulten Laken aufwachen, vollkommen befriedigt und im Reinen mit sich und der Welt.

Sein Ziel, sich mit der Lektüre eines Jack-London-Klassikers abzulenken, hatte er natürlich nicht erreicht. Dieselben Gedanken gingen ihm durch den Kopf, während er in seinem Sessel saß und versuchte, der Geschichte über den Überlebenskampf eines Hundes in der rauen Wildnis zu folgen. Wie könnte es auch anders sein nach dem, was zwischen ihnen geschehen war?

Das Wort „sinnlich" beschrieb es nicht einmal ansatzweise. Dieser eine Kuss hatte eine tiefergehende und stärkere Wirkung als Verlangen.

Entnervt warf Antony das Buch auf das sorgsam hergerichtete Bett. Drei Nächte und er hatte es nur bis Seite fünfzig geschafft.

Er fuhr sich mit der Hand über sein stoppeliges Kinn und ging zum Eckschrank. Vielleicht würden die Morgennachrichten seine Gedanken wieder auf seine Pflichten lenken. Danach würde er sich rasieren, duschen und erfrischt in den Tag starten. Wenn er es schaffte, seinen Kopf von den Hirngespinsten zu befreien, konnte er hoffentlich einen Weg finden, die Bekanntgabe der Verlobung bis nach der Operation seines Vaters hinauszuzögern, denn nach dem Eingriff könnte er ihn vielleicht überzeugen, die Sache noch einmal zu überdenken und andere Möglichkeiten in Betracht zu ziehen.

Er musste sich auch überlegen, was er sagen würde, wenn er mit Francesca sprach. Sie wurde in eine unfaire und möglicherweise verletzende Situation hineingezogen. Er wollte, dass sie so unbeschadet wie möglich daraus hervorging.

Er öffnete die Schiebetüren des antiken Schrankes und ein

kleiner Fernseher kam zum Vorschein. Antony schnappte sich die Fernbedienung und kehrte zu seinem Ledersessel zurück. Er schaltete auf einen Nachrichtensender und wartete fünf Minuten lang, bis die Werbung zu Ende war und die riesige Standuhr neben seiner Tür die volle Stunde schlug und den Beginn des morgendlichen Programms ankündigte.

Er gähnte bei den Berichten über eine Prominentenhochzeit und den Brand eines türkischen Wahrzeichens. Sobald sich die Nachrichten jedoch der Außenpolitik zuwandten, horchte er auf und verfolgte die Berichte über interne Konflikte in Russland, Parlamentsreformen in Großbritannien und die amerikanischen Präsidentschaftswahlen mit großer Aufmerksamkeit.

Dann wurde ein Bild gezeigt, das ihm schlagartig den Atem raubte: Rasovo.

Die Nachrichtensprecherin sagte: „Gestern Abend lösten versprengte Bomben aus einem Gefecht zwischen Regierungs- und Rebellentruppen in Rasovo mehrere Felsrutsche in entlegenen Gebieten der Berge aus, die Rasovo von San Rimini trennen. Wie diese Luftbilder zeigen, ist es schwierig geworden, mehrere Bergdörfer zu erreichen. Straßen sind unter Felsbrocken und anderen Trümmern begraben und Hilfslieferungen wurden unterbrochen –"

„Jennifer", flüsterte er.

Die Reporterin mutmaßte, dass die Rebellen das Gebiet offenbar verlassen hätten, sodass schweres Gerät anrücken könnte, um die Straßen zu räumen und die Unterstützung für die Flüchtlingslager in der Region wieder aufzunehmen. Sie schloss mit den Worten: „Zurzeit ist es in den Bergen zwar ruhig, aber wie hoch die Verluste von Menschenleben und Eigentum sind, bleibt ungewiss."

Die Sendung wandte sich einem anderen Thema zu und Antony drückte schnell auf die Knöpfe seiner Fernbedienung, bis er bei einem ausländischen Sender eine weitere Reportage über die Kämpfe fand. Wie die erste war auch diese aus der Luft aufgenommen worden. Die Nachrichtenagentur sagte gleichermaßen nur, dass es unbestätigte Berichte über Opfer unter der Zivilbevölkerung gab, jedoch keine Zahlen ermittelt werden konnten, bis Hilfe von außen das Gebiet erreichte.

Antony suchte verzweifelt nach mehr Informationen, aber die Nachrichtensendungen waren bereits zu Ende. Er ging nicht davon aus, dass er online weitere Einzelheiten finden würde; die Geschichte war nicht bedeutend genug, um in Echtzeit aktualisiert zu werden. Und selbst wenn, konnte er sich angesichts der Schwierigkeit, Haffali zu erreichen, nicht vorstellen, dass es spezifische Auskünfte über Jennifers Lager geben würde.

Er musste wissen, wie es ihr ging. Ob sie überhaupt noch am Leben war. Und was war mit den Flüchtlingen? Die Unterstände, die er am Berghang gesehen hatte, würden einem Felsrutsch nicht standhalten.

Wie könnte sein Vater ihn jetzt davon abhalten, das Lager zu besuchen? Er hatte einen Hubschrauber und die Kämpfe verlagerten sich.

Nein, erinnerte er sich selbst. Er konnte das Thema unmöglich ansprechen. Sein Vater würde nicht zuhören, nicht jetzt. Nicht, solange seine Gesundheit auf dem Spiel stand und er sich Sorgen um die Erbfolge machte.

Antony fluchte laut. Noch nie hatte er sich so hilflos gefühlt.

Er schaltete den Fernseher aus, stemmte die Hände in die Hüften und wandte sich dem Garten zu. Die Sonne beschien nun die gesamte Fläche. Der Himmel war leuchtend blau und eine einzelne große weiße Wolke schwebte über ihm. Es war ein Herbsttag, wie er schöner nicht sein konnte.

„Und ich bin der Kronprinz von San Rimini", murmelte er. Er musste etwas tun, königlicher Befehl hin oder her. Um die Konsequenzen würde er sich später kümmern.

Es klopfte an seiner Tür, aber Antony beachtete es nicht. Harriet brauchte nichts von seinen Plänen zu erfahren. Es würde sie nur in eine schwierige Lage bringen, sollte sein Vater sie nach seinem Verbleib fragen.

Er ging in sein Ankleidezimmer und nahm eine Louis-Vuitton-Reisetasche vom obersten Regal. Dann drehte er sich um und starrte auf die frischgebügelten Sachen in seinem Kleiderschrank. Was nahm man mit auf eine Rettungsmission in gefährlichem Gebiet? Er griff nach einem der wenigen Sweatshirts, die er besaß, und stopfte es in die Tasche, gefolgt von einer strapazierfähigen Cargohose, die er auf Reisen durch Afrika getragen hatte. Dann suchte er nach seinen Wanderstiefeln.

„Du musst schon etwas raffinierter vorgehen."

Die vertraute Stimme hinter ihm erschreckte Antony so, dass er die Reisetasche beinahe fallen gelassen hätte.

„Wo bist du seit Donnerstag gewesen?" Antony gelang es, seine Fassung wiederzugewinnen, und drehte sich zu Marco um. Er wusste, dass sein jüngerer Bruder einfach seinen Sicherheitscode eingegeben hatte und in die Privaträume spaziert war, als Antony auf sein Klopfen nicht reagiert hatte. „Und wie kommst du dazu, in meine Privatsphäre einzudringen? Was, wenn ich nicht allein wäre?"

Marco warf Antony einen abschätzigen Blick zu, als er diese Möglichkeit erwähnte. „Ich habe spontan einen Trip nach Kalabrien gemacht. Ein Freund hat ein Haus auf den Klippen mit Blick auf den Strand von Tropea gemietet, das wollte ich mir nicht entgehen lassen. Da ich weder meinen Assistenten noch den Sicherheitsdienst über meinen genauen Aufenthaltsort in Kenntnis gesetzt habe, bin ich ziemlich sicher, dass ich etwas zu hören bekommen werde, sobald Miroslav unserem Vater mitteilt, dass ich zurück bin." Marco ließ seinen athletischen Körper auf einen Stuhl in der Ecke des Ankleidezimmers fallen. „In der Zwischenzeit, dachte ich, könntest du meinen fachkundigen Rat gebrauchen."

Antony schnaubte. „Fachkundiger Rat von dir? Ich wüsste nicht, zu welchem Thema."

„Wenn du ungesehen aus dem Palast verschwinden willst, wirst du nichts Hilfreiches erfahren, wenn du Federico oder Isabella fragst, wie du es anstellen sollst."

Antony blickte auf die halb gefüllte Tasche, die offen auf dem Boden stand. Marco hatte also ebenfalls die Morgennachrichten gesehen. Und er hatte wahrscheinlich auch von dem Zeitungsfoto gehört.

„Erzähl mir nicht, dass dein erster Gedanke heute Morgen nicht war: ‚Ich muss nach Rasovo. Emiliano kann mich schnell hin- und zurückbringen.' Denn genau das würde ich denken."

„Natürlich würdest du das."

Antony wandte sich seiner Kommode zu und warf ein paar Unterhosen in seine Tasche in der Hoffnung, Marco würde aufgeben. Doch der verschränkte nur demonstrativ seine Arme vor der Brust, lehnte sich auf dem Stuhl zurück und weigerte sich, zu gehen.

Nachdem Antony ein Paar dicke Socken aus der obersten Schublade geholt hatte, knurrte er: „Na schön. Wie lautet dein sogenannter Expertenrat?"

„Erstens kannst du nicht mit einer gepackten Designertasche durch den Palast marschieren. Glaub mir, Vater wird es erfahren, bevor du das Ende des Korridors erreicht hast."

„Du schlägst vor, dass ich keine Kleidung einpacke? Keine Hygieneartikel?"

„Wie ein Amerikaner sagen würde: Bingo."

„Ich kann unmöglich ohne was aufbrechen." Aber schon während er das sagte, wusste er, dass Marco recht hatte. Sein Bruder hatte während seiner kurzen Zeit in der Armee von San Rimini wohl das eine oder andere gelernt.

„Du gehst nicht auf ein Gartenfest, Antony. Du betrittst ein Kriegsgebiet. Ruf vorher Emiliano an. Sag ihm, er soll den

Hubschrauber mit so viel Nahrung, Wasser, Seilen und Erste-Hilfe-Material beladen, wie er auftreiben kann. Und sag ihm, er soll dabei unauffällig vorgehen."

Antony sah seinen Bruder schockiert an. „Bitte erzähl mir nicht, dass du Emiliano in deine Pläne mit einbeziehst! Er würde niemals –"

„Du kennst offenbar deinen eigenen Hubschrauberpiloten nicht, denn er würde es ganz bestimmt tun. Was glaubst du, wie ich am Wochenende nach Kalabrien gekommen bin? Nicht mit der Buslinie vier."

Antony lehnte sich gegen die Wand des Ankleidezimmers. Das war typisch für seinen Bruder: ein langes Wochenende in Süditalien zu verbringen und Sonne zu tanken, während sich die Sicherheitskräfte wieder mal die Haare rauften.

„Emiliano wird gefeuert werden."

„Nein, das wird er nicht. Er ist der beste und erfahrenste Pilot, den wir einstellen könnten. Ich habe ihn gebeten, mich zu fliegen, als er nicht im Dienst war, und ich habe es aus eigener Tasche bezahlt. Hätte er Bereitschaft gehabt, hätte er rundweg abgelehnt."

Antony dachte darüber nach. Er war einfach in sein Ankleidezimmer gegangen und hatte seine Reisetasche genommen. Er hatte nicht weiter gedacht, als zu packen und Emiliano anzurufen. Wenn es Jennifer und den anderen Bewohnern des Lagers half, würde er auf Marcos Erfahrung setzen.

„Du wolltest den Helikopter nehmen?", erkundigte sich Marco.

„Ja."

„Und das übliche Prozedere dafür durchlaufen?"

Antony antwortete nicht. Es war genau das, was er geplant hatte. Und das Sicherheitspersonal hätte darauf bestanden, die Reise zu überprüfen, was bedeutet hätte, dass sein Vater sie verhindert hätte, bevor Emiliano auf dem Startplatz angekommen wäre.

Antony ließ die Tasche fallen und schob sie dann mit dem Fuß unter einen Ständer, an dem einige Hemden hingen. Zu seinem Bruder sagte er: „Ausnahmsweise ist dein fachmännischer Rat vielleicht mal richtig."

Marco grinste und sprang auf. Die beiden Männer gingen ins Schlafzimmer, wo Antony zum Telefon griff, um Emiliano anzurufen.

Marco riss die Augen auf, sodass sie beinahe hervorquollen. Im selben Moment begriff Antony, warum er das tat, und legte das Telefon zurück auf den Tisch. „Okay. Nicht über die Zentrale des Palasts."

„Gut gemacht, Alter. Du bist doch noch in der Lage, ein paar neue Tricks lernen."

Antony griff nach seinem privaten Handy und wählte die Nummer des Hubschrauberpiloten. „Ich bin vierunddreißig. Das ist nicht alt."

Marco wollte widersprechen, aber Antony hob die Hand, als Emiliano an den Apparat kam. Er erklärte dem Piloten sein Problem und zu seiner Überraschung war Emiliano nur allzu gern bereit, ihm zu helfen.

„Wir müssen das vielleicht später noch besprechen, Emiliano", warnte ihn Antony. „Hinter dem Rücken von König Eduardo die Wünsche seiner Söhne zu erfüllen, ist eine riskante Angelegenheit. Wie ich höre, ist es nicht das erste Mal."

Emiliano lachte. „Wir können uns lang und breit darüber unterhalten, Hoheit, solange wir unbeschadet nach Rasovo hinein- und wieder herauskommen." Seine Stimme wurde ernst: „Ich muss Sie darauf hinweisen, dass ich vielleicht nicht landen kann, wenn sich die Kämpfe erneut verlagert haben oder der Hubschrauberlandeplatz beschädigt ist. Ich mache gerne einen Versuch, aber wenn es gefährlich aussieht, kehren wir um."

„Einverstanden. Ich werde weder Sie noch sonst jemanden in Gefahr bringen. Andererseits ist Rasovo unser Nachbar und seit Jahrhunderten mit San Rimini befreundet. Wenn wir helfen können, sollten wir es tun."

Und Jennifer zu helfen, war seine persönliche Pflicht. Das war er ihr schuldig nach der Situation, die er bei der Spendengala geschaffen hatte. Federico hatte in diesem Punkt recht gehabt. Er hätte wissen müssen, dass ihm Fotografen folgen würden. Er hätte sich dreißig Sekunden lang beherrschen, sie den Gang hinunterführen und dort küssen sollen.

Auch abgesehen von dem, was bei der Benefizveranstaltung passiert war, konnte er nicht mit dem Gedanken leben, dass sie vielleicht verletzt war, oder Schlimmeres, wenn er etwas tun konnte, um zu helfen. Ob es schicklich war oder nicht und obwohl er sie nur zweimal gesehen und nur einen einzigen Kuss mit ihr getauscht hatte, verliebte er sich gerade in sie.

Die Erkenntnis traf ihn mit voller Wucht, als er auf Emilianos Antwort wartete. Antony kannte Bianca sein ganzes Leben lang und hatte fast ein Jahr lang versucht, Gründe zu finden, sie zu lieben. Er hatte Francesca ein paar Mal getroffen, mit ihr über Kunst geredet und nicht das Geringste für sie empfunden. Doch bei Jennifer hatte er sofort eine Verbindung gespürt. Eine ganz *andere* Verbindung.

Er musste einen Weg finden, seinem Vater klarzumachen, dass das Königreich nicht in Gefahr wäre, wenn er sich weigerte, Francesca zu heiraten.

Er unterdrückte einen Fluch. Dieses Dinner war heute Abend. Er musste pünktlich zurück sein. Wenn möglich, etwas früher, damit er noch mit seinem Vater reden konnte. Auch wenn er noch nicht wusste, wie er ihn zur Vernunft bringen sollte.

Er verdrängte den Gedanken, als Emilianos Stimme wieder über die Leitung kam.

„Kommen Sie in einer Stunde zum Startplatz", wies der Pilot ihn an. „Bis dahin habe ich Wasser und Hilfsmaterial eingeladen und bin zum Abflug bereit."

„Ich werde da sein“, antwortete er und signalisierte Marco, dass alles geregelt war.

Antony hoffte nur, dass er nicht zu spät kam.

KAPITEL 10

Jennifer wischte sich mit dem Handrücken Schmutz und Schweiß von der Stirn, während sie ihre Kräfte für den dritten Versuch sammelte, einen Felsbrocken von der Zeltwand des Lazaretts hochzuwuchten.

Besser gesagt: des ehemaligen Lazaretts.

Sie atmete tief durch und stemmte sich mit aller Kraft auf den improvisierten Hebel.

Nachdem die Bombe in einen der umliegenden Berge eingeschlagen war, hing der Nachhall länger in der Luft, als Jennifer es für möglich gehalten hätte. Flüchtlinge und Hilfskräfte suchten gleichermaßen Schutz. Dann kehrte eine unheimliche Stille ein. Selbst das Brausen des Windes und das Rauschen des Flusses verstummten. Alle warteten, zusammengekauert in ihren Zelten und Betten. Nach einer Stunde, als keine weiteren Bomben mehr fielen, gingen die Menschen von Haffali wieder ihrer Arbeit nach, bereiteten das Abendessen vor, beendeten für diesen Tag die Wäsche und spielten Karten, wenn auch in etwas gedämpfter Stimmung.

Als die Dunkelheit hereinbrach und alles ruhig blieb, dachte Jennifer, sie wären in Sicherheit. Sie hatte sich geirrt.

In den frühen Morgenstunden, als das Lager noch schlief und das erste Tageslicht den Gipfel der Berghänge umschmeichelte, löste sich hoch oben auf einem Berg ein Felsbrocken. Jennifer war nicht sicher, warum sie aus dem Schlaf hochgeschreckt war, doch als sie in die Morgenkälte hinaustrat, um der Sache nachzugehen, schoss der Felsbrocken mit der Geschwindigkeit und Lautstärke eines führerlosen Güterzuges auf das Lager zu. Ihr Warnruf verhallte ungehört in der Flut von Steinen und Geröll, aber es hätte ohnehin nichts gebracht. Sie kam zu spät. Ein großer Teil des Erdrutsches landete am flachen Ufer und im Fluss selbst, eine Kaskade jedoch traf eine Seite des Lazaretts, die dünnen Holzwände des provisorischen Gebäudes brachen nach innen weg und das Dach aus Segeltuch gab nach, sodass Patienten und Personal in der Kinderabteilung, die darunterlag, gefangen waren.

Die Angst- und Schmerzensschreie, die darauf folgten, waren die schrecklichsten Geräusche, die Jennifer je in ihrem Leben gehört hatte.

Sie schüttelte ihre Arme aus und versuchte, so die Schmerzen in den Muskeln zu lindern. Selbst mit der abgebrochenen hölzernen Zeltstange, die sie als Hebel benutzte, ließ sich der Brocken kaum bewegen. Wie sollte sie in den eingestürzten Teil des Lazaretts gelangen, wenn die blöden Felsen so schwer waren? Vielleicht würde es helfen, wenn sie den Hebel in einem anderen Winkel ansetzte.

„Pia", rief sie, als sie die Stange wieder in Position brachte. „Wie sieht es bei dir aus?"

„Ich bin hier drüben!" Pias erschöpfte Stimme kam aus der Nähe, um die Ecke des zusammengebrochenen Zeltes. „Ich habe zwischen zwei großen Steinen ein Stück freies Segeltuch gefunden. Ich glaube, ich kann es aufschneiden und die Kinder durch den Spalt herausholen. Ich höre Dora. Sie ist bei den Kindern und sagt, es wäre niemand ernsthaft verletzt. Sie müssten nur rauskommen."

Jennifer atmete erleichtert auf, als sie die Stange losließ und sich über die Felsen zu Pia vorarbeitete. In der letzten halben Stunde hatte sie sich nur Sorgen darum gemacht, ob alle Kinder den Felssturz überlebt hatten. Sie hatte das Schlimmste befürchtet, als sie lediglich dumpfe Geräusche aus dem Inneren gehört hatte. In Anbetracht der Schwere des Erdrutsches war sie heilfroh, dass weite Teile der Station verschont geblieben waren und die Hauptwucht des Aufpralls einen Bereich abseits der Betten getroffen hatte.

Die erwachsenen Patienten und die meisten Kinder waren unmittelbar nach dem Erdrutsch durch die Ausgänge auf der Erwachsenenseite der Station in Sicherheit gebracht worden. Ihrer Zählung zufolge waren jedoch acht Kinder und eine Krankenschwester, Dora, auf der Kinderseite gefangen. Die befreiten Patienten wollten bleiben und helfen, aber Jennifer befürchtete, sie könnten sich erneut verletzen, wenn sie sich bemühten, das zersplitterte Holz und die schweren Steine zu bewegen. Als sie beharrten, die Verletzungsgefahr wäre ihnen egal, wies Jennifer darauf hin, dass es einen noch schlimmeren Einsturz auslösen könnte, wenn zu viele Menschen gleichzeitig an zu vielen Stellen um die eingeschlossenen Kinder herum gruben. Widerwillig hatten sie sich den anderen Evakuierten im Essenszelt angeschlossen. Allerdings hatte sich dafür bald eine Gruppe mit sechs der stärksten Flüchtlinge – keiner von ihnen einer der Patienten – auf den Weg zum Lazarett gemacht, um zu helfen. Zwei von ihnen holten Tragen aus dem unbeschädigten Teil für den Fall, dass diese für den Transport der Kinder gebraucht würden.

Jennifer hockte vor dem Loch, das Pia in das Segeltuch geschnitten hatte. Die Öffnung war schmal, also arbeitete sie mit Pia und den Flüchtlingen daran, einen der beiden Steine so weit zu verschieben, dass ein Erwachsener durch den Spalt passte. Einige Minuten später hob Dora ein kleines Mädchen hoch und schob es halb hindurch. Jennifer zog das Kind heraus, dann half Pia dem Mädchen über das Trümmerfeld zu den wartenden Tragen. Bald folgten weitere Kinder, sie hatten Schürfwunden und waren verängstigt. Ein Jugendlicher hatte eine Kopfwunde und sein Haar war blutverschmiert, aber er lächelte und war munter, als er in den Sonnenschein hinausgelangte. Ein anderer Junge war aus seinem Bett gestürzt und auf seinen zuvor schon gebrochenen Arm gefallen, der nun wieder schmerzte. Freiwillige brachten jedes Kind, das es nach draußen geschafft hatte, zum Essenszelt, wo es von medizinischem Personal untersucht und dann seinen besorgten Eltern zurückgegeben wurde.

Jennifer klopfte Staub von einem kleinen Mädchen ab, das am Vortag wegen einer leichten Dehydrierung ins Lazarett gekommen war. Da das Kind offenbar unverletzt war, bat Jennifer es, den Jugendlichen mit der Kopfwunde zu begleiten. Jennifer hatte darauf bestanden, dass er sich auf eine Trage legte. Die letzten Flüchtlinge, die zum Helfen geblieben waren, sagten, sie würden sich um den Transport kümmern, denn sie waren nicht sicher, ob Jennifer oder Pia das Gewicht des Teenagers tragen konnten.

Jennifer wollte sich gerade umdrehen und Dora etwas durch die Öffnung zurufen, als ohne Vorwarnung der Boden bebte und ein Geräusch wie von Donner vom hellblauen Himmel schallte.

Noch während sie sich mit einer Hand am Felsen abstützte und sich duckte, begriff sie, dass eine Bombe auf der anderen Seite des Tals eingeschlagen hatte, weit weg von ihrem Standort, in der Richtung, in die sich die Rebellen vermutlich zurückgezogen hatten. Trotzdem hatte der Lärm alle aufgeschreckt. Das kleine Mädchen, dem sie gerade geholfen hatte, rannte voraus und erreichte die Tür zum Essenszelt weit vor den Männern mit der Trage. Jennifer kroch zur Öffnung im Segeltuch und rief der Krankenschwester über die Schreie der Kinder hinweg zu: „Du hast noch zwei weitere, richtig?"

„Ja, zwei."

„Versuch, sie ruhig zu halten, aber beeilt euch." Die Bombe war zwar weit weg gewesen, doch ihr gefiel nicht, dass es überhaupt noch Bombeneinschläge gab.

Einen Moment später kam ein Mädchen heraus, dann steckte die zierliche Krankenschwester ihren Kopf durch die Öffnung. Sie schirmte ihre Augen vor dem Staub in der Luft ab und sagte: „Josef ist immer noch hier drin. Sein Bett kippte bei dem Bergrutsch um und nun liegen einige Felsbrocken darauf, sodass seine Füße eingeklemmt sind. Er sagt, es gehe ihm gut, aber ich bin nicht stark genug, um das Bett von ihm herunterzuheben. Es steht in einem Winkel, der keine Hebelwirkung zulässt."

Jennifer winkte Pia zu sich. „Lauf zu der Stelle, an der ich gearbeitet habe, und bring mir die abgebrochene Zeltstage. Das könnte funktionieren."

Als sie sich zu Dora umdrehte, sah sie, dass die Krankenschwester ein Auge zukniff. Tränen flossen unter ihren staubigen Wimpern hervor. Jennifer fragte nach dem Grund und Dora sagte, dass ein Fremdkörper, wahrscheinlich ein Schmutzkrümelchen, ihr Auge reizte, aber das würde schon wieder.

„Komm ganz heraus", sagte Jennifer. „Du kannst es ausspülen lassen und dann den Ärzten helfen, die im Essenszelt sind. Pia und ich werden Josef befreien und gleich nachkommen."

Jennifer reichte Dora eine Hand und half ihr, durch das Loch in der Plane zu gelangen und das Trümmerfeld zu überqueren.

„Das war eng", sagte Dora und deutete auf die Öffnung. „Gut, dass ich unten feststeckte und nicht einer von den Männern. Ich glaube nicht, dass viele da durchgepasst hätten."

„Ich werde es wahrscheinlich schwer haben", meinte Jennifer, nahm die Taschenlampe hinten aus ihrem Hosenbund und leuchtete in den Spalt.

„Soll ich warten?"

„Nein, geh schon mal vor. Pia ist ja hier."

Die Krankenschwester sah dankbar aus, als Pia mit der Stange in der Hand um die Ecke des eingestürzten Zelts kam. „Sei bloß vorsichtig, Jennifer", mahnte Dora. „Es liegt eine Menge Staub und Schmutz in der Luft. Das Segeltuch vom Zeltdach wird ganz dicht über deinem Kopf sein und die abgesplitterten Teile der Möbel und Wände sind scharf und schwer zu erkennen, selbst mit einer Taschenlampe. Neben Josefs Bett liegen auch Glasscherben. Der Schrank ist umgekippt."

Jennifer atmete aus. „Ich werde vorsichtig sein. Sag Josefs Mutter und seinen Schwestern, alles wird gut. Es war schwer, sie davon zu überzeugen, im Essenszelt auf uns zu warten. Wenn seine Mutter dich dort ohne ihn sieht, wird sie das Schlimmste vermuten."

„Verstanden." Dora nickte Pia zu und lief dann zum Essenszelt.

Pia hockte sich vor die Öffnung, während Jennifer hineinkroch. Als sie sich hindurchzwängte, streifte sie mit den Schultern die mit Segeltuch bedeckten Felsbrocken zu beiden Seiten der schmalen Öffnung. Sie musste die Arme ausstrecken, um in die Falten der Plane zu greifen und ihren Körper so in den Hauptbereich des zusammengebrochenen Lazaretts voranzuschieben. Nach einer langen Minute, in der sie sich durch den engen Raum schlängelte, war sie schließlich im Innern.

„Josef!", rief sie und versuchte, sich zu orientieren.

„Ich bin hier!" Seine Stimme klang stark. Dann lachte er und sie wusste, dass er es nur für sie tat, bevor er hinzufügte: „Ich will, dass die anderen zuerst gehen, ja?"

Jennifer drehte sich um und griff nach dem Hebel, den Pia durch die Öffnung steckte. Als sie die Stange hatte, schob sie damit die Plane über ihrem Kopf hoch, um mit der Taschenlampe besser in den Raum leuchten zu können. Sie versuchte, den Kloß, der ihr im Hals steckte, hinunterzuschlucken. Die monatelange Arbeit an dem Lazarett war umsonst gewesen. In diesem Bereich war nur noch wenig zu retten. Sie tröstete sich mit dem Gedanken, dass trotz der Schäden immerhin niemand durch die Bombardierung oder den Felssturz ums Leben gekommen war.

Sie richtete ihre Taschenlampe auf die Stelle, an der sich Josefs Bett befunden hatte, und rief erneut nach ihm.

„Hier!", antwortete er.

Jennifer wandte sich in die Richtung seiner Stimme und bahnte sich einen Weg durch das eingestürzte Zelt, bis sie den Jungen gefunden hatte. Wie Dora gesagt hatte, war sein Bett bei dem Erdrutsch umgekippt. Mehrere Steine drückten es gegen einen großen Bereich der Zeltwand, daneben lagen Glasscherben aus der Tür eines Medizinschranks. Josef streckte seinen Kopf unter dem Bett hervor – seine Wange war dem zerbrochenen Glas gefährlich nahe – und lächelte zu ihr hoch.

„Meine Füße, die stecken fest. Aber einen Arm bekomme ich frei. Siehst du?" Eine Hand tauchte neben seinem Gesicht auf. „Da ist Glas, also bitte vorsichtig sein. Es ist eine Sauerei, ja?"

Sie musste über Josefs Optimismus lächeln. Es waren die ersten fröhlichen Worte, die sie an diesem Tag gehört hatte.

„Ja, es ist eine Sauerei." Sie griff nach einer Decke und legte diese auf einen Teil des Glases, wobei sie Josef ermahnte, sein Gesicht und seinen Arm aus dem Weg zu halten. Nachdem sie sich die Position des Bettes genau angesehen hatte, stellte sie die Taschenlampe so hin, dass sie möglichst viel Licht spendete, und verkeilte dann den Hebel nahe bei Josefs Füßen. Während sie das Werkzeug ausrichtete, fragte sie: „Wie geht es dem Bein?"

„Es tut sehr weh. Aber ich bin auch sehr tapfer. Prinz Antony sagte zu mir, dass ich tapfer bin."

Die Erinnerung daran, wie Antony an Josefs Krankenbett gesessen und Kindergeschichten vorgelesen hatte, blitzte in Jennifers Gedanken auf. In diesem Moment hatte er so ehrlich und großzügig gewirkt, hatte sich um Josefs Bein gesorgt und sein Mitgefühl darüber ausgedrückt, dass Josefs Familie sich im Gebüsch verstecken musste, bis sie jemanden fanden, der sie ins Lager brachte.

Josef zuckte zusammen, als Jennifer das Bett bewegte. „Alles in Ordnung?", fragte sie.

„Mir geht es gut. Das Bett, ich spüre, wie es sich bewegt."

„Gut. Halt still."

Das Bett knarrte, dann verschoben sich die Felsen. Es war nicht genug Platz, um das Bett auf die Seite zu kippen. Sie umschloss den Hebel fest mit beiden Händen, um das Gestell hochzuhalten, und deutete mit dem Kopf auf den Medizinschrank neben dem Bett. „Josef, siehst du den Schrank?"

Er verrenkte den Hals, dann nickte er. „Willst du, dass ich ziehe?"

„Ja. Halte dich an der Oberseite des Schrankes fest und versuche, dich herauszuziehen. Aber pass gut auf die Glasscherben auf. Wenn du es nicht schaffst, probieren wir etwas anderes."

Josef grinste, sein Gesichtsausdruck war so stolz wie der eines Jungen, der mit seiner Stärke prahlt. „Ich kann ziehen. Kein Problem."

Jennifer beobachtete, wie Josef sich abmühte, mit seinem geschundenen Körper unter dem Bett hervorzukommen, und feuerte ihn an, während er über den Boden rutschte. Sobald seine Füße nicht länger unter dem Bettrahmen waren, ließ Jennifer die Holzstange los, sodass das Bett wieder zu Boden krachte, und trat zu Josef.

„Gehen wir jetzt?", wisperte er. Obwohl seine Miene keine Furcht verriet, schwang in seiner Stimme Angst mit. „Meine Mutter, sie wird sich Sorgen machen."

„Das können wir nicht zulassen. Ich bringe dich sofort zu ihr." Jennifer warf einen schnellen Blick auf die Wunde, dann reichte sie Josef die Taschenlampe und hob ihn in ihre Arme, so gut sie es in dem beengten Raum konnte.

Sie sprach weiter mit Josef, während sie sich ihren Weg zurück zu der Öffnung bahnte. Sein Bein blutete, aber es schien nicht allzu schwer verletzt zu sein. Sobald sie ihn in das Essenszelt gebracht hatte, würden die Ärzte die Wunde reinigen und verbinden können. In der Zwischenzeit wollte sie dafür sorgen, dass er nicht in Panik geriet, wenn er das Blut sah.

„Miss Jennifer?" Josef sah zu ihr auf und vergewisserte sich, dass er ihre Aufmerksamkeit hatte. „Prinz Antony hat mich eingeladen, zum Palast zu kommen, wenn ich gesund bin. Aber was ist, wenn ich jetzt nicht mehr gesund werde?"

„Josef." Sie veränderte ihren Griff um seinen kleinen Körper und sah ihm direkt in die Augen. „Du *wirst* wieder gesund. Das verspreche ich."

Sein Blick hellte sich ein wenig auf. „Dann werde ich zum Palast fahren?"

Jennifer zwang sich zu einem neutralen Gesichtsausdruck. Wie könnte sie Nein sagen? Und zugeben, dass sie törichterweise den Prinzen geküsst und damit jede Hoffnung auf die Erfüllung von Josefs Traum zunichte gemacht hatte?

Sie kickte ein zerbrochenes Stück Holz zur Seite, während sie sich weiter Richtung Ausgang bewegte. „Lass uns erst zusehen, dass wir hier rauskommen, okay, Josef? Dann werden wir schauen, ob wir nach San Rimini reisen können."

Er schlang seine Arme um ihren Hals, schlug ihr dabei versehentlich mit der Taschenlampe auf den Hinterkopf und murmelte sein Einverständnis.

Endlich fand Jennifer das kleine Loch in der Plane und rief Pia zu: „Ich habe ihn!"

„Ich ziehe ihn hoch", schallte es zurück. Doch dann schrie Pia plötzlich: „Runter!", und gleichzeitig hörte Jennifer das Brummen eines herannahenden Flugzeugs. So gut es ging, legte Jennifer Josef auf den Boden und schirmte seinen Körper mit ihrem eigenen ab.

„Miss Jennifer?"

„Es sieht aus wie ein Regierungsflugzeug", rief Pia. „Die sollten wissen, dass wir hier sind."

„Bleib unten!", schrie Jennifer zurück. Je nachdem, wo sich die Rebellen auf ihrem Rückzug aufhielten, war es durchaus möglich, dass die Regierung dies als Chance sah, sie in Schach zu halten, und dafür ein Risiko einging.

„Halt dich an mir fest", wies Jennifer Josef an und hielt den Atem an, als das Flugzeug über sie hinwegflog.

Das Letzte, was sie hörte, war ein donnerndes Geräusch, das die Erde beben ließ.

***

ANTONY HIELT sich mit einer Hand an der Kante seines Sitzes fest, während Emiliano über den Bergen kreiste und die Gegend um das Haffali-Lager auskundschaftete, um sicherzustellen, dass er landen konnte. Sie hatten abgedreht, als ein großes Militärflugzeug das Gebiet niedrig überflog, dann hörten sie ein donnerndes Geräusch hinter sich, als das Flugzeug irgendeine Waffe abfeuerte, um ein Ziel auf der anderen Seite des Tals zu treffen. Jetzt, zwei weite Kreise später, war das Flugzeug verschwunden und sie sahen auch keine militärische Präsenz am Boden. Die Schäden, die die Armee von Rasovo angerichtet hatte in ihrem Bestreben, die sich zurückziehenden Rebellen aufzuhalten, waren jedoch offensichtlich.

Die Bergstraßen rund um das Lager waren mit Einschlaglöchern von Waffenfeuer und Trümmern übersät. Eine Baumgruppe hoch über dem Camp brannte und ein undurchdringliches Gemisch aus Rauch und Staub stieg im hellen Sonnenschein auf.

„Nicht ganz dasselbe wie beim letzten Mal, nicht wahr, Hoheit?", meinte Emiliano, als das Haffali-Lager in Sichtweite kam. „Und damals dachten wir schon, es wäre schlimm."

Antony antwortete nicht, denn als er das Camp sah, traf ihn

der Schock mit voller Wucht. Bomben schienen das Lager nicht direkt getroffen zu haben, aber ein großer Krater klaffte im Berghang über dem Lazarett. Es war teilweise eingestürzt und von Steinen und Erde bedeckt, die offenbar von einem Felsrutsch stammten, der in Kraternähe ausgelöst worden war. Er durfte sich gar nicht vorstellen, wie viele Patienten möglicherweise verletzt worden waren.

In der Nähe waren auch einige der provisorischen Zelte der Flüchtlinge beschädigt. Kleidung, die von den dünnen Wäscheleinen gerissen worden war, lag verstreut auf der Straße. Ein Esel rannte mitten durch das Chaos. Ein Mann humpelte hinter ihm her, ohne auf die Kleidung zu achten, und ging dann auf das Essenszelt zu.

Der Tank, der das gereinigte Wasser des Lagers enthielt, war umgekippt und eine Gruppe von Flüchtlingen versuchte, ihn wieder aufzurichten. Andere rannten auf den Hubschrauberlandeplatz zu und winkten, weil sie offenbar auf Hilfe hofften.

Nirgendwo sah er Jennifer. Sein Magen krampfte sich zusammen, als er mit seinem Blick die Umgebung absuchte und zwischen den Zelten und bei der Gruppe in der Nähe des Tanks Ausschau hielt nach ihrer hochgewachsenen, schlanken Gestalt und ihrem roten Haar. War sie im Essenszelt oder in einem der Wohnzelte auf der anderen Seite des Flusses? Oder lag sie irgendwo, verletzt oder schlimmer?

„Können wir landen?", fragte Antony über das Motorengeräusch hinweg und deutete auf den Hubschrauberlandeplatz.

„Ich denke schon, Hoheit. Aber wir sollten nicht lange bleiben. Der Platz ist fast eine Meile weit zu sehen. Wir könnten zum Ziel werden."

„Verstanden."

Sobald sie am Boden waren, löste Antony seinen Gurt und raffte die Vorräte hinter seinem Sitz zusammen.

„Wenn wir alles ausgeladen haben, fliegen Sie mit dem Helikopter zurück nach San Rimini", wies er den Piloten an. „Marco soll Ihnen helfen, weitere Vorräte zu beschaffen, die Sie dann gleich morgen früh herbringen."

„Hoheit, ich lasse Sie nicht hier –"

Antony hob eine Hand, um Emilianos Einspruch zu unterbrechen, dann wurde ihm bewusst, dass er dabei wahrscheinlich so aussah wie sein Vater an seinen schlimmsten Tagen – wenn er die Hand hob, um sich die Meinung seiner Kinder nicht anhören zu müssen. Er bezweifelte, dass Emiliano jemals gesehen hatte, wie der König diese Geste machte, aber falls doch, war das Letzte, was Emiliano gerade brauchte, daran erinnert zu werden, wie wütend der König sein würde, wenn er herausfand, was sie getan hatten.

„Emiliano", begann er erneut. „Viele der Flüchtlinge sind nicht in der Lage, körperliche Arbeit zu verrichten. Wenn ich bleibe, kann ich helfen. Es ist im Moment nicht gefährlicher, hierzubleiben, als über die Berge in Richtung Heimat zu fliegen."

Emiliano runzelte skeptisch die Stirn, aber er widersprach nicht.

„Ich werde morgen früh mit Ihnen nach San Rimini zurückkehren. Bis dahin sollten die Rebellen aus dem Gebiet abgezogen sein und dann werden das Rote Kreuz und andere Hilfsorganisationen Unterstützung schicken."

Emiliano schüttelte den Kopf. „Verzeihen Sie, dass ich das so sage, Hoheit, aber Sie überraschen mich."

Antony rollte ein kleines Fass mit Wasser aus dem Heck des Hubschraubers auf den Landeplatz. „Ich überrasche mich selbst."

Sosehr er auch glaubte, die Richtung seines Lebens und sich selbst zu kennen, hätte man ihn vor zwei Wochen gefragt, hätte er niemals vorausgesagt, dass er sich so verhalten würde, wie er es heute tat. Schon gar nicht gegen den ausdrücklichen Befehl seines Vaters.

Zehn Minuten später, nachdem vier der Flüchtlinge den

Landeplatz erreicht und beim Ausladen des Hubschraubers geholfen hatten, winkte Antony zum Abschied, als Emiliano abhob, um nach San Rimini zurückzukehren.

Sobald der Lärm des Helikopters verklungen war, versuchte er, die Männer nach Jennifer zu fragen. Leider kannte er nur ein paar Worte in der Landessprache und keiner der Flüchtlinge sprach Englisch, allerdings konnte einer etwas Italienisch. Sie schienen alle zu begreifen, was er wissen wollte, aber derjenige, der Italienisch sprach, sagte, sie wüssten nicht, wo Jennifer im Moment wäre. Sie schienen auch weitaus mehr darauf bedacht, die Vorräte zum Lager zu schaffen, als seine Fragen zu beantworten, was er verstehen konnte.

Antony hob eine Seilrolle auf seine Schulter und griff nach einem Rollwagen, der mit Batterien, Mahlzeitenersatzriegeln und Erste-Hilfe-Material beladen war. Er würde zuerst helfen müssen und später weiter nach Jennifer fragen.

Als Antony sich mit den Flüchtlingen auf den Weg zum Lager machte, lächelten ihn einige von ihnen an, um sich für die Vorräte zu bedanken, die sie nun mit sich führten. Er lächelte zurück. Plötzlich fiel ihm auf, dass er nun demselben Pfad folgte wie die Flüchtlinge mit ihrem überladenen, baufälligen Wagen, die er gesehen hatte, als er das Camp zum ersten Mal besuchte. Damals hatte ihn das müde Aussehen der Flüchtlinge betroffen gemacht. Die Straße war genauso schmutzig und staubig wie an jenem Tag und er wusste, dass dies der Ort war, wo er sein musste.

Zum ersten Mal in seinem Leben tat er etwas, das einen Unterschied bewirkte. Er sammelte nicht nur Geld. Er bat nicht andere, sich ehrenamtlich zu engagieren.

Er musste zugeben, dass es ein befriedigendes Gefühl war, aber er würde sich besser fühlen, wenn er wüsste, dass es Jennifer gut ging.

Als sie schließlich den Hauptbereich des Lagers erreichten, kam eine Ärztin, die er bei seinem Besuch kurz kennengelernt hatte, aus einer der zusammengewürfelten Hütten am Hang und führte ein kleines Mädchen zum Essenszelt.

Antony entfernte sich von den anderen Flüchtlingen und trat auf die Frau zu – eine Schweizerin, wenn er sich recht erinnerte. „Entschuldigen Sie", rief er. „Ich suche Jennifer Allen. Wissen Sie, wo sie sein könnte?"

Die Ärztin blieb abrupt stehen. Ihre Augen weiteten sich, als sie Antony erkannte. „Ich … ich bin nicht sicher. Einige der Hilfskräfte bauen eine Station auf, um frisches Wasser zu verteilen. Diese befindet sich hinter dem Essenszelt. Soll ich Ihnen den Weg zeigen, Hoheit?"

Antony lächelte in der Hoffnung, der Frau ihre Befangenheit zu nehmen.

„Ich werde es schon finden. Ich vermute, Sie haben Wichtigeres zu tun." Er zwinkerte dem kleinen Mädchen zu, dann zog er den Wagen in die Richtung des Essenszelts. Nur das Gewicht hielt ihn davon ab, zu rennen. Er sprach ein stilles Gebet und hoffte, Jennifer unversehrt bei der Arbeit an der Wasserausgabe anzutreffen.

Als er jedoch am hinteren Ende des Essenszelts um die Ecke bog, fand er sich im Chaos wieder. Ein Mitarbeiter der Flüchtlingshilfe stand auf einem schweren Tisch und schrie den Menschen aus vollem Halse zu, sie sollten sich in einer Reihe aufstellen, um frisches Wasser zu bekommen. Eine Krankenschwester, der er ebenfalls bei seinem ersten Besuch begegnet war, stellte die Leute in einer Art Schlange auf, während drei Männer zwei große Kanister mit Wasser auf den Tisch hievten und dann an den Zapfhähnen herumhantierten.

„Es kommt Nachschub, aber erst einmal nur ein Liter pro Person", hörte er einen der Männer sagen, die die Kanister aufgestellt hatten. „Sonst reicht es nicht für die Ärzte, um die Instrumente zu säubern und um sich zu waschen. Nicht bevor wir mehr Wasser gereinigt haben." Die drei Männer schauten einander an und dann die Menge der Flüchtlinge, die verzweifelt frisches Wasser brauchten.

„Was sagen wir ihnen, wann sie zurückkommen sollen?", fragte einer von ihnen.

Der erste Mann antwortete: „Wir machen eine Ankündigung und erklären ihnen, dass wir hoffen, morgen oder Freitag mehr zu haben, und dass sie mit dem, was sie haben, sparsam umgehen sollen. Sie dürfen unter gar keinen Umständen den Fluss benutzen."

„Leichter gesagt als getan. Wenn Jennifer doch hier wäre! Auf sie würden sie hören …"

Antony trat vor. „Ich habe im Hubschrauber frisches Wasser mitgebracht. Mein Pilot ist zurückgeflogen, um mehr zu holen. Es ist nicht viel, aber es sollte etwas helfen."

Die Hilfskräfte drehten sich zu ihm um, ihre müden Gesichter verrieten sowohl Überraschung als auch Erleichterung.

„Sie sind ein Geschenk des Himmels", sagte einer der Männer. „Wie Sie es geschafft haben, hierherzufliegen, weiß ich nicht. Aber wir sind Ihnen sehr dankbar."

Antony sagte den Männern, wo sie die Flüchtlinge mit den Wasserfässern finden konnten, und wandte sich dann an den Mitarbeiter, der Jennifer erwähnt hatte. „Sie sagten, dass Jennifer nicht hier ist. Wissen Sie, wo sie ist? Ob es ihr gut geht?"

Der Mann holte tief Luft. „Wir sind nicht sicher. In Notfällen sollen sich alle im Essenszelt treffen. Soweit ich weiß, sind sie und Pia dabei, das Lazarett zu evakuieren. Hier sind sie noch nicht aufgetaucht. Nicht dass ich wüsste."

Antonys Inneres zog sich zusammen. Es war nicht Jennifers Art, sich nicht an festgelegte Abläufe zu halten. Es sei denn, es war etwas Schreckliches passiert.

Der Mitarbeiter, der auf dem Tisch gestanden hatte, sprang herunter. „Eine Krankenschwester meinte, sie hätte gehört, dass

Jennifer noch im Lazarett ist." Er deutete mit dem Daumen auf das zusammengebrochene Zelt am Fuße des Hügels. „Da waren ein paar Kinder, die Hilfe brauchten, um herauszukommen. Aber das weiß ich nur aus dritter Hand und es ist schon eine Weile her. Sie ist wahrscheinlich nicht mehr dort. Ich würde noch einmal im Essenszelt nachsehen. Dorthin wäre sie mit den Kindern aus dem Lazarett gegangen."

Antony atmete auf. Das ergab Sinn. „Wissen Sie –"

„Hilfe! Bitte, mein Sohn!" Eine Frau drängte sich durch die Menge und packte den Arm des größten der Wasser verteilenden Männer. „Bitte, bitte, helfen Sie! Mein Sohn in Latz-sa-reet!"

„Ich dachte, alle wären inzwischen draußen", meinte einer der anderen Hilfskräfte. „Hat sie im Essenszelt nachgeschaut?"

„Er in Latz-sa-reet. Bitte." Sie fügte etwas in der Landessprache hinzu, das Antony nicht verstand.

Einer der Flüchtlinge übersetzte schnell: „Sie sagt, ein Kind, das evakuiert wurde, hat ihr erzählt, dass ihr Sohn unter einem Bett feststeckt. Es geht ihm gut, aber sie haben Probleme, ihn herauszuholen."

Antony sah die Mitarbeiter an, die sich um die Wasserausgabe kümmerten. „Sie haben hier alle Hände voll zu tun. Ich kann ihr helfen."

Sie deutete mit der freien Hand auf den Hügel und er lief mit ihr zusammen los. Antony empfand genauso viel Angst wie die Frau, deren Gesichtsausdruck immer verzweifelter wurde.

Endlich umrundeten sie die andere Seite des Lazaretts, wo das Dach eingesunken war und mehrere große Felsbrocken und eine Flut aus Erde und Steinen die Wand durchbrochen hatten.

Sie sah zu ihm auf, als wäre er ihre einzige Hoffnung auf der ganzen Welt. „Mein Sohn Josef hier. Bitte."

Josef? Der kleine Junge, den er bei seinem Besuch kennengelernt hatte? Die Kehle war ihm wie zugeschnürt. Irgendetwas an dem Jungen hatte ihn berührt, mehr als er zugeben wollte. Er legte der Frau beruhigend eine Hand auf die Schulter und sagte: „Ich werde Ihren Sohn finden. Das verspreche ich." Er versuchte es noch einmal in ihrer Sprache, war aber nicht sicher, ob sie ihn verstand.

Sie lächelte, was hoffentlich bedeutete, dass sie ihm zumindest vertraute.

„Prinz Antony! Hoheit!"

Er riss seinen Blick von Josefs Mutter los, um herauszufinden, woher die weibliche Stimme kam. Schließlich entdeckte er Pia, die an einer Ecke des Lazaretts kauerte und ihn zu sich winkte. „Prinz Antony! Helfen Sie mir, Josef herauszuziehen!"

Antony rannte an Pias Seite. Zu ihren Füßen war eine Öffnung in die Zeltplane geschnitten worden. Im Inneren konnte er gerade noch erkennen, wie sich Josef durch einen engen Tunnel aus Steinen und zerrissenen Teilen des Daches zwängte.

„Ich kann ihn erreichen", sagte Antony und legte sich vor Pia auf den Bauch.

Gemeinsam mit ihr zog er Josef vorsichtig aus dem Geröll.

„Prinz Antony!", sagte der kleine Junge mit rauer Stimme, als er heraus war. „Ich hatte gehofft, dass du mich holen kommst. Kommst du auch für Miss Jennifer?"

Bevor Antony antworten konnte, blickte der Junge an ihm vorbei und sah seine Mutter, die sich einen Weg über die Felsbrocken bahnte. „Mamma!"

Die Frau begann zu weinen und sank auf die Knie. Pia hob Josef sanft hoch und legte ihn in die Arme seiner Mutter. Zwei Flüchtlinge näherten sich vom Essenszelt. Pia winkte ihnen zu und fragte, ob sie eine Trage für Josef besorgen könnten. Sie erklärte, dass er als letztes Kind noch im Lazarett gewesen wäre und dass sein Bein behandelt werden müsste.

„Die Leute haben mir vorhin geholfen", sagte sie zu Antony, während einer der Männer Josef hochhob und der andere Josefs Mutter über die Felsen geleitete. „Aber ich habe sie mit den übrigen Kindern, die wir evakuiert haben, zum Essenszelt geschickt. Ein Junge hatte eine Kopfwunde und ich wollte, dass er untersucht wird.“

Sie beugte sich vor, um durch das Loch in der Plane und den Spalt zwischen den Felsbrocken ins Innere des beschädigten Lazaretts zu spähen.

„Es tut mir leid“, sagte er. „Es wird eine Menge Arbeit werden, das hier zu reparieren. Wir sollten aber zum Essenszelt gehen. Ich würde Jennifer gerne finden –“

„Sie ist noch hier.“

Antonys Kieferpartie spannte sich für einen Moment an, dann brachte er ein unsicheres „Hier?“ heraus.

„Sie sitzt fest. Sie half Josef und war in der Nähe der Öffnung, als das Flugzeug kam. Danach hat sich alles verschoben.“

„Jennifer!“, rief er in das Loch, aber es kam keine Antwort.

„Sie ist nicht ansprechbar. Josef meinte, sie liegt auf dem Boden, und er glaubt, sie atmet noch. Es dauerte eine Weile, bis wir ihn rausgeholt hatten. Wenn Sie mir helfen würden, da hinunterzukommen …“

Noch bevor Pia geendet hatte, nahm er eine Taschenlampe von einem Felsen in der Nähe, drückte auf den Knopf an der Seite und leuchtete durch das Loch hinein. Einen Moment lang sah er nichts als Felsen und Schmutz, aber allmählich konnte er jenseits der Plane und den Steinen etwas erkennen, das einmal der Boden des Lazaretts gewesen war.

Dann blieb ihm fast das Herz stehen: Obwohl ihr Gesicht abgewandt war, erkannte er sie an ihrem roten Haar, das ausgebreitet auf dem Boden lag. *Jennifer.*

KAPITEL 11

ANTONY. Sie hatte von Antony geträumt.

Der scharfe Schmerz von Sand in ihren Augen verriet Jennifer, wo sie sich befand: nicht sicher in ihrem Trailer, eingekuschelt auf ihrem Feldbett, sondern im Inneren des eingestürzten Lazaretts.

Sie schloss die Augen gegen den Staub und den Schmutz und rief sich in Erinnerung, was passiert war. Ein Flugzeug war über sie hinweggeflogen. Laut und schwer. Da war eine Bombe, vielleicht auch eine Art Rakete gewesen. Entweder hatte das Flugzeug sich zurückziehende Truppen ins Visier genommen oder jemand in den Bergen hatte auf das Flugzeug geschossen und es verfehlt. Der Lärm einer Explosion war zu hören gewesen und fast gleichzeitig hatte sie ein Beben gespürt.

Ohne sich zu bewegen, öffnete sie langsam die Augen, blinzelte ein paar Mal, um eine klare Sicht zu bekommen, und sah sich dann um. Die Öffnung, die Pia in die Plane geschnitten hatte, war sicher irgendwo in der Nähe. Sie musste den Durchgang durch die Felsen finden und Josef hinausbringen.

Josef.

Sie hatte ihn getragen und dann waren sie zu Boden

gestürzt. Die Erinnerung daran traf sie wie eine Zeltstange in den Magen. Sein Bein hatte geblutet. Wo war er jetzt?

„Josef?", krächzte sie. Ihre Kehle war wie ausgedörrt. Sie hob den Kopf, sah aber nur zersplittertes Holz, Felsen, Staub und zerstörte Möbel. „Josef?"

„Josef ist herausgekrabbelt, Jennifer. Wir haben ihn."

Sie versuchte, zu antworten, hustete aber stattdessen und spuckte etwas aus, das sich wie Staub anfühlte, der ihren Rachen gefüllt hatte. Dann ließ sie ihren schmerzenden Kopf zurück auf den Boden sinken. Tief im Zentrum ihres rationalen Denkens begriff sie, dass sie eine Kopfverletzung erlitten haben musste. Sie hörte Dinge. Die Stimme klang wie Antonys, sogar das mit starkem Akzent ausgesprochene *Ssennifer*.

„Jennifer? Ist alles in Ordnung?"

Sie fuhr mit der Zunge über die Innenseiten ihres trockenen Mundes. Wie lange war sie schon in dem Lazarett? Sie musste das Bewusstsein verloren haben.

Bei der Spendengala hatte Federico ihr erzählt, dass Antony genug an ihr Projekt glaubte, um sich die Hände schmutzig zu machen und selbst mit anzupacken, wenn er dazu in der Lage wäre, aber sie hatte ihm damals kein Wort geglaubt. Und ganz sicher glaubte sie es nicht jetzt. Er würde niemals unter solch schrecklichen Bedingungen nach Haffali kommen.

Das konnte nicht sein.

„Prinz Antony?", rief sie leise, dann verfluchte sie sich im Geiste.

Wenn sie sich etwas einbildete und ihre Hilfskräfte hörten sie, was würden sie von ihr denken? Sie holte noch einmal tief Luft, was einen Hustenanfall auslöste. Da waren Stimmen über ihr. Pia, nahm sie an. Vielleicht einige der Flüchtlinge, die mit den Tragen gekommen waren, um mit den Kindern zu helfen, oder medizinisches Personal, das Vorräte aus dem unversehrten Teil des Lazaretts zusammensuchte, um sie ins Essenszelt zu bringen.

Endlich wurden ihre Lungen frei und sie schaffte einen Atemzug, ohne zu röcheln. Dann fiel ihr ein, was Federico ihr noch erzählt hatte: Antony war an jemandem interessiert. Nicht an Bianca, sondern an einer anderen Frau. Er war bestimmt nicht hier.

„Versuchen Sie nicht, zu sprechen. Ich bin hier, genauso wie Pia", schallte Antonys Stimme von über ihrem Kopf zu ihr herab. „Wir holen Sie gleich heraus."

Diesmal konnte sie weder Antonys kräftige Stimme verkennen noch seine vorsichtige Art, zu formulieren. Sie hatte keine Halluzinationen, sie bildete sich seine Anwesenheit nicht ein. Und er klang aufrichtig besorgt.

„Prinz Antony? Pia?", rief sie und war erleichtert, dass ihre Stimme schon kräftiger klang.

„Geht es Ihnen gut?", fragte Antony. Seine Anspannung war deutlich hörbar.

„Ich glaube schon. Ich kann mich bewegen –"

„Bleiben Sie, wo Sie sind. Ich bin gleich bei Ihnen."

„Nein, ich werde zu Ihnen kommen." Sie konnte nicht zulassen, dass er sich in Gefahr begab. Außerdem war es hier unten so eng, dass für Antony nicht genug Platz wäre. Sie selbst hatte es kaum geschafft, bis in das Lazarett vorzudringen.

Sie drehte den Kopf und rieb den Schmutz von ihrem Gesicht an der Schulter ab. Dann ging sie vorsichtig auf alle Viere, um sich durch die Trümmer einen Weg zur Öffnung zu bahnen. Sie fragte sich, was Antony nach Haffali geführt hatte, zumal sie ihn wortlos hatte stehen lassen, nachdem sie fotografiert worden waren. Harriet hatte sie am nächsten Morgen in aller Herrgottsfrühe für den Rückflug nach Haffali zum Hubschrauber gebracht. Hatte Antony von den Militärbewegungen und den Steinlawinen gehört?

Sie nahm ein scharrendes Geräusch über sich wahr und schaute gerade noch rechtzeitig auf, um ein Gesicht zu sehen, das mit dem Staub bedeckt war, der zwischen den Felsbrocken herumwirbelte.

„Sie sind verletzt. Das kann ich von hier aus sehen." Antony hielt eine Taschenlampe, die direkt auf ihre Augen gerichtet war. „Kommen Sie nicht –"

„Hat man Ihnen auf der Prinzenschule denn gar nichts beigebracht, Hoheit?", brummte sie, griff in den schmalen Durchschlupf und zog sich an den Steinen auf die Öffnung zu. „Sie sollten sich nicht für eine Amerikanerin in Gefahr bringen, die dumm genug ist, sich irgendwo hinzubegeben, wo sie eingeklemmt wird. San Rimini braucht Sie in einem Stück. Und halten Sie bitte die Taschenlampe runter, damit ich etwas sehen kann."

Als das Ende des engen Durchschlupfes in Sicht kam, nahm sie sich einen Moment Zeit, um sich zu sammeln, dann streckte sie die Hände aus, um sich eine weitere Körperlänge näher an die Öffnung heranzuziehen. Gerade als sie an einem Felsblock Halt fand, griff eine starke Hand nach unten und umklammerte ihr Handgelenk.

„Ich brauche Sie in einem Stück."

Sie verdrehte den Hals, um nach oben zu sehen, und stellte fest, dass er und Pia es irgendwie geschafft hatten, die Felsen so weit zu bewegen, dass Antony seinen Körper durch die Öffnung manövrieren konnte. Er ergriff ihr anderes Handgelenk und zog sie sanft den Rest des Weges bis zu dem Loch in der Plane. Mit Pias Hilfe hob er sie hinaus ins helle Sonnenlicht. Sie lehnte sich einen Moment lang an seine Schulter und ließ sich dann auf einem flachen Stein nieder. „Danke", sagte sie, an beide gewandt.

„Alles in Ordnung?", fragte Pia, die ihre Stirn in tiefe Falten gelegt hatte. „Du warst ein paar Minuten lang bewusstlos."

„Es geht mir gut, aber ich werde wohl eine Weile Kopfschmerzen haben", antwortete Jennifer, während sie ihre Glieder streckte und auf Verletzungen untersuchte. Sie schaute sich im Camp um und schätzte die aktuelle Lage ein. Es schien ruhiger zu sein als zu dem Zeitpunkt, als sie Dora zum Essenszelt geschickt hatte. Eine Gruppe von Hilfskräften und Flüchtlingen hatte sich in der Nähe des umgestürzten Tanks versammelt, der das gereinigte Wasser für das Lager enthielt. Sie schienen zu überlegen, wie sie die Situation am besten in den Griff bekommen konnten. Mehrere Frauen liefen um die Unterkünfte am Hang herum und sammelten Kleidung ein, die von den Wäscheleinen geweht war.

Im Essenszelt herrschte reges Treiben, Dutzende von Menschen gingen ein und aus. Josef saß draußen auf einer Bank, sein Bein auf den Schoß eines Lagerarztes gestützt. Josefs Mutter stand daneben und schaute zu. Jennifer zeigte auf Josef. „Wie hat er es geschafft, sich nicht noch schlimmer zu verletzen?", fragte sie Pia.

„Du bist auf ihm gelandet und hast ihn so vor der vollen Wucht des Einsturzes geschützt", erklärte Pia. „Er kroch unter dir hervor und schaffte es durch das Loch."

„Sein Bein blutete, als er unter dem Bett hervorkam. Ich bin froh, dass er bei einem Arzt ist. Die Wunde könnte sich entzünden."

„Du solltest dich auch untersuchen lassen", meinte Pia.

Jennifer war derselben Meinung, doch bevor sie etwas sagen konnte, beugte sich Antony hinunter und hob sie hoch. Er verlagerte ihr Gewicht in seinen Armen, sodass ihr Körper fest an seiner breiten Brust lag. Die Bewegung verursachte ein Hämmern in ihrem Schädel.

„Lassen Sie mich runter", protestierte sie, doch die Bitte klang sogar in ihren eigenen Ohren halbherzig.

„Das werde ich nicht tun", erwiderte Antony mit der ganzen Autorität eines zukünftigen Monarchen. Er bedeutete Pia, voranzugehen, und sagte dann: „Sie werden jetzt nicht im Lager herumwandern, bis ein Arzt Sie untersuchen kann."

„Okay." Sie merkte, dass sie sich noch nie in ihrem Leben so müde gefühlt hatte. Unter allen anderen Umständen hätte sie es wahrscheinlich genossen, wie seine Arme sie umfingen. Aber jetzt ... nun, jetzt war sie erschöpft. Egal, was ihr Stolz ihr sagte, sie würde Schwierigkeiten haben, das Gleichgewicht zu halten, zumindest, bis sie etwas Wasser und vielleicht ein Aspirin gegen das Pochen in ihrem Kopf bekommen hatte. Antony zu erlauben, sie über den unebenen Boden zu tragen, schien vernünftig.

Wow, dachte sie. Sie musste wirklich in einem erbärmlichen Zustand sein, wenn es gesunder Menschenverstand war, sich von einem Mann tragen zu lassen.

Antony neigte den Kopf, um sie ansehen zu können, und als ihre Blicke sich trafen, hätte sie schwören können, dass sie Belustigung in seinen Augen sah.

„Was ist so witzig?", fragte sie.

Er grinste breit. „Wenn Sie es unbedingt wissen wollen, genau das lehren sie uns auf der Prinzenschule: Ritterlichkeit."

„Sie sind nach Haffali gekommen, um ritterlich zu sein?"

„Nein." Sein Grinsen wich einer ernsten Miene. „Ich bin Ihretwegen hergekommen. Ich fürchtete um Ihre Sicherheit und dachte, Sie würden mich vielleicht brauchen."

Er war wegen ihr hier? Allein die Tatsache, dass er sich Sorgen um sie gemacht hatte, ließ ihre Wangen heiß werden.

Außerdem überkamen sie Schuldgefühle, weil sie das Schlimmste von ihm gedacht hatte. Ihre Eltern hatten schlechte Erfahrungen mit Politikern gemacht, aber das bedeutete nicht, dass Prinz Antony ähnlich handeln würde. Es hatte keinerlei Anzeichen gegeben, dass er seine Pläne für das Stipendium nicht umsetzen würde. Und dass er nach Rasovo geflogen war trotz der damit verbundenen Gefahr – besonders in Anbetracht der Auswirkungen für jemanden in seiner Position –, bedeutete, dass er eine Charakterstärke besaß, die sie ihm nie zugetraut hätte.

Jennifer suchte nach den richtigen Worten: „Ich ... ich bin

gerührt, dass Sie an mich gedacht haben, aber ich muss Ihnen sagen –"

„Ich gestehe", warf er ein, „als ich sah, was hier vorging, wusste ich, dass es das Richtige war, den Flüchtlingen zu helfen, da ich die Mittel dazu habe. Ich konnte sie nicht im Stich lassen."

„Ich nehme an, man hat Sie auf der Prinzenschule auch gelehrt, ein edler Mensch zu sein?"

„Nein. Das haben Sie mich gelehrt." Er senkte den Kopf, lehnte seine Stirn an ihre und berührte ihren Mund für den allerkürzesten Moment mit seinen Lippen.

Ein unwillkürlicher Schauer überlief sie. Antony spürte dies und blieb stehen; sie konnte nicht verhehlen, dass es von dem Kuss kam und nicht von ihrer Erschöpfung oder der Kopfverletzung.

Ganz leise sagte er: „Wie Sie sehen, macht es mich nicht nur zu einem besseren Prinzen, wenn ich in Ihrer Nähe bin. Es macht mich zu einem besseren Menschen. Wären wir uns nicht begegnet, hätte ich nicht die Entscheidung getroffen, hier zu sein und etwas zu tun, was wirklich einen Wert hat."

Er veränderte seinen Griff ein wenig, dann setzte er hinzu: „Genauso wenig würde ich die Entscheidung treffen, die ich gleich treffen werde, die wichtigste in meinem Leben."

Er senkte seinen Mund erneut auf ihren.

Trotz ihrer Schrammen und blauen Flecken erwiderte Jennifer seinen Kuss. Seine Arme legten sich fester um sie, während der Kuss leidenschaftlicher und besitzergreifender wurde. Schließlich löste er seine Lippen von ihren, aber seine Augen blieben auf ihre gerichtet. „Wir müssen zum Essenszelt", flüsterte er mit heiserer Stimme. „Du solltest von einem Arzt untersucht werden. Aber wenn du möchtest, können wir das hier später fortsetzen. Wenn alle in Sicherheit sind."

Sie schloss die Augen und legte ihren Kopf an seine Schulter, dann flüsterte sie: „Das möchte ich."

„DU HAST MIR ETWAS VERHEIMLICHT", zischte Pia vorwurfsvoll, während sie eines von Jennifers aufgeschürften Knien mit einem Antiseptikum betupfte.

Jennifer rutschte auf dem rauen Holztisch hin und her, auf dem sie saß, seitdem sie von einer der Krankenschwestern untersucht worden war. Sie schob ihre Finger unter den Eisbeutel, den sie an ihre Schläfe presste. Es hatte sich bereits eine Beule gebildet und sie vermutete, dass sie noch größer werden würde. Sie legte das Coolpack wieder auf, was guttat bei den pochenden Schmerzen. Dann blickte sie Pia an.

„Was meinst du?"

„Er hat dich wieder geküsst. Und erzähl mir nicht den gleichen Mist wie beim letzten Mal, dass es unbedeutend wäre. Prinz Antony, königlicher Adonis der westlichen Welt, würde nicht mitten in ein zerbombtes Lager fliegen, nur für einen unbedeutenden Kuss. Die kann er überall bekommen."

Jennifer schaute über Pias Kopf hinweg und vergewisserte sich, dass Antony immer noch am anderen Ende des Zelts mit Josefs Mutter redete, bevor sie zurückflüsterte: „Er ist nur hergekommen, weil er dachte, dass es ritterlich wäre."

„Seit wann? Ich meine, ich weiß, dass er gerne Wohltätigkeitsorganisationen unterstützt, aber mein Cousin sagt, er ist ein typischer Angehöriger einer königlichen Familie. Für diese Organisation bietet er seine Unterstützung an, für jene Geld und eine Rede. Er ist nicht der Typ, der selbst mit anpackt. Er würde keine Zeit damit zubringen, sich ehrenamtlich zu engagieren, nur weil es nötig ist, nicht wenn jeder das tun kann. Seine Aufgabe ist es, die Aufmerksamkeit zu gewinnen, die sonst niemand bekommt."

Pia lehnte sich zurück, begutachtete einen Moment lang Jennifers Knie und begann dann, die größte Wunde mit Mull zu verbinden. „Das sollte reichen."

Als sie fertig war, untersuchte sie den Bereich unter dem Coolpack und fügte dann leise und mit ernster Stimme hinzu: „Er kann den Gedanken, dass du verletzt wirst, genauso wenig ertragen wie ich. Wenn du mich fragst, glaubt der große Junggesellenprinz, dass er sich verliebt hat."

„Fang nicht damit an, denn das stimmt nicht", protestierte Jennifer. „Herrgott noch mal, ich arbeite in einem Flüchtlingslager. Und ich bin Amerikanerin." Ihr klappte die Kinnlade herunter, als sie daran zurückdachte, was er gesagt hatte, als er sie geküsst hatte. „Aber er hat – ach, schon gut."

„Aber er hat – was?"

Jennifer nahm den Eisbeutel herunter und legte eine Hand auf ihren Leib. Ihr war plötzlich flau im Magen. „Er hat behauptet, ich hätte ihm beigebracht, ein besserer Prinz zu sein. Und dass ich ihn zu einem besseren Menschen gemacht hätte. Er sagte auch, ich wäre der Grund, warum er eine wichtige Entscheidung treffen würde. Ich weiß, es klingt absurd, aber er meinte es ernst." Die Tiefe seiner Gefühle bei diesem Kuss war unverkennbar gewesen. „Glaubst du, er wollte damit sagen –?"

„Nein!"

„Du hast recht. Ich muss da was falsch verstanden haben ..."

„Sei sofort still!" Pia lehnte sich weiter zu Jennifer hinüber, um sicherzugehen, dass niemand sonst im Essenszelt sie hören konnte. „Sprich es nicht aus. Denke es nicht einmal. Sich ernsthaft mit Antony diTalora einzulassen, wäre das Falscheste, was du tun könntest."

Jennifer schaute sie erneut an. „Wie meinst du das?"

„Du könntest nie mit ihm zusammen sein, selbst wenn ihr beide trunken vor Liebe wärt, was ihr vermutlich nicht seid."

„Natürlich nicht", log Jennifer, plötzlich in der Defensive. „Aber wie du schon sagtest, er ist ein Adonis. Warum sollte das so schrecklich sein?"

„Machst du Witze?", zischte Pia. „Dein Herz würde mit Füßen getreten werden. König Eduardo würde auf keinen Fall dulden, dass sein ältester Sohn und Erbe eine Amerikanerin heiratet, und damit wäre eine Beziehung von Anfang an zum Scheitern verurteilt, denn irgendwann *muss* Antony heiraten. Es heißt, Eduardo hätte einen regelrechten Wutanfall bekommen, als Prinz Antony vor ein paar Jahren mit dieser Hollywood-Schauspielerin ausging, weißt du noch?"

„Das ist wahr." Jennifer seufzte. „Sogar ich habe davon gehört, obwohl ich keine Boulevardzeitungen lese."

„Nun, soweit ich mich erinnere, hat die Schauspielerin öffentlich gesagt, dass sie nicht wirklich ein Paar wären, sondern nur ein paar Filmpremieren zusammen besucht hätten oder so. Aber es hatte immer noch Nachrichtenwert, dass sein Vater diese Verbindung mit einer Amerikanerin ohne aristokratische Wurzeln offenbar ablehnte. Ihrer Karriere war das auch nicht zuträglich. Die Einwohner von San Rimini hielten sie für eine völlig ungeeignete Partnerin für Antony und es gab eine Bewegung, ihre Filme zu boykottieren. Das Ganze verlief im Sande, als die Schauspielerin mit einem anderen gesehen wurde, aber trotzdem."

Jennifer rutschte zur Tischkante, stand auf und atmete tief durch. „Mit anderen Worten, wenn ich mit Antony ausgehe und Eduardo das nicht gefällt –"

„Was sicher der Fall sein wird."

„– dann werden die Leute von San Rimini den Stipendienfonds vielleicht nicht unterstützen, weil die Stipendiaten zum Arbeiten hierherkommen."

Pia breitete die Hände aus. „Genau. Schau dir bloß an, wie die Zeitung über dich berichtet hat, nachdem Antony dich letzte Woche im Palast geküsst hat. Das war ganz und gar unfair und unwahr, aber das spielte keine Rolle. Du hast selbst gesagt, dass du dir Sorgen gemacht hast, wie sich das auf den Stipendienfonds auswirken könnte und wie es möglicherweise die Art und Weise beeinflusst, in der die Flüchtlinge dich wahrnehmen. Ich möchte, dass du glücklich bist. Du *verdienst* es, glücklich zu sein.

Aber willst du wirklich so leben? In einer aussichtslosen Beziehung? Oder in ständiger Sorge, dass deine Beziehung deine Arbeit beeinträchtigen könnte?"

Jennifer fuhr sich mit den Fingern durch die Haare und rieb sich den schmerzenden Nacken.

Sosehr sie sich auch bemühte, die Tatsache zu ignorieren, sie hatte sich bereits in Antony verliebt. Bis über beide Ohren. Angesichts ihrer wenigen Begegnungen schien das unmöglich. Aber so gern sie es auch auf eine Dopaminvergiftung durch ein paar intensive, euphorische Küsse schieben würde, wusste sie doch tief in ihrem Inneren, dass Antony diTalora ein Mann war, mit dem sie eine tiefe Verbundenheit erleben könnte.

Der Kuss zwischen ihnen war mehr als nur ein Kuss gewesen.

„Jen, es tut mir leid –"

Jennifer winkte ab. „Nein, nein. Du hast schon recht."

Eine Beziehung war unmöglich. Selbst wenn Antony sie wie durch ein Wunder lieben würde, konnte sie deswegen nicht die Zukunft der Flüchtlinge aufs Spiel setzen.

„Er wird bald wieder in San Rimini sein", überlegte Jennifer laut. „Ich bin sicher, dass er mich bei allem, was in seinem Leben passiert, schnell vergessen wird. Ich werde ihn nicht ermutigen, während er hier ist."

Pia lächelte, aber mit einem Anflug von Traurigkeit. „Du kannst dich glücklich schätzen, dass er dich geküsst hat. Das sah unglaublich heiß aus. Und genieße den Schub, den es deinem Ego gibt, zu wissen, dass er dich attraktiv findet. Aber versprich mir, dass du alles tun wirst, um dein Herz da rauszuhalten. Du bist meine beste Freundin und ich will nicht, dass du verletzt wirst."

„Ich verspreche es", sagte sie, obwohl es schon zu spät war. Prinz Antony diTalora hatte sich bereits einen Weg tief in ihr Herz gebahnt.

ANTONY STRECKTE seine müden Beine unter Jennifers abgenutztem Schreibtisch aus und nahm einen weiteren Bissen von dem Brownie, den sie ihm gegeben hatte. Dies entsprach nicht gerade seinen Essgewohnheiten, aber der harte Arbeitstag überzeugte seinen Mund davon, dass dies das beste Mahl war, das er je zu sich genommen hatte.

„Das ist köstlich", sagte er, als er einen weiteren Bissen genoss.

Jennifer saß eine Armlänge von ihm entfernt, den Mund voll mit ihrem eigenen Brownie, auf einem Stuhl, den sie sonst bereithielt, falls eine Hilfskraft sie in ihrem Trailer aufsuchte. In den letzten rund fünfzehn Stunden hatte er ihr dabei geholfen, wieder einen halbwegs normalen Betrieb im Lager herzustellen. Den Funkmeldungen zufolge hatten die Rebellen das Gebiet vollständig verlassen und es waren auch keine Flugzeuge mehr aufgetaucht. Das Essenszelt war mit den medizinischen Geräten, die sie retten konnten, zu einem provisorischen Lazarett umfunktioniert worden. Sie hatten eine Ausgabe für sauberes Wasser eingerichtet und die beschädigten Unterkünfte so ausgebessert, dass Menschen in ihnen schlafen konnten. Sie hatten viel erreicht, aber bis das reguläre Lazarett wiederaufgebaut war, fehlten ihnen eine Küche und ein Essbereich.

Jetzt, um fast vier Uhr morgens, hatte er sie endlich überredet, eine Pause einzulegen, sodass sie sich beide waschen, etwas essen und ein paar Stunden ausruhen konnten. Er warf zum gefühlt hundertsten Mal einen Blick auf die Stelle an der Seite ihres Kopfes, wo sich unter ihrem Pferdeschwanz eine Beule befand, und er fragte sich, wie sie sich nach dem Tag, den sie erlebt hatten, noch aufrecht halten konnte. Sie hatte zwar am Nachmittag ein Nickerchen gemacht, aber erst, nachdem er und zwei Mitglieder des medizinischen Personals es ihr eindringlich nahegelegt hatten. Als sie aufgewacht war, hatte sie zugegeben, dass dies notwendig gewesen war. Ebenso wie die leichten Schmerzmittel, die Pia ihr in die Hand gedrückt hatte.

„Sie machen wohl Witze", sagte Jennifer, als sie ihren Brownie heruntergeschluckt hatte. „Das sind überschüssige EPa. Soweit ich weiß, ist das nicht einmal echte Schokolade."

Antony hob eine Braue. „EPa?"

„Einmannpackungen. Verzehrfertige Mahlzeiten. Rationen, die uns vom Rasovo-Militär gespendet wurden für den Fall, dass unsere Lebensmittelvorräte jemals verunreinigt werden oder verloren gehen sollten. Natürlich ist das gleiche Militär auch der Grund dafür, dass wir sie jetzt essen müssen. Es ist eine wunderbare Welt."

Sie sagte es gut gelaunt und griff dann in einen Karton neben ihrem Stuhl, um eine beigefarbene Vakuumverpackung herauszuholen, von der sie behauptete, sie würde nach Zugabe von Wasser Kartoffelpuffer enthalten. „Nicht gerade Haute Cuisine, Hoheit. Aber Sie sind doch ein Prinz, waren Sie nicht mal beim Militär?"

Er lachte. Er in der Armee? „Ich fürchte, nein, allerdings muss ich zugeben, dass ich als Junge oft davon geträumt habe. Geschichten über Könige, die ihre Soldaten in die Schlacht führten, faszinierten mich. Sollte San Rimini jemals bedroht werden, würde ich es als meine Pflicht ansehen, für seine Verteidigung zu kämpfen. Aber wir sind nicht Großbritannien, wo sowohl Charles als auch William gedient haben. In San Rimini ist es dem Kronprinzen gesetzlich verboten, im aktiven Dienst zu stehen. Es wird als zu großes Risiko für meine persönliche Sicherheit angesehen. Meine Geschwister dürfen zum Militär, ich nicht."

„Aber Sie hätten es gewollt?"

„Nachdem ich erfahren hatte, dass es verboten ist, habe ich nicht weiter darüber nachgedacht. Was hätte das für einen Sinn?" Er stand auf und reckte seine Arme in Richtung der Decke des Trailers, der als Zentrale des Lagers diente.

„Trotzdem sind Sie hergekommen", bemerkte Jennifer. „Das ist ein Risiko für Ihre persönliche Sicherheit."

„Das bin ich. Und wie der Militärdienst war es mir verboten. Bestimmt ist mein Vater wütend."

Sein ganzes Leben lang hatte Antony seine Pflicht getan, ohne einen zweiten Gedanken an seine persönlichen Wünsche zu verschwenden. Das war einfach die Art, wie seine Welt funktionierte. Doch in diesem Moment erfüllte sein Verlangen nach Jennifer seine Seele und er wollte sie an sich drücken und nie wieder loslassen. Wenigstens einmal erschien es ihm wie eine gar nicht so schlechte Idee, sich von seinen Sehnsüchten leiten zu lassen. Dass er hergekommen war, um zu helfen, würde ihn zu einem besseren Prinzen machen.

Und er wusste, dass er ein besserer Mensch werden würde, wenn er sie in seinem Leben hätte – ganz gleich, was es ihn kosten mochte.

Er setzte sich wieder und drehte den Stuhl so, dass er Jennifer ansehen konnte.

„Als du im Palast warst, sagtest du mir, dass jeder im Leben eine Wahl hat. Das ist ein gängiges Sprichwort in meinem Land. Aber bevor du es laut ausgesprochen hast, war mir nie in den Sinn gekommen, dass es auch auf mich zutreffen könnte."

Er streckte seine Hand aus, umfasste ihr Kinn und strich mit seinem Daumen über ihre glatte, weiche Haut. Ihr Blick wurde ernst und er wusste, dass er ihre volle Aufmerksamkeit hatte.

„Dich im Palast zu küssen, war die erste wichtige Entscheidung, die ich selbst getroffen habe und die mir nicht seit meiner Geburt vorgeschrieben wurde. Jedes Anliegen, das ich unterstützt habe, jede Schule, die ich besucht habe, und jede einzelne Frau, mit der ich ausgegangen bin, wurde von meinen Eltern und einem Haufen von Beratern gründlich überprüft und genehmigt. Ich wollte nicht immer dem vorgegebenen Weg einschlagen, aber ich habe selten widersprochen – außer wenn es um Dates ging. Und selbst in den seltenen Fällen, in denen ich meinen eigenen Wünschen folgte, haben sich meine Eltern schließlich durchgesetzt. Selbst jetzt arbeitet mein Vater daran, meine Eheschließung mit einer Frau namens Francesca voranzutreiben – der Tochter einer seiner Bekannten. Seiner Meinung nach habe ich es verabsäumt, eine passende Ehefrau zu finden, und damit die langfristige Sicherheit der Monarchie gefährdet.“

Jennifers Gesichtsausdruck erschien ihm undurchdringlich, als er mit seiner Hand ihre Wange liebkoste und dann über ihr Haar strich. Wie viele Tage und Nächte hatte er davon geträumt, genau das zu tun, seit sie sich kennengelernt hatten?

Er lächelte und sagte dann: „Ich kann dir nie genug dafür danken, dass du mir gezeigt hast, dass ich in meinem Leben selbst Entscheidungen treffen kann. Ich weiß, dass der Kuss im Palast dich wahrscheinlich verärgert hat, besonders die Art und Weise, wie die Presse darüber berichtet hat. Womöglich hat all das dich und deine Organisation sogar einiges an Glaubwürdigkeit gekostet.“

„Entschuldigung angenommen“, erwiderte sie, doch ihr Blick wanderte zu einem Punkt hinter ihm.

„Jennifer“, sagte er und streichelte erneut sanft ihre Wange. Er wartete, bis sie seinen Blick erwiderte, bevor er weitersprach: „Ich habe nicht gesagt, dass ich es bereue. Vielleicht den Ort und den Zeitpunkt. Aber trotz der Tatsache, dass der Fotograf uns erwischt hat, und trotz der Berichterstattung kann ich mich nicht dazu durchringen, den Kuss selbst zu bereuen. Wenn ich dich nicht geküsst hätte, wenn ich mir nicht die Zeit genommen hätte, zu verstehen, dass ich für mich einstehen und meine eigenen Entscheidungen im Leben treffen muss, wäre ich nie hierher nach Rasovo gekommen. Ich wäre heute Morgen nicht da gewesen, um Josef zu helfen, und ich hätte Pia nicht dabei unterstützen können, dich zu befreien. Und das Wichtigste", er klopfte sich mit der freien Hand auf die Brust, „ich würde nicht das intensive Gefühl der Befriedigung kennen, das man empfindet, wenn man anderen so hilft, wie du es tust. All die Arbeit, die wir heute geleistet haben, bedeutet mir sehr viel. Ich kann dir nicht genug dafür danken."

Jennifer stand auf und zwang ihn auf diese Weise, seine Hand von ihrer Wange zu nehmen. So entstand eine räumliche Distanz zwischen ihnen, die er nicht wollte. „Gern geschehen, Hoheit. Wenn es Sie zu einem besseren Prinzen macht, ist es mir eine Ehre, ein wenig dazu beigetragen zu haben."

„Ein wenig? Ist dir nicht klar –"

Sie war zum Fenster des Trailers getreten. Jetzt drehte sie sich um und unterbrach ihn mitten im Satz mit einem sanften Lächeln. „Es ist mir klar. Mehr als Sie ahnen. Aber die Sonne wird bald aufgehen. Wir werden keinen Schlaf bekommen, wenn wir uns jetzt nicht ein paar Stunden dafür nehmen. Sollte ich Ihnen nicht lieber zeigen, wo Sie sich ungestört ausruhen können?"

Sie ging zur Tür und stieß sie auf. Als sie zu ihm zurückblickte, ließ ihr Gesicht nicht erkennen, ob sie das Ausmaß dessen begriff, was er ihr zu sagen versuchte.

Antony erhob sich fassungslos. Was war soeben passiert? Er war kurz davor gewesen, ihr seine Liebe zu gestehen, ihr zu sagen, was sie ihm bedeutete. Hatte er sich in ihr getäuscht?

Hatte er dem Moment, den sie geteilt hatten, als er sie aus dem zerstörten Lazarett getragen hatte, zu viel Bedeutung beigemessen? Hatte er die verstohlenen Blicke falsch gedeutet, als er sie mit Pia im Essenszelt zurückgelassen hatte, damit die Ärzte sich ihren Kopf ansehen konnten? Er hätte schwören können, dass er etwas zwischen ihnen gespürt hatte, etwas Starkes und Bedeutungsvolles.

Er hatte noch nie einer Frau seine Liebe gestanden – es war viel zu riskant in seiner Position –, also war er jetzt vielleicht falsch vorgegangen.

Er lief zur Tür und streifte mit seinem Körper ihren, als er nach draußen trat.

Nicht die geringste Reaktion von Jennifer.

Er bemühte sich um einen neutralen Gesichtsausdruck und korrigierte seine Haltung, als ob er einen Würdenträger bei einem Staatsbankett begrüßen wollte, und bedeutete ihr dann mit einer Geste, voranzugehen. Er war noch nie von einer Frau zurückgewiesen worden, allerdings wusste er, dass diese Tatsache mehr als alles andere mit seinem Titel zu tun hatte. Doch sein Stolz verbat es ihm, zu zeigen, wie sehr ihn Jennifers Zurückweisung traf.

Außerhalb der Zelte und in der Nähe der Wassertanks waren genügend Lichter angebracht, sodass sie die Taschenlampe nur an einigen Stellen brauchten, während sie ihn in Richtung Fluss führte. Der Steg, der das Essenszelt und das Lazarett mit den beiden großen Wohnzelten auf der anderen Seite verband, war unbeschädigt, allerdings lagen einige Felsbrocken nur ein kleines Stück flussaufwärts. Sie gingen schweigend weiter, zwischen ihnen herrschte eine seltsame Spannung. Als sie auf die Brücke trat und dann mit der Taschenlampe leuchtete, damit er nicht stolperte, trafen sich ihre Blicke kurz. In diesem Moment sah er eine Welt von Kummer und Sehnsucht, als hätte sie auf dem ganzen Weg über ein schmerzliches Thema nachgedacht. In der Sekunde, als er erkannte, dass sie litt, änderte sich ihr Blick und drückte die stoische Entschlossenheit einer Katastrophenhelferin aus, die einen Job zu erledigen hatte. Sie eilte auf dem Steg voran.

„Hier entlang, Hoheit."

Also *hatte* er in dem Trailer etwas Falsches gesagt. Nicht nur die Gefühle, die er in ihren Augen gesehen hatte, überzeugten ihn davon; er konnte an ihrer Körpersprache erkennen, dass sie sich seiner Gegenwart überdeutlich bewusst war. Sie verliebte sich in ihn, so wie er sich in sie verliebte.

„Jennifer. Bitte warte!" Er griff nach ihrem Arm, damit sie sich zu ihm herumdrehte und ihn anschaute. Das tat sie, doch ihre Miene blieb neutral.

„Ja?"

„Das hier fühlt sich falsch an. Ich muss Luft entweichen lassen."

Sie blinzelte, dann erhellte ein Grinsen ihr Gesicht. Er konnte sich nicht erklären, warum.

„Was ist?", fragte er.

„Ich glaube, Sie meinen, die Luft reinigen. Es gibt die Formulierung ‚Luft entweichen lassen' – die hat aber eine vollkommen andere Bedeutung. Wenn Sie die Luft reinigen möchten, bedeutet es, dass Sie sich über etwas aussprechen möchten, um zu einer Einigung zu kommen."

Er runzelte verwirrt die Stirn. „Was bedeutet dann, Luft entweichen –"

„Bitte, das wollen Sie nicht wissen." Ihr Lächeln wurde breiter und sie schüttelte den Kopf. „Sagen wir einfach, es ist keine Formulierung, die ein Prinz in der Öffentlichkeit benutzen würde."

„In Ordnung." Er würde sie entweder später noch mal nach der Bedeutung fragen oder diese nachschlagen. Es ärgerte ihn, wenn er Ausdrücke in einer Fremdsprache falsch verwendete. Einige waren wirklich bizarr.

Er atmete aus, dann versuchte er es erneut: „In dem Fall

möchte ich die Luft reinigen, wenn es bedeutet, über das zu sprechen, was zwischen uns geschehen ist. Und darüber, was ich mir wünschen würde."

Ihr Lächeln schwand. „Hoheit, unter den gegebenen Umständen … ich meine, in Anbetracht Ihres Vaters und der Tochter seiner Bekannten … sehe ich nicht, was wir besprechen müssten."

Das war also sein Fehler gewesen. „Es hat nichts mit Francesca und alles mit uns beiden zu tun."

„Wirklich, Sie brauchen mir nichts zu erklären. Ich verstehe, jemand in Ihrer Position muss –"

„Kluge Entscheidungen treffen, die meinem Land zugutekommen. Aber um der beste Kronprinz zu sein, der ich sein kann, muss ich auch Entscheidungen treffen, die meinem Privatleben zugutekommen. Und da kommst du ins Spiel, Jennifer Allen."

„Ich –"

Bevor sie widersprechen konnte, legte er seine Hände auf ihre Schultern. Er konnte nicht zulassen, dass er sie jetzt verlor. „Wir kennen uns noch nicht sehr lange. Aber manchmal, unter bestimmten Umständen, sieht man eine Person sofort so, wie sie ist, und man weiß, dass die Zeit sie nicht verändern wird. Das habe ich bei dir gespürt, und zwar aus den richtigen Gründen. Du bist intelligent, warmherzig und du hast eine innere Stärke, der ich nur nacheifern kann. Ich möchte dich in meinem Leben haben. Du bist meine Wahl. Du, Jennifer. Nicht Francesca oder Bianca oder irgendeine der Frauen, mit denen ich auf Befehl meines Vaters ausgegangen bin. Ich hoffe nur, dass ich auch deine Wahl bin, dass du vielleicht, wenn du mich ansiehst, einen Bruchteil der Verbindung zwischen uns fühlst, die ich fühle. Wenn nicht, verstehe ich das."

Er zog sie näher zu sich heran, doch er hielt sie nur leicht fest. Wenn Jennifer das nicht wollte, sollte sie die Möglichkeit haben, einfach wegzugehen.

Sie seufzte, als trüge sie einen inneren Kampf aus, dann hörte er ein leises, dumpfes Geräusch, als sie die Taschenlampe hinter ihn auf das Brückengeländer stellte.

Ihre Hände wanderten zu seiner Taille. Langsam hob sie ihr Gesicht zu seinem. „Ich fühle es auch. Ich habe immer wieder daran gezweifelt, aber ich glaube, es begann in dem Moment, als ich hörte, wie du Josef vorgelesen hast."

„So lange hat es gedauert?"

„Vielleicht habe ich mich vorher von deinem Aussehen blenden lassen."

„Selbst als ich nicht gehört habe, wie du dich vorgestellt hast?"

„Selbst da."

Er lächelte. Sie tat es ihm gleich. Er überbrückte die Distanz zwischen ihnen und senkte seinen Mund auf ihren.

Innerhalb von Sekunden wurde der erst sanfte Kuss leidenschaftlich. Das Lager war still; alles, was er wahrnahm, war das Gefühl, wie sich ihr Mund seinem öffnete, dann der Druck ihrer Hände an seinem Kreuz.

Er begehrte sie so stark, dass er fürchtete, sein Körper könnte vor Verlangen platzen. Er zog sie näher zu sich heran, wollte jede Kurve ihres Körpers an seinem spüren. Sie stöhnte leise, als ihre Hände seinen Rücken hinaufglitten.

Das war die Jennifer, nach der er sich sehnte. Leidenschaftlich engagiert für ihre Sache und die Menschen, um die sie sich kümmerte, und – vor allem – voller Leidenschaft für ihn. In den tiefsten Winkeln seines Verstandes wurde ihm bewusst, dass ihn noch nie zuvor eine Frau so geküsst hatte wie Jennifer in diesem Moment, ohne Hintergedanken, ohne den Wunsch, ihm eine Person vorzugaukeln, die sie nicht war.

Jennifer küsste ihn, weil sie *ihn* küssen wollte, nicht, weil sie mit einem reichen Prinzen zusammen sein wollte.

Sie hielten sich mehrere Minuten lang eng umschlungen, lehnten sich dabei an das Geländer der Holzbrücke, während ihre Küsse sich vertieften. Er sank schließlich auf die Knie und zog Jennifer mit sich, wobei er seinen Mund nicht von ihrem löste. Er roch die Seife, die sie beide an einem Waschbecken benutzt hatten, schmeckte die Schokolade des Brownies, spürte die Wärme ihrer Haut. Er atmete scharf ein, als ihre Hände von seiner Hüfte abwärts wanderten, um zaghaft seinen Po zu umfassen und seinen Unterkörper fest an ihren zu ziehen. Ein süßes Feuer durchzuckte ihn von Kopf bis Fuß und sorgte dafür, dass er vollends erregt war. Er senkte seinen Mund auf ihren Hals und küsste sie dort, gelegentlich unterbrochen von seinem Stöhnen.

Verflucht, er wollte sie lieben, gleich hier, mitten im Camp. Sein Herzschlag dröhnte in seinen Ohren, als sie ihre Finger bewegte. Sie verharrte, rührte sich einen Moment nicht, dann sagte sie nahe an seinem Ohr: „Antony –"

Wie viele Nächte hatte er davon geträumt, dass sie ihn mit seinem Vornamen ansprach und nicht mit ‚Hoheit'? Wie sein Körper mit ihrem verschmolz?

Er zeichnete eine Linie aus Küssen auf ihrem Hals und genoss den Geschmack ihrer süßen, sommersprossigen Haut. Ihr Atem tanzte über sein Ohr und ihr Herz klopfte an seinem. Zum ersten Mal in seinem Leben wusste er mit absoluter Gewissheit, dass er die Frau gefunden hatte, die er liebte.

„Hast du überhaupt eine Ahnung, wie sehr ich dich will?", hörte er sich fragen, während er ihren Hals küsste.

„A-Antony", stammelte sie und ihr Atem stockte. „Wir müssen aufhören."

„Niemand kann uns sehen", flüsterte er an ihrem Nacken, dann küsste er sie erneut und hinterließ mit seinen Lippen eine feuchte Spur bis zu ihrem Ohr. „Niemand rührt sich."

„Das ist es nicht." Ihre Hände wanderten seinen Rücken hinauf, dann umfasste sie sein Gesicht und zwang ihn, ihr in die Augen zu sehen. „Ich möchte nicht aufhören. Aber das müssen wir."

Dann hörte er es. Ein leises, dumpfes Geräusch, das er für das Donnern seines Herzschlags in seinen Ohren gehalten hatte. Aber jetzt, als er genauer hinhörte, erkannte er es als das anhaltende Rotorgeräusch eines Hubschraubers. Er hätte wissen müssen, dass Emiliano bei der ersten Gelegenheit zurückkehren würde, um mehr Vorräte zu bringen und sich von seinem Wohlbefinden zu überzeugen.

Er schloss für einen Moment die Augen, legte seine Schläfe an ihre und genoss, wie sie seine Wange mit ihren Fingerspitzen liebkoste. Er atmete tief durch, kämpfte darum, seinen Körper und seinen Puls wieder unter Kontrolle zu bekommen, und begegnete dann erneut ihrem Blick. „Du hast recht. Das müssen wir. Aber wenn du nicht willst –"

„Antony –"

„Wir werden das später fortsetzen. Ich werde einen Weg finden, Emiliano aufzuhalten." Er gab Jennifer einen kurzen Abschiedskuss, dann zog er sich am Geländer hoch und reichte ihr seine freie Hand. Das Bild, das sie beide abgaben, ließ ein schalkhaftes Lächeln auf seinem Gesicht erscheinen. Sein Hemd hing aus der Hose, Jennifers Oberteil war auf ihren Schultern verrutscht. Ihr Haar, das sich teilweise aus dem Pferdeschwanz gelöst hatte, wirkte, als hätte sie es seit einer Woche nicht mehr gebürstet.

Er fand es toll, dass sie wegen ihm so aussah.

„Ich schätze, die Arbeit sollte an erster Stelle stehen", sagte Jennifer, während sie ihr Oberteil richtete und sich danach um ihren Zopf kümmerte. Das Tageslicht würde bald zurückkehren und dann würden sie von den nahen Zelten aus zu sehen sein. Wenn das Zwitschern der Vögel bei Sonnenaufgang das Lager nicht aufweckte, würde es das Geräusch des Hubschraubers tun. „Auch wenn du kaum so aussiehst, als wärst du bereit für die Arbeit, die du normalerweise machst."

„Nicht?"

„Nein. Ganz bestimmt nicht." Sie deutete auf seine Hose. Als er ihrem Blick folgte, sah er getrockneten Schlamm an seinen Knien.

„Nun, ich werde mit meinem Kammerdiener darüber sprechen müssen." Er reichte ihr die auf dem Geländer abgestellte Taschenlampe und zeigte dann auf den Helikopter. „Wenn wir Emiliano am Hubschrauberlandeplatz abpassen wollen, sollten wir uns beeilen. Es wird nicht mehr lange dauern, bis er landet."

Jennifer blickte dem herannahenden Helikopter entgegen, dann schlug sie den Weg zu ihrem Trailer ein. Er folgte ihr, wobei eine Hälfte seines Gehirns Jennifer von hinten bewunderte, während die andere Hälfte wusste, die Rückkehr des Hubschraubers bedeutete, dass er allzu bald in sein königliches Leben zurückkehren musste. Mit etwas Glück würde ihm etwas einfallen, um seinem Vater sein Verhalten zu erklären, bevor er und Emiliano in San Rimini ankamen.

Sie verschwand gerade lange genug im Inneren, um die Schlüssel für den Land Rover zu holen. Auf der Fahrt zum Hubschrauberlandeplatz reichte sie ihm ein Päckchen mit Einweg-Ohrenstöpseln.

„Hier gibt es keinen High-End-Gehörschutz", sagte sie und steckte sich die gelben Schaumstoffstücke in die Ohren, während sie fuhr. Sie parkte in der Nähe des Windsacks. Antony ergriff Jennifers Arm, um ihr die steile Anhöhe hinaufzuhelfen, von wo aus sie den Landeplatz überblicken und sich vergewissern konnten, dass er frei von Steinen und anderem Geröll geblieben war. Als der Helikopter in den Sinkflug ging, neigten sie den Kopf nach unten, um die Augen vor dem Staub zu schützen, den die Rotorblätter aufwirbelten. Als Emiliano aufsetzte, hob Antony die Hand, um den Piloten zu begrüßen, und sah, dass zwei Personen in dem Hubschrauber saßen. Die Gestalt auf dem Sitz neben dem Piloten war unverkennbar, auch mit dem Helm, der das Gesicht verdeckte.

Jennifer schaute Antony an, denn sie hatte bemerkt, dass er

beim Winken stockte. Über das Motorengeräusch des Hubschraubers hinweg fragte sie: „Was ist los?"

„Nichts. Ich warte auf Emilianos Signal. Sicher müssen Vorräte ausgeladen werden."

Jennifers Blick wanderte zum Vordersitz des Helikopters. „Sieht so aus, als hätte er Unterstützung mitgebracht."

„Sieht so aus", sagte Antony und zwang sich zu einem Lächeln.

Er vermutete, dass Emiliano über diese Unterstützung ebenso wenig erfreut war wie er selbst.

KAPITEL 13

JENNIFER STRICH sich die Haare aus den Augen, während sie und Antony auf Emilianos Signal warteten, dass sie den Hubschrauberlandeplatz sicher überqueren konnten. Die Ladung würde ein Segen für das Lager sein, bis weitere Leute von der Flüchtlingshilfe und das Rote Kreuz eintrafen, um die Bestände aufzufüllen, aber Jennifer fiel es schwer, sich in diesem Moment auf praktische Dinge zu konzentrieren.

Mit ihrem Geist war sie Antony genauso verfallen wie mit ihrem Körper.

Hatte Pia sie nicht gewarnt, dass sie ihr Herz verlieren könnte, wenn sie ihn noch einmal küsste? Nun, sie hatte diese Theorie auf jeden Fall auf die Probe gestellt. Und leider hatte Pia recht gehabt. Die Augenblicke, die sie miteinander auf der Brücke verbracht hatten, fühlten sich intensiver, intimer an als alles, was sie zuvor erlebt hatte, es ging sogar tiefer als das letzte Mal, als sie mit jemandem geschlafen hatte. Als *jedes Mal*, wenn sie mit jemandem geschlafen hatte.

Verstohlen warf sie einen kurzen Blick auf Antony. Er hatte es auch gespürt: die Nervosität, die Vorfreude, die tiefe seelische Anziehungskraft. Sie waren beide alt genug, um zu verstehen, dass dies mehr war als bloßes Verlangen; ihre Gefühle waren mit im Spiel. Aber als der königliche Hubschrauber einflog, hatte er sich versteift. Er hatte geschwiegen, als sie das Lager durchquerten und in den Land Rover stiegen, und dann gezögert, als er die Hand hob, um die Insassen des Helikopters zu grüßen, als ob er sich mental in sein ach-so-förmliches-Ich zurückverwandeln würde.

Es war, wie Pia es vorhergesagt hatte. Letztendlich gehörte Antony einer Welt an, die von gesellschaftlichen Schichten geprägt war. Auch wenn sie begonnen hatte, ihn als Antony und nicht als Prinz Antony zu sehen, war sie in ihrer Welt zu Hause und er in seiner.

Jennifer stieß mit dem Zeh einen Stein weg von der Kante des Hubschrauberlandeplatzes. Sobald er seinen Fuß in den Palast gesetzt hatte, würde er erkennen, dass es für alle das Beste war, wenn er zu seinen Pflichten zurückkehrte, Francesca heiratete, wie sein Vater es wünschte, und seinem Volk als rechtschaffener und verlässlicher Herrscher diente.

Das war nun mal der Lauf der Welt, nicht wahr? Er hatte seine Pflichten, sie hatte ihre. Wenn eine mögliche Beziehung mit diesen Pflichten unvereinbar war, dann musste die Beziehung eben beendet werden. Das Wohlergehen von Hunderten von Menschen – oder in Antonys Fall von Hunderttausenden – hing davon ab, dass sie beide ihre Aufgaben erfüllten.

Auf Emilianos Zeichen hin trat sie von dem felsigen Hügel auf den Hubschrauberlandeplatz, zuckte aber überrascht zusammen, als Antony sie am Arm fasste und mit seinem festen, sicheren Griff dafür sorgte, dass sie nicht stolperte. Als sie den Landeplatz überquerten, sah er sie nicht an, ließ ihren Arm los und lief einen Schritt voraus.

Die Rotorblätter verlangsamten sich und die Männer im Inneren lösten ihre Sicherheitsgurte. Jennifer setzte ihr freundlichstes Gesicht auf, um sie zu begrüßen. Auch wenn sie wusste, dass Antony gleich abreisen würde, bedauerte sie nichts. Für den Rest ihres Lebens würde sie die Begegnung dieses Morgens in ihrem Herzen tragen und wissen, was hätte sein können. Sie hätte es nie von einem Prinzen mit seinem Ruf gedacht, aber Antony war nicht gleichgültig. Er hatte die Charakterstärke, die Grenzen seiner Stellung zu überwinden und sich für die Bedürftigen einzusetzen, bis hin zu dem Punkt, dass er bereit war, seine eigene Sicherheit aufs Spiel zu setzen, und sie war daran gewachsen, ihn zu kennen. Die Zeit mit Antony hatte ihr gezeigt, dass die Sorge um seine Untertanen und die Bedürftigen seine wahre Motivation im Leben war und nicht das Streben nach politischen Vorteilen oder Popularität in der Presse. Sie erkannte, dass sie die Mächtigen ihr Leben lang falsch eingeschätzt hatte. Diese Vorurteile hatten sie vielleicht sogar davon abgehalten, mit Menschen Kontakt aufzunehmen, denen Bedürftige wirklich am Herzen lagen und die in der Lage waren, zu helfen. Es war eine Schwäche, die ihr nicht bewusst gewesen war.

Antony mochte zwar fortgehen, aber sie würde in ihrem Job besser sein, weil sie ihm begegnet war. Derweil weigerte sie sich, ihm ihren Herzschmerz zu zeigen. Oder auch seinem Piloten. Sie würde ihren Job erledigen und das bisschen Zeit genießen, das ihr und Antony noch blieb, wenngleich sie nicht allein waren.

„*Ssennifer?*" Antonys tiefe, volle Stimme drang in ihre Gedanken. Ihr Herz machte einen Sprung, als sie den starken Akzent hörte, mit dem er ihren Namen aussprach.

„Ja?"

„Du hast vielleicht nicht bemerkt, wer neben Emiliano sitzt."

Als sich die Tür des Hubschraubers öffnete und Antonys Pilot ausstieg lenkte sie ihre Aufmerksamkeit auf den Mann auf dem Passagiersitz. Es dauerte ein paar Sekunden, bis ihr klar wurde, dass die Kleidung des Mannes viel zu förmlich für Haffali war, doch dann stockte ihr der Atem.

„König Eduardo?"

Kein Wunder, dass Antony gezögert hatte, als er das Cockpit sah. Und so viel dazu, die Zeit zu genießen, die sie und Antony noch hatten.

„Soll ich euch allein lassen? Vielleicht –"

„Nein."

Sie klappte den Mund zu. Währenddessen half Emiliano dem König aus dem Hubschrauber. Selbst von ihrer Position hinter Antony aus konnte sie an den zusammengezogenen Brauen des Königs erkennen, dass er nicht froh war, in Haffali zu sein.

„Komm mit."

Sie blinzelte, verwirrt über Antonys Vorschlag, folgte ihm aber die letzten paar Schritte bis zu der Stelle, wo sein Vater neben dem Helikopter stand.

„Prinz Antony." Die Miene des Königs wurde noch finsterer, als er den Namen seines Sohnes aussprach.

„Hoheit." Antonys Ton verriet nicht, dass er sich des Unmuts seines Vaters bewusst war. „Darf ich dir Miss Jennifer Allen vorstellen? Da du an dem Stipendienfonds-Dinner von San Rimini nicht teilnehmen konntest, habt ihr beide die Gelegenheit verpasst, einander kennenzulernen."

Sie merkte, dass sein ehrerbietiger Ton mehr als eine Frage des Protokolls war; er versuchte, die Wogen zu glätten und seinen Vater zu beschwichtigen. Antony fuhr fort: „Wie du weißt, hat Miss Allen mit ihrer Rede beim Dinner dazu beigetragen, dass eine beträchtliche Summe zur Unterstützung der Studierenden von San Rimini gesammelt werden konnte. Außerdem erhalten diese dadurch die Möglichkeit, sich ehrenamtlich für eine Reihe nützlicher Organisationen zu engagieren."

Der König streckte ihr seine Hand entgegen. „Miss Allen, es ist mir eine Freude, Sie kennenzulernen."

Jennifer war nicht sicher, wie sie sich verhalten musste, also neigte sie den Kopf, als sie ihm die Hand schüttelte. Sie spürte, dass sich hinter König Eduardos strenger Miene ein ruhiges, beherrschtes Gemüt verbarg. Sein dunkelgrauer Anzug, das cremefarbene Hemd und die teure Krawatte verliehen ihm die gleiche Selbstsicherheit, die ihr bei Antony aufgefallen war, als sie sich kennengelernt hatten. Er hatte eine Statur, die ihn viel jünger erscheinen ließ, und obwohl sein Haar an einigen Stellen graumeliert war, hatte es sich nicht gelichtet wie bei den meisten Männern mittleren Alters. Die leichten Fältchen um seine Augen ließen ihn eher distinguiert und weise erscheinen als älter.

Sie stellte sich vor, dass Antony in etwa zwanzig Jahren seinem Vater sehr ähneln würde.

„Es ist mir eine Ehre, Sie kennenzulernen, Hoheit", brachte Jennifer schließlich heraus. „Prinz Antony hat sehr viel für die Menschen in Rasovo getan. Wir sind so froh, dass er während unserer Krise persönlich Vorräte bringen konnte und dass Sie nun dasselbe tun. Sie können sich gar nicht vorstellen, wie sehr Ihre Anwesenheit die Moral der Flüchtlinge stärken wird. Ich danke Ihnen."

Der König hob eine Hand. „Sehr gern geschehen, aber ich fürchte, Sie missverstehen da etwas, Miss Allen. Es ist zwar schön, zu wissen, dass mein Sohn Ihnen eine Hilfe war, aber leider können wir nicht bleiben. Er hat heute Abend einen dringenden Termin im Palast. Sobald wir die Vorräte ausgeladen haben, müssen wir nach San Rimini zurückkehren."

„Wie schade!" Jennifer zwang sich, ihr Kinn trotz der Abfuhr, die der Monarch ihr erteilt hatte, hochzuhalten. Antony mochte im Moment zwar schmuddelig aussehen und sie mochte sich endlich in seiner Nähe wohlfühlen, doch die Gegenwart des würdevollen Königs machte ihr unmissverständlich klar, dass sie nicht in seiner Liga spielte.

Antony legte seinem Vater eine Hand auf den Rücken und drängte ihn sanft vorwärts. „Du siehst müde von dem Flug aus, Vater. Vielleicht wäre es angebracht, auf einen Kaffee einen kurzen Abstecher zum Essenszelt zu machen? Das Ausladen wird einige Zeit in Anspruch nehmen, also kannst du dir ruhig noch etwas von dem Lager ansehen und danach eine Tasse trinken, bevor wir abfliegen."

Der König blickte zu Emiliano, der bestätigte, dass er etwas Zeit benötigte.

„Bitte schließ dich uns an, Jennifer. Wir können im hinteren Bereich sitzen." Antony warf ihr einen Blick zu, der verriet, dass es sich nicht um eine Einladung handelte. Er erwartete, dass sie mitkam, und in dem kleinen Raum im hinteren Teil des Zeltes würden sie genug Privatsphäre haben. Warum er das wollte, konnte sie nach dem höflichen, aber unmissverständlichen Versuch seines Vaters, ihn von ihr fortzureißen, nicht nachvollziehen. Indem er sie aufforderte, mitzukommen, und so den Fragen seines Vaters auswich, schaufelte er sich wahrscheinlich eine noch tiefere Grube.

„Natürlich. Ich werde ein paar Freiwillige zusammenrufen, die in der Zwischenzeit die Vorräte abholen."

Zwanzig Minuten später hatte Jennifer König Eduardo so viel von dem Lager gezeigt, wie er ihrer Vermutung nach sehen wollte. Wahrscheinlich sogar mehr. Er schien grundsätzlich nichts dagegen zu haben, dass Antony die Flüchtlingshilfe unterstützte, aber als sie durch das Camp gingen, das jetzt zum Leben erwachte, verrieten seine unwirschen Antworten, dass der König wünschte, sein Sohn wäre etwas weniger engagiert.

Wahrscheinlich wegen Antonys „dringender Verpflichtung", wobei sie vermutete, dass es sich dabei um die Verpflichtung handelte, seine Verlobung bekannt zu geben.

Sie griff in ein kleines Regal und nahm die am wenigsten hässliche Tasse heraus, die sie finden konnte, um sie mit Kaffee für den König zu füllen. Dabei spürte sie, dass die Blicke des älteren Mannes auf sie gerichtet waren. Sie fragte sich, ob ihm auf ihrer Kleidung die gleichen Schmutz- und Grasflecken aufgefallen waren wie auf Antonys. Wenn ja, war es kein Wunder, dass er sich nicht für sie zu erwärmen schien.

Seine oberste Priorität war es, seinen Sohn mit einer geeigneten Königin an seiner Seite auf den Thron zu bringen. Offensichtlich war er der Meinung, dass es für Antony an der Zeit war, eine Familie zu gründen. Eine Amerikanerin, die Latrinen aushob und für ihren Lebensunterhalt Flüchtlingsunterkünfte organisierte, passte nicht in dieses Bild. Dass Antony in gefährliches Gebiet geflogen war, um ihr zu helfen, machte die Sache nicht besser.

Sie füllte die Tasse des Königs aus einem großen Kaffeespender und kehrte zu dem langen Holztisch zurück, an dem Eduardo Antony gegenübersaß, der sich bereits einen Becher Wasser genommen hatte.

„Ich entschuldige mich für die Qualität des Kaffees, Hoheit." Sie stellte die Blechtasse vor den unerschütterlichen König. „Und ich fürchte, wir haben im Moment kein feines Porzellan mehr. Dies ist das Beste, was wir zu bieten haben."

Sie wollte Milch und Zucker holen, doch er lehnte ab. „Ich bin froh, überhaupt Kaffee zu bekommen. Ich danke Ihnen für Ihre Freundlichkeit und für die Führung durch das Lager." Er drehte den Kopf so, dass er den Hauptbereich des Essenszelts sehen konnte, wo die Flüchtlinge jetzt für das Frühstück anstanden. „Sie beherbergen hier mehr Flüchtlinge, als ich erwartet hatte. Ich hoffe, die bevorstehenden Gespräche werden fruchtbar sein. Ich glaube, Ihre Bewohner wünschen sich nichts sehnlicher, als in ihre eigenen Häuser zurückzukehren und das wieder aufzubauen, was sie vor Beginn der Kämpfe hatten."

„Das ist auch meine Hoffnung."

Der König wandte sich an Antony. „Wie lange, glaubst du, wird es dauern, bis die Vorräte ausgeladen sind? Sosehr ich den Kaffee und Miss Allens Führung auch schätze, wir haben in San Rimini einiges zu tun."

Antony schaute Jennifer an und zog fragend eine Augenbraue hoch.

„Ich denke, eine halbe Stunde, Hoheit." Plötzlich fühlte sie sich wie ein Eindringling, obwohl der König sich bemühte, höflich zu sein. „Wünschen Sie, dass ich zum Hubschrauberlandeplatz zurückkehre, um den Fortgang zu überprüfen?"

„Danke, Miss Allen. Das wäre sehr freundlich von Ihnen."

„Nein." Antony erhob sich. „Mir wäre es lieber, du würdest bleiben."

Der König runzelte die Stirn. Er warf Antony einen warnenden Blick zu, dann griff er in die Innentasche seines Jacketts und zog ein kleines, schwarzes Kästchen heraus. Was immer es war, Antony erkannte es sofort. Sein Rücken versteifte sich und ein Muskel an seinem Kiefer zuckte.

„Leider ist dies eine Staatsangelegenheit, Miss Allen. Sie geben uns Bescheid, wenn Emiliano bereit ist, den Rückflug nach San Rimini anzutreten?"

Jennifer nickte dem König zu, dann stand sie auf, um den Raum zu verlassen und zum Hauptteil des Zeltes zu gehen. Es war keine anstehende Staatsangelegenheit – so beschränkt war sie nicht –, aber sie wollte auf keinen Fall in einen Streit zwischen Vater und Sohn geraten. Vor allem nicht zwischen diesem Vater und seinem Sohn.

„Bitte *bleib*!" Antonys Stimme strahlte eine Autorität aus, von der Jennifer geglaubt hatte, sie wäre denen vorbehalten, die bereits auf dem Thron saßen. „Dies mag eine Staatsangelegenheit sein, aber sie betrifft dich direkt."

„Prinz Antony, ich will gerne –"

Das Gesicht des Königs verfinsterte sich. „Vielleicht sollten Sie bleiben, Miss Allen. Es wird für Sie von Vorteil sein, dies aus erster Hand zu erfahren. Ich verlasse mich jedoch darauf, dass Sie sich nicht öffentlich über dieses Gespräch äußern werden, insbesondere nicht gegenüber der Presse. Es muss alles in diesem Zelt bleiben. Ist das klar?"

Jennifer kehrte zum Tisch zurück und war plötzlich voll Zorn, dass der König so etwas von ihr denken konnte. „Nach dem, wie die Presse letzte Woche mit mir umgegangen ist? Das entspricht nicht meinen Wertvorstellungen, Hoheit."

Die Augen des Königs weiteten sich fast unmerklich und sie bemühte sich, ihren Ärger im Zaum zu halten. „Ich entschuldige mich, Hoheit. Wenn Antony darauf besteht, werde ich bleiben. Aber Sie müssen verstehen, dass ich nicht den Wunsch habe, hier zu sein, wenn es sich um eine private Angelegenheit handelt, geschweige denn in Betracht ziehe, Reportern von dem Gespräch zu berichten. Ich würde niemals mit der Presse über Ihre Familie sprechen. Dafür habe ich zu viel Respekt vor Antony. Und ehrlich gesagt, möchte ich nichts tun, was diesem Lager oder seinen Bewohnern schaden könnte."

König Eduardo betrachtete sie einen Moment, nickte dann und wies auf den leeren Platz auf der Bank ihm gegenüber, bevor er Antony mit der gleichen Geste aufforderte, sich ebenfalls zu setzen. Jennifer betrachtete die beiden einen Augenblick lang, kam zu dem Schluss, dass sie ihren Standpunkt deutlich gemacht hatte, setzte sich schweigend und faltete unter dem Tisch ihre Hände im Schoß.

Antony starrte seinen Vater an und sandte ihm eine stumme Botschaft, die Jennifer nicht verstand, bevor er sich neben ihr niederließ.

Der König holte tief Luft und umschloss mit beiden Händen seine Kaffeetasse. Mit fester, aber leiser Stimme, die nicht weiter als bis zu Antony und Jennifer dringen würde, sollte sich jemand auf der anderen Seite der Tür befinden, sagte er: „Was Sie nicht wissen, Miss Allen, ist, dass ich aus gesundheitlichen Gründen vielleicht nicht mehr lange auf dem Thron sein werde. Aus diesem Grund ist es unerlässlich, dass mein Sohn in naher Zukunft eine passende Frau heiratet. Ich habe bisher vergeblich versucht, ihn mit geeigneten Frauen zusammenzubringen."

„Was mir nur einen Ruf eingebracht hat, den ich nicht wollte und nicht verdient habe", murmelte Antony gerade laut genug, dass Jennifer es verstehen konnte.

Entweder hörte der König die Bemerkung nicht oder er ignorierte sie. Stattdessen blieb seine Aufmerksamkeit auf Jennifer gerichtet. Sie war ihm noch nie zuvor persönlich begegnet und diese Erfahrung fühlte sich surreal an. Aber jetzt, wo sie die Gelegenheit hatte, ihn genau zu betrachten, stellte sie fest, dass er abgespannter wirkte als im Fernsehen. Auch hatte er das Dinner für den Stipendienfonds verpasst.

Was immer seine Krankheit sein mochte, er hatte das Geheimnis gut gehütet.

„Mein Zustand wird noch früh genug öffentlich bekannt werden", sagte er, als ob er ihre Gedanken lesen könnte. „Es wird Anlass zur Sorge bestehen, und das ist nie gut, wenn man will, dass die Wirtschaft stabil und das Vertrauen in die Regierung hoch bleiben. Aus diesem Grund habe ich Prinz Antony gebeten, bis zum Jahresende zu heiraten."

Er warf einen Blick auf Antony und schaute dann wieder zu Jennifer. Sie hätte schwören können, dass seine Schultern ein wenig heruntersanken. „Antony ist die Zukunft von San Rimini, aber nur, wenn er heiratet und Kinder bekommt. Deshalb war es auch so ungünstig, dass nach dem Dinner diese Fotos gemacht wurden. Ich wusste, dies würde den Anschein erwecken, dass Antony nicht reif für die Ehe ist. Deshalb habe ich ein paar Palast-Insider beauftragt, den Reportern einen Tipp zu geben, dass Antony unfreiwillig daran beteiligt war."

„Was?", riefen Antony und Jennifer gleichzeitig.

Der König hob eine Hand. „Mir ist klar, dass dies weder zutrifft noch schmeichelhaft für Sie war, Miss Allen, und ich entschuldige mich dafür. Aber in diesem Moment musste ich meine Familie schützen. Ich wusste, dass die Bilder innerhalb von Stunden, wenn nicht sogar Minuten nach dem Aufbruch des Fotografen verbreitet werden würden. Ich hatte mich bereits mit einer guten Freundin in Verbindung gesetzt, weil ich eine Ehe zwischen Antony und ihrer Tochter zu arrangieren hoffte. Ich wusste zwar nicht, ob diese Gespräche Früchte tragen würden, aber ich konnte nicht zulassen, dass sie scheiterten, bevor sie überhaupt stattgefunden hatten.“

Jennifer ballte ihre Hände unter dem Tisch zu Fäusten. „Sie haben mich nicht nur persönlich in ein schlechtes Licht gerückt, Hoheit, Sie haben möglicherweise auch meine Chancen, Freiwillige zu finden, deutlich geschmälert. Die Leute überlegen es sich jetzt vielleicht zweimal, ob sie für Antonys neues Stipendienprogramm spenden sollen, wenn sie wissen, dass ich damit in Verbindung stehe. Und selbst wenn das kein Problem ist, könnten die Stipendiaten zögern, sich freiwillig für den Einsatzort hier zu melden. Sie würden sich wahrscheinlich für eine andere Organisation entscheiden.“

„Im Nachhinein verstehe ich das. Und ich möchte mich nochmals entschuldigen. Sobald die Monarchie wieder auf festerem Grund und Boden steht, werde ich die Einwohner von San Rimini persönlich dazu ermutigen, für den Stipendienfonds und auch direkt für Ihr Projekt zu spenden. Ich bin heute Morgen hierhergekommen, weil ich mich so schnell wie möglich wieder auf diesem festeren Grund und Boden befinden möchte.“

Er schob Antony das schwarze Kästchen zu, das er aus seiner Tasche genommen hatte. Langsam öffnete Antony es und ein schmaler, juwelenbesetzter Goldring kam zum Vorschein.

„Mutters Ring“, murmelte er, obwohl er offensichtlich bereits gewusst hatte, was das Kästchen enthielt.

„Sie war stolz, ihn zu tragen.“ Während Eduardo den Ring betrachtete, hörte Jennifer, wie sich eine gewisse Wehmut in seine Stimme schlich. „Du weißt, wie sehr ich sie geliebt habe und wie sehr ich wünschte, sie wäre noch am Leben und könnte ihn jetzt tragen. Aber als sie starb, war es ihr eine Freude, zu wissen, dass du den Ring bekommen würdest, für deine Frau.“

Der König räusperte sich und seine Stimme wurde wieder

fest und sicher: „Heute Abend werden Francesca und ihre Mutter zum Abendessen im Palast sein. Ursprünglich wollten sie schon gestern kommen, doch als ich feststellte, dass du hierhergereist warst, habe ich eine Ausrede gebraucht. Das kann ich nicht noch mal machen. Du wirst ihr diesen Ring überreichen und sie bitten, deine Frau zu werden. Wir werden die Ankündigung aufschieben, bis genügend Zeit verstrichen ist und die Presse Gelegenheit hatte, euch zusammen zu sehen, aber es ist bereits alles arrangiert.“

Er blickte Jennifer an. „Es tut mir leid, Miss Allen. Ich zweifle nicht daran, dass Sie eine Frau mit einem starken Charakter sind, und ich glaube, dass Ihnen mein Sohn etwas bedeutet. Aber Francesca ist eine angemessene Braut für einen Kronprinzen und angesichts meines Gesundheitszustandes braucht mein Land so schnell wie möglich eine Königin und einen Erben. Es gibt keinen anderen Weg.“

Jennifers Inneres krampfte sich zusammen und sie war sicher, dass ihr das Herz brechen würde. Aber König Eduardo erzählte ihr nichts, was sie nicht schon insgeheim wusste.

Die Tür zum Raum flog auf und alle drei schreckten zusammen. Pia rief: „Hey, Jennifer, ist Prinz Antony bei dir? Da ist –“

Sie erstarrte und ihre Augen weiteten sich beim Anblick von König Eduardo, der mit einer Blechtasse voll Kaffee gegenüber von Jennifer saß. Pia machte sofort einen Knicks, auch wenn es seltsam aussah, da sie ihre Arbeitskleidung trug. „Hoheit. Ich entschuldige mich für die Unterbrechung. Der Pilot hat mich gebeten, Prinz Antony mitzuteilen, dass der Hubschrauber bereitsteht.“

„Ich danke Ihnen“, erwiderte der König.

Pia warf Jennifer einen Blick zu und ihre Augen schienen zu fragen: *Was um alles in der Welt geht hier vor?*, bevor sie wieder durch die Tür verschwand.

König Eduardo schaute ihr nach und sagte dann: „Sie kommt

aus San Rimini, nehme ich an. Ich höre es an ihrer Stimme. Ist sie die Cousine von Visconte Renati?"

„Ja", antwortete Jennifer.

„Aha. Ich hatte gehört, dass eine Cousine von ihm hier arbeitet. Sie haben verschiedene Haar- und Augenfarben, aber es besteht eine große Ähnlichkeit im Gesicht." Er hielt inne, nahm einen Schluck von seinem Kaffee und lächelte Jennifer an. „Miss Allen, ich danke Ihnen nochmals für den Rundgang und Ihre Gastfreundschaft. Ich verstehe, dass ich Sie in eine Situation gebracht habe, die Sie sich nicht ausgesucht haben. Sobald jedoch die Verlobung meines Sohnes offiziell bekannt gegeben worden ist, werde ich mein Bestes tun, um dies wiedergutzumachen. Ich werde dafür sorgen, dass Prinz Antony alle nötigen Mittel erhält, um den Stipendienfonds von San Rimini zu fördern, und ich werde meine Freunde persönlich dazu ermuntern, das Projekt zu unterstützen."

Er stand auf, strich seinen dunkelgrauen Anzug glatt und nickte Antony zu. „Sollen wir? Wir haben nur ein paar Stunden Zeit, bevor Contessa Benedetta und ihre Tochter im Palast ankommen, und es müssen noch einige Vorbereitungen getroffen werden."

„Noch nicht." Ohne aufzustehen, klappte Antony das Kästchen mit dem Ring zu und drehte es in seinen Händen. Er schaute zu seinem Vater auf und Jennifer sah, wie sich sein Kiefer für einen Moment anspannte. „Ich habe mich mein ganzes Leben lang an deine Wünsche gehalten. Aber ausnahmsweise – nur dieses eine Mal – bitte ich dich, zuerst meine Meinung anzuhören. Ich begreife sehr wohl, dass es meine Pflicht ist, eine Frau zu heiraten, die schließlich Königin werden kann mit allem, was dazugehört. Es ist viel verlangt, von jedem. Ich weiß, dass Francesca in der Lage ist, diese Rolle auszufüllen. Ich verstehe auch die Dringlichkeit, mit der du mich verheiraten willst. Aber ich glaube, ich habe eine bessere Lösung für das Problem."

Der König schüttelte den Kopf. „Es gibt keine andere Lösung. Das Land braucht eine stabile Thronfolge, was bedeutet, dass du heiraten musst."

Unbeirrt fuhr Antony fort: „Das ist nicht wahr. Du hast es selbst gesagt: Du würdest in Betracht ziehen, Federico den Thron zu überlassen, wenn ich im kommenden Jahr nicht heirate."

„Als ein –"

„Bitte, lass mich ausreden. Tu es zumindest Jennifer zuliebe. Das bist du ihr schuldig, nach allem, was du der Presse erzählt hast."

„Miss Allen hat mit der Sache nichts zu tun."

Jennifer blickte Antony an und sah in seinen Augen, was er gleich tun würde. Ihr Magen kribbelte vor Freude und gleichzeitig auch vor Entsetzen. Sosehr sie es wollte, sie konnte es nicht zulassen.

„Antony, König Eduardo hat Recht", begann sie und war selbst überrascht, wie fest ihre Stimme klang. „Heirate Francesca. Oder lerne sie wenigstens kennen und überlege es dir. Es ist das Beste für dein Land und letztendlich wird dich glücklich machen, was das Beste für dein Land ist. Das weißt du doch."

Unbeeindruckt lehnte sich Antony weiter zu ihr hinüber und legte seine Hand an ihre Wange. „Genau. Und deshalb möchte ich dich heiraten."

KAPITEL 14

JENNIFER STAND DER MUND OFFEN. Okay … das war nicht ganz das, was sie erwartet hatte.

Antony wollte sie *heiraten*? Wie sollte das möglich sein?

Er konnte sie nicht heiraten, egal, wie stark die Anziehungskraft zwischen ihnen auch war.

Sein Vater – ganz zu schweigen von seinen Untertanen – würde diese Idee rundweg ablehnen. Und dann waren da noch Francesca und das Gerede, dass der Thron an Federico gehen könnte. Das musste eine heftige Diskussion gewesen sein und Jennifer konnte sich nicht vorstellen, dass sie leichtfertig geführt worden war.

Nein. Es war einfach nicht möglich. Selbst wenn sie und Antony eines Tages beide beschließen würden, dass sie heiraten wollten, würde die Verachtung, die die Menschen von San Rimini möglicherweise für sie empfinden würden, ihre Arbeit stark beeinträchtigen. Sie hätte keine Chance, genügend Hilfskräfte zu finden, um den Betrieb des Lagers aufrechtzuerhalten. Sosehr sie Antony liebte, sosehr sie auch davon träumte, den Rest ihres Lebens mit ihm zu verbringen, sie durfte den Menschen nicht schaden, die sie hier in Rasovo kennengelernt und lieb gewonnen hatte – und vor allem beschützen wollte.

Antony schaute sie an, die Mischung aus Hoffnung und Liebe in seinen Augen war nicht zu übersehen. „Ich hätte inzwischen Dutzende Frauen treffen und heiraten können, Jennifer. Ich bin mit Frauen ausgegangen, die nett waren, intelligent, die mich zum Lachen gebracht haben, und mit einigen, die … sagen wir mal, nicht so nett waren, aber auf dem Papier trotzdem zu mir passten. Doch das bedeutet nicht, dass eine von ihnen die Richtige fürs Leben wäre, nicht für mich. Ich glaube aber, dass du es bist." Er verzog den Mund zu einem schiefen Grinsen. „Meine Mutter, Königin Aletta, hat mir einmal gesagt, sie wusste sofort, dass sie meinen Vater liebte, als sie ihm begegnete. Nun, ich weiß, was sie damit gemeint hat. Und mein Vater weiß es auch. Denn er fühlte dasselbe in dem Moment, als er Aletta Masciaretti traf. Ich könnte dir eine ganze Reihe von einzigartigen, romantischen Dingen erzählen, die er für sie getan hat, weil er sie so sehr liebte."

„Antony, hör auf." Das Gesicht von König Eduardo wurde feuerrot.

Antony sprang von seinem Platz auf. „Bitte, Vater. Lass mich ausreden. Ich glaube, Jennifer wäre eine weitaus bessere Wahl als Francesca, sowohl für mich persönlich als auch für die Zukunft von San Rimini."

„Antony." Sie legte eine Hand auf seinen Arm. „Wir könnten niemals verheiratet sein. Es würde nicht funktionieren."

Er schaute sie so intensiv an, dass sie erstarrte. „Liebst du mich, Jennifer?"

Sie schluckte. Sie konnte ihn nicht anlügen, auch wenn es zum Besten gewesen wäre. Er würde es merken. Sie schloss für einen Moment die Augen und begegnete dann seinem Blick. „Ja, das tue ich."

Ein Lächeln ging über Antonys Gesicht.

„Aber –"

„Dann solltest auch du mich aussprechen lassen."

Er nahm das Samtkästchen vom Tisch. „Was weißt du über diesen Ring? Über seine Geschichte?"

Sie zögerte. „Ich fürchte, ich weiß nichts darüber."

Der König verschränkte die Arme vor der Brust und schien sich damit abzufinden, dass er seinen Sohn ausreden lassen musste, wenn er die Debatte beenden und zum Hubschrauber zurückkehren wollte.

„Er befindet sich seit Generationen im Besitz meiner Familie. Wegen seiner Geschichte hat jede diTalora-Königin ihn als Symbol ihrer Liebe zu unserem Land getragen." Antony strich mit dem Daumen über den Deckel des Kästchens. „Vor etwa siebenhundert Jahren kaufte König Bonifacio Amedeo, einer meiner Vorfahren, Diamanten und Rubine von ausländischen Händlern und ließ sie in einen Goldring einsetzen. Er entwarf ihn für eine Griechin namens Danae, die er zufällig auf seinem Besuch bei einem wohlhabenden Gutsbesitzer in Thessalien kennengelernt hatte. Einige Erzählungen besagen, dass sie in der Küche des Gutsbesitzers arbeitete, andere, dass sie seine Tochter war. Sicher ist, dass viele Bewohner von San Rimini sie nicht mochten. Sie glaubten, der König wäre ihrer Schönheit verfallen und hätte sich Hals über Kopf in eine Ehe mit ihr gestürzt. Danae sprach unserer Sprache kaum und verstand die Sitten und Gebräuche von San Rimini nicht, deshalb dachte man, dass sie sich dem Volk nicht verpflichtet fühlte und dem König nur schöne Augen gemacht hätte, weil sie nach Reichtum und Macht strebte."

Er öffnete das Kästchen, holte den schmalen Goldring heraus und drehte ihn im Licht, sodass die winzigen rundum darin eingelassenen Juwelen deutlich sichtbar waren. „Steine wie diese waren damals sehr selten, daher galt der Ring als unbezahlbar. Er wurde zum Lieblingsbesitz von Königin Danae. Sie trug ihn immerzu. Als das Land von einer Hungersnot heimgesucht wurde, schickte Königin Danae eine Delegation hierher, in das heutige Rasovo, ohne ihren Mann zu fragen. Sie gab den Ring einem Prinzen im Tausch gegen Lebensmittel. Obwohl sie eine Fremde war, liebte sie die Menschen von San Rimini so sehr, dass sie ihren kostenbaren Ring opferte, um sie zu ernähren. Für ihr selbstloses Handeln hat man sie in liebevoller Erinnerung behalten. Noch heute werden gelegentlich Blumen für sie im Duomo neben ihrer Gedenktafel niedergelegt. Ihr Enkel kaufte diesen Ring nach ihrem Tod von Rasovo zurück und schenkte ihn seiner Braut mit der Begründung, dass es kein besseres Symbol gäbe für die Liebe der Mitglieder der Familie diTalora zueinander und zu den Menschen, die ihnen die Herrschaft ermöglichen. Aus diesem Grund wird er seither von jeder diTalora-Königin getragen."

Er hielt den Ring hoch und sah dabei seinen Vater unverwandt an. „Eine diTalora-Königin sollte die gleichen Qualitäten besitzen wie Königin Danae. Sie sollte selbstlos sein und das Wohlergehen anderer über ihre eigenen Träume von Reichtum oder Privilegien stellen. Viele der Frauen, die du für mich ausgewählt hast, haben vielleicht die richtige Abstammung, um Königin zu werden. Sie mögen sogar gütig und selbstlos sein. Aber keine kann Jennifer das Wasser reichen. Keine berührt mein Herz so sehr wie sie. Wie du dich vielleicht erinnerst, stammte Königin Danae nicht aus einer adligen Familie. Sie besaß lediglich den Geist einer Königin. Und doch ist sie die Königin, die in unserem Land am meisten verehrt wird." Er lächelte ein wenig traurig. „Vielleicht mit Ausnahme von Königin Aletta."

„Mein Sohn", sagte der König mit einem langgezogenen Seufzer, „dies sind andere Zeiten. Die Menschen von San Rimini sind sehr traditionsbewusst. Seit mehreren Generationen verlangen sie eine Königin von adliger Herkunft."

„Und zu Zeiten von König Bonifacio Amedeo wurden Ehen für Macht, Reichtum und Land geschlossen. Die Heirat mit Königin Danae brachte ihm nichts von alldem. Höchstens ein freundschaftliches Verhältnis zu den Griechen." Er drehte sich zu Jennifer um und sie hätte schwören können, dass sie Tränen in seinen Augen schimmern sah. „Jennifer, ich liebe dich, wie ich noch keine andere Frau geliebt habe, und ich weiß aus tiefster Seele, dass ich dich auch morgen und nächstes Jahr und in zehn oder fünfzig Jahren noch lieben werde. Du siehst mich so, wie ich immer gesehen werden wollte: als die Person, die ich bin, und nicht so, wie die Boulevardpresse mich darstellt." Er hielt kurz inne, als würde er nach den richtigen Worten suchen. „Du hast mir auch gezeigt, wie bedeutsam es ist, sich um Menschen zu kümmern. Und wie ich mich wirkungsvoller um sie kümmern kann. Das macht mich zu einem besseren Prinzen, aber was noch wichtiger ist, es macht mich zu einem besseren Menschen. Ich habe mich innerlich noch nie so … so *erfüllt* gefühlt wie in den Stunden, die ich mit dir verbracht habe. Auch wenn das bedeutet, dass ich den Thron nie besteigen werde, möchte ich dich heiraten. Ohne dich wäre mein Leben leer."

Er drückte ihr den Ring in die Hand und hielt ihn dort fest, dann kniete er vor ihr nieder. „Jennifer, willst du meine Frau werden?"

„Antony …" Sie konnte nicht weitersprechen. Sie starrte auf seine und ihre Hand, spürte den Ring, der dazwischensteckte, und begriff die Tragweite seiner Bitte. Wie in Trance erlebte sie diese surreale Szene, dass er vor ihr auf dem Boden des Essenszelts kniete.

Wenn ihr irgendwer gesagt hätte, sie würde jemanden heiraten wollen, den sie erst so kurz kannte, hätte sie das für einen Scherz gehalten. Wenn ihr irgendwer gesagt hätte, dass sie einen Heiratsantrag von einem Prinzen bekommen würde, hätte sie wegen der Absurdität der Aussage kaum zugehört. Aber ganz tief in ihrer Seele wusste sie es. Sie wusste, dass sie mit Prinz Antony diTalora für immer zusammen sein und sehr, sehr glücklich werden konnte. Ihre Eltern hatten das Leben stets als eine Reise beschrieben: Ein Mensch zieht im Laufe der

Jahre von Ort zu Ort, von Erfahrung zu Erfahrung und sollte alle Eindrücke in sich aufsaugen, die er auf seinem Weg findet.

Sie wollte den Rest ihres Lebensweges mit Antony teilen.

Aber das wäre nicht richtig.

„Miss Allen", unterbrach die Stimme des Königs ihre Gedanken. „Sie würden meinen Sohn heiraten, selbst wenn er dadurch den Thron verlöre?"

Sie blinzelte gegen all die Emotionen an, die sie zu überwältigen drohten, und drückte dann Antonys Hand. „Nein. Ich meine, ich würde es tun. Aber das kann und will ich nicht von ihm verlangen."

Sie zwang sich, Antonys Blick zu erwidern, obwohl sie befürchtete, dass er direkt in ihr Herz sehen würde. „Die Menschen von San Rimini lieben dich. Sie wollen, dass du ihr nächster König wirst. Nicht Federico oder ein anderer. Ich hoffe, dass es noch viele Jahre in der Zukunft liegt, aber wenn es so weit ist, wirst du ein wunderbarer König sein. Ich kann nicht –" Sie holte tief Luft, um ein Schluchzen zu unterdrücken. Tränen brannten in ihren Augen. „Ich kann dem nicht im Weg stehen. Es würde sich für mich nicht richtig anfühlen."

Sie blickte zu König Eduardo. „Ich weiß, als Antony mit dieser amerikanischen Schauspielerin zusammen war, wurde sie von der Presse und in den sozialen Medien verrissen. Ich kenne mich gut genug, um zu wissen, dass mich das belasten würde, aber ich könnte damit umgehen. Ich würde einen Weg finden, es auszublenden. Aber Antony sollte nicht darunter leiden. Und die Menschen in diesem Lager auch nicht. Am Ende hätten sie den größten Schaden, wenn mein Ruf öffentlich in den Dreck gezogen wird."

Sie biss sich auf die Lippe, weil sie wusste, dass sie ihr Glück wegwarf, sie wusste aber auch, dass sie es aus vielen Gründen tun musste. Sie sah wieder zu Antony hin und ihr gefiel überhaupt nicht, was sie in seiner Miene las. „Es tut mir so leid, Antony. Aber so wie die Bewohner deines Landes sich darauf verlassen, dass du eine bestimmte Rolle erfüllst, verlassen sich die Menschen in diesem Lager darauf, dass ich das tue, was in ihrem besten Interesse ist. Das habe ich ihnen versprochen und ich bin ihnen nicht weniger verpflichtet als du deinen Landsleuten."

So. Sie hatte es herausgebracht.

Sie holte tief Luft und zog ihre Hände aus Antonys, wobei sie den schmalen, schönen Ring auf seiner Handfläche zurückließ. „Sosehr ich dich auch liebe und sosehr mich dein Antrag ehrt und berührt, ich werde dich nicht heiraten."

Da sie Antony nicht länger in die Augen sehen konnte, stand sie auf und wandte sich zur Tür.

ANTONY BEWEGTE sich wie benommen auf die Sitzbank zu. Sein Herz pochte in seiner Brust und ihm war schwindlig, als hätte er gerade einen Sturz aus 30 Metern Höhe von einer Klippe überlebt.

Jennifer hatte Nein gesagt.

Er bezweifelte, dass er in absehbarer Zeit San Rimini regieren würde, trotz der offensichtlichen Todesfurcht seines Vaters, aber er konnte den Gedanken an ein Leben in La Rocca di Zaffiro ohne Jennifer an seiner Seite nicht ertragen. Durch sie wusste er, was es bedeutete, als Person gesehen zu werden und nicht als Fantasiegebilde der Presse oder des Internets oder als Objekt der Begierde. Er hatte entdeckt, wie befriedigend es war, eine Partnerin an seiner Seite zu haben, deren Meinung er respektierte, die ihn als ebenbürtig behandelte und ihn liebte.

Und Jennifer liebte ihn *wirklich*.

Der Gedanke bereitete ihm körperliche Schmerzen.

Als Jennifer die Hand nach der dünnen Holztür ausstreckte, die zum Hauptteil des Essenszeltes führte, rang er um Worte, die sie zurückbringen würden. Er könnte niemals – würde niemals – eine andere heiraten.

„Miss Allen."

Sowohl er als auch Jennifer erstarrten. Antony hatte die Anwesenheit seines Vaters beinahe vergessen, so sehr war er auf Jennifer konzentriert gewesen.

Langsam drehte sie sich um. Ihre Wangen waren knallrot, ihre Lippen zusammengepresst, als könnte sie so ihre Emotionen zurückdrängen. Sie tat einen hörbaren Atemzug und fragte: „Hoheit?"

„Bitte kehren Sie an den Tisch zurück. Ich habe Ihnen noch nicht gestattet, den Raum zu verlassen."

Jennifer reckte ihr Kinn vor. „Verzeihen Sie, aber ich bin nicht Ihre Untertanin."

„Und genau darüber möchte ich sprechen. Bitte, setzen Sie sich." Antony blickte seinen Vater erschrocken an und sah, wie der König auf die Bank deutete, von der Jennifer kurz zuvor aufgestanden war.

Jennifer starrte seinen Vater an und Antony spürte, wie sich dessen Gebaren ihr gegenüber spürbar veränderte.

„Bitte, Jennifer?", sagte der König.

Langsam näherte sie sich dem Tisch und betrachtete den König, ohne sich zu setzen. „Ich höre."

König Eduardo räusperte sich. „Ich habe mein ganzes Leben damit verbracht, anderen gegenüber misstrauisch zu sein. Überall, wo ich hingehe, gibt es Leute, die etwas von mir wollen. Gefälligkeiten. Eine gesellschaftliche Stellung. Macht. Es ist oft schwierig, zu erkennen, wem man vertrauen kann, und mehr als einmal habe ich den Preis dafür gezahlt, dass ich mein Vertrauen den falschen Menschen geschenkt habe."

Sein Blick huschte zu dem Ring in Antonys Hand. „Im Laufe der Jahre habe ich ein gutes Gespür dafür entwickelt, wann ich ein Risiko eingehen und wann ich meinem Instinkt, vorsichtig zu sein, folgen sollte. Der Grund, warum die Bewohner von San

Rimini die amerikanische Schauspielerin nicht guthießen, war, dass *ich* sie nicht guthieß. San Rimini war ihr vollkommen gleichgültig. Wichtig war ihr nur, was es ihrer Karriere bringen könnte, wenn sie mit meinem Sohn gesehen wurde. Es hatte nichts damit zu tun, dass sie Amerikanerin war."

Er musterte Jennifer für einen langen, quälenden Moment. Hinter der Tür hörte Antony das Klappern von Tabletts auf Tischen und die Stimmen der Flüchtlinge, die beim Frühstück Pläne für den Tag besprachen, aber obwohl gelegentlich Schritte in der Nähe zu hören waren, betrat niemand das winzige Hinterzimmer.

„Ich würde es vorziehen, wenn mein Sohn eine Frau aus San Rimini heiratet, die eine ganz natürliche Liebe zu unserem Land empfindet", fuhr Eduardo fort. „Andererseits zeigen Sie, dass Ihnen das Land nicht gleichgültig ist, indem Sie Antony dazu drängen, eine Heirat mit Francesca in Betracht zu ziehen, wenn es das ist, was die Bürger von San Rimini wollen. Sie wissen, was Pflichterfüllung und Engagement bedeuten. Und Sie haben die gleiche Selbstlosigkeit bewiesen, die ich an meiner Frau Aletta geliebt und bewundert habe, indem Sie den Menschen in diesem Lager so viel von sich geben. Menschen, die nicht Ihrer Nationalität angehören und von denen Sie keine Gegenleistung erwarten."

Antony verstand, worauf sein Vater hinauswollte, wagte es aber nicht zu glauben. Wenn der Mann einmal eine Entscheidung getroffen hatte, änderte er selten seine Meinung. „Was genau willst du damit sagen?", fragte er.

„Ich will damit sagen, wenn Jennifer dich heiraten möchte, werde ich dies befürworten, sowohl öffentlich als auch privat. Wenn ich auch nur ein Flüstern von irgendeinem Mitglied des Parlaments oder des Thronfolgeausschusses darüber höre, dass Federico deinen Platz in der Erbfolge einnehmen sollte, werde ich meine Meinung deutlich machen."

Der König sah Jennifer an und bedeutete ihr erneut, sich zu

setzen. Diesmal tat sie es. Antony ergriff schnell unter dem Tisch ihre Hand und ein kurzer Blick von ihr beruhigte ihn, auch wenn sie ihre Finger nicht mit seinen verschränkte.

Eduardo lächelte, doch es war ein Lächeln des Bedauerns. „Man muss verstehen, dass ich in letzter Zeit unter enormem Stress gestanden habe. Ich habe damals mitangesehen, wie mein eigener Vater vor seiner Zeit starb. Für mich persönlich war es schwer, wie man sich denken kann, aber auch als Kronprinz war es eine öffentliche Herausforderung, die Umbruchsituation nach dem plötzlichen Tod eines Monarchen zu bewältigen."

An Jennifer gewandt ergänzte er: „Ob es einem gefällt oder nicht, die Realität ist, dass ich diese Krankheit vielleicht nicht überlebe. Ich habe das gleiche Herzleiden, an dem auch mein Vater litt. Obwohl ich alles getan habe, was in meiner Macht stand, um mich gesund zu ernähren und fit zu bleiben, um Komplikationen zu vermeiden, gibt es bei einer Operation immer Risiken. Ich möchte, dass Antony in der bestmöglichen Position ist, falls das Schlimmste passiert. Dieses Gespräch", er bezeichnete mit einer Handbewegung sie alle, die in dem kleinen Raum waren, „hat mir deutlich gemacht, dass Antony sich mit keiner anderen an seiner Seite wohlfühlen wird, ganz gleich, welche Qualitäten diese Frau hat. Er wäre mit Ihnen am glücklichsten. Nach dem, was ich heute Morgen gesehen habe, bin ich zuversichtlich, dass Sie ihn nicht nur persönlich glücklich, sondern auch zu einem besseren König machen werden."

„Danke, Hoheit", sagte sie, doch ihre Worte klangen unsicher. Für den Bruchteil einer Sekunde spürte Antony, wie ihre Hand in seiner zitterte.

„Ich werde tun, was ich kann, um den Menschen in Rasovo zu helfen", fügte König Eduardo hinzu. „Wenn ich den Stipendienfonds unterstütze und Ihre Bemühungen für dieses Lager in den höchsten Tönen lobe, werden meine Freunde das auch tun. Was mit der Schauspielerin geschehen ist, wird Ihnen nicht passieren." Damit erhob er sich und Antony und Jennifer standen ebenfalls auf. Antony konnte sehen, dass es seinen Vater Mühe kostete. Für einen Mann seines Alters und seiner äußerlichen Verfassung ermüdete er viel zu schnell.

Eduardo machte einen Schritt auf die Tür zu. „Da Emiliano bereit ist, muss ich nach San Rimini zurückkehren. Contessa Benedetta wird bald eintreffen und ich muss die Angelegenheit geschickt regeln. Würdest du mich zum Hubschrauberlandeplatz begleiten, Antony? Du solltest bei diesem Treffen im Palast dabei sein, ganz gleich, was sich heute Morgen hier ereignet hat."

Antony betrachtete Jennifer. Es gelang ihm nicht, ihre Gefühle in ihren tränenerfüllten Augen zu lesen. Er wollte nicht gehen, aber er wusste, dass er das musste.

Jennifer wandte sich an den König: „Hoheit, ich bin sicher, dass Pia, die Cousine von Visconte Renati, Sie gerne zum Landeplatz fahren wird. Ich nehme an, sie arbeitet gerade in der Nähe der Tür, im Hauptteil des Essenszeltes. Ich kann Antony in Kürze zum Helikopterlandeplatz fahren, wenn das für Sie in Ordnung ist."

Er nickte und ging ohne einen weiteren Kommentar hinaus. In dem Moment, in dem die Tür hinter ihm zufiel, zog Antony Jennifer in seine Arme. „Es tut mir so leid, Jennifer. Ich wusste nicht, dass mein Vater hierherkommen würde oder dass er … Ich hatte gehofft, dich irgendwann in einem anderen Rahmen fragen zu können … Ich wollte, dass wir uns Zeit nehmen, um es gemeinsam zu besprechen …"

Er war dabei, es zu vermasseln.

„Es ist schon okay." Sie vergrub ihr Gesicht an seiner Schulter. Heiße Tränen benetzten den Stoff seines Hemdes, sie zitterte in seiner Umarmung, bevor sie ihre Arme um ihn schlang.

Er atmete tief durch, in der Hoffnung, Ruhe auszustrahlen. „Ich weiß, es ist schnell. Wir sind beide nicht der Typ, der übereilte Entscheidungen trifft. Aber ich weiß auch, was wir fühlen.

Ich liebe dich und ich möchte, dass wir eine gemeinsame Zukunft haben. Wir können uns Zeit lassen, trotz der Krankheit meines Vaters."

„Das würde mir auch gefallen." Sie hob ihren Kopf von seiner Schulter. „Es wird nicht einfach sein."

„Wir werden einen Weg finden." Er lehnte sich zurück, wischte ihr mit dem Daumen die Tränen ab und flüsterte: *„Per favore?"*

„Was?"

„Bitte. Es bedeutet bitte."

Sie blinzelte verwirrt. „Ich weiß, was es bedeutet. Bitte – was?"

Er lachte. „Bitte, Jennifer, würdest du mich heiraten?"

Sie grinste durch ihre Tränen hindurch, dann legte sie eine Hand an seine Wange. „Versprich mir eines."

„Alles."

„Versuche nicht, dein Englisch zu verbessern. Ich möchte, dass du mich immer *Ssennifer* nennst."

„Das kann ich nicht versprechen." Auf ihren überraschten Blick hin fügte er hinzu: „Wenn wir in der Öffentlichkeit sind, wird es schließlich Prinzessin Jennifer sein. *Falls* du einwilligst, mich zu heiraten."

„Ich willige ein. Heute, in einem Monat, in einem Jahr. Wann immer wir uns dazu bereit fühlen."

„Dann werden wir genau das tun."

Er zog sie an sich und bedeckte ihren Mund mit einem Kuss voller Verheißung.

EPILOG

Neun Monate später

„Wir haben es geschafft!"

Jennifer lächelte über Antonys Worte, die er ihr ins Ohr flüsterte, als sie den Tanz beendeten, der als letzter Tanz des Abends angekündigt worden war. Um sie herum plauderten die Gäste fröhlich miteinander, heiter vom Alkohol und der festlichen Atmosphäre. Die Hochzeit war perfekt verlaufen, obwohl sie das Fest getrennt voneinander geplant hatten: Jennifer hatte weiter in Haffali gearbeitet und Antony war seinen königlichen Pflichten nachgekommen. Eine schlichte Zeremonie – zumindest für einen Kronprinzen – hatte an diesem Nachmittag im Duomo von San Rimini stattgefunden, während die Sonne durch die erst kürzlich restaurierten bunten Glasfenster der Kathedrale schien. Danach waren sie unter dem Jubel Tausender Menschen in einer Kutsche die Strada il Teatro, die berühmteste Straße von San Rimini, entlanggefahren, bevor sie einen relativ bescheidenen Empfang in den Palastgärten genossen.

Jennifer war zunächst nicht sicher gewesen, als Antony vorschlug, nicht im Königlichen Ballsaal, sondern im Garten zu feiern, aber als er darauf hingewiesen hatte, dass nur halb so viele Gäste anwesend sein würden wie bei dem Stipendienfonds-Dinner, bei dem sie damals gesprochen hatte, war sie einverstanden gewesen. Von dem Moment an, als sie den Rasen in dem ruhigen hinteren Bereich betreten und den sommerlichen Duft der Bäume und Blumen eingeatmet hatte, wusste sie, dass es die richtige Wahl war. Als sie einen Monat zuvor ein Wochenende hier verbracht und einen Rundgang mit Harriet gemacht hatte, die ihr erklärte, wie der Ablauf geplant war, hatte sie nicht ahnen können, welche Glückseligkeit sie in diesem Moment empfinden würde.

Ja, sie hatten es geschafft. Mit nächtlichen Anrufen und Textnachrichten sowie einigen Besuchen, wenn Antony zwischen seinen Pflicht Zeit fand, um einen Tag in Haffali zu verbringen. Er hatte ihnen geholfen, das Lazarettzelt nach den Erdrutschen wiederaufzubauen. Viele der Flüchtlinge betrachteten ihn inzwischen als einen Freund – immerhin hatten sie Seite an Seite Schutt beseitigt, beschädigte Böden und Stützpfeiler repariert und schließlich ein neues Dach errichtet und kaputte Möbel ersetzt.

Freundschaften zu schließen, so hatte er Jennifer eines späten Abends gesagt, war für ihn das Befriedigendste gewesen. Er fand es herrlich, dass er ab und zu für einen Tag nach Haffali kommen und dort arbeiten konnte, bis ihm der Rücken wehtat, um dann gemeinsam mit den Bewohnern zu Abend zu essen und gelegentlich ein Bier zu trinken und Karten zu spielen.

Sie hatten vier Monate gewartet, um ihre Verlobung bekannt zu geben. Die einzige Person, die pikiert zu sein schien, war Bianca Caratelli, allerdings hatte sie ihre abfälligen Bemerkungen nur gegenüber Antonys Schwester Isabella auf einer Party und nicht gegenüber der Presse gemacht. Isabella hatte nur mit den Achseln gezuckt und gesagt: „Soweit ich weiß, wollen sie die Hochzeit klein halten. Ich bin sicher, es ist eine Erleichterung für dich, zu wissen, dass du keine Ausrede erfinden musst, um eine unerwünschte Einladung abzulehnen."

Als Jennifer davon erfuhr, stieg Prinzessin Isabella noch mehr in ihrer Achtung.

Contessa Benedetta und ihre Tochter Francesca hingegen nahmen die Nachricht gelassen auf. Francesca hatte anscheinend ein Auge auf einen jungen Mann geworfen, den sie einige Wochen zuvor in der Kunstgalerie kennengelernt hatte, wo sie arbeitete. Ihrer Mutter hatte sie nichts davon erzählt. Tatsächlich war dieser Mann nun auf der königlichen Hochzeit Francescas Begleiter.

Als der Song zu Ende war, bedankten sich Antony und Jennifer bei ihren Gästen und verabschiedeten sich. Harriet führte sie durch den Garten und erweckte für alle anderen den Anschein, als wollten sie mit einem Fahrzeug zu einer Reise an einen unbekannten Ort aufbrechen. In Wirklichkeit planten sie, ihre erste Nacht als Ehepaar in Antonys privaten Räumen zu verbringen und erst am späten Nachmittag des folgenden Tages, wenn sie sich von den Feierlichkeiten erholt hatten, in die Flitterwochen zu starten.

Antony hatte die Hochzeitsreise geplant und den Ort geheim gehalten. Aus Fetzen von Gesprächen zwischen Antony und Harriet, die sie aufgeschnappt hatte, sowie aus einer Notiz, die sie entdeckt hatte, als er ein paar Tage zuvor seinen Computer nicht ausgeschaltet hatte, schloss Jennifer, dass sie zu einer privaten Villa auf den Grenadinen fahren würden.

Sonne, Sand, kristallklares blaues Wasser und Privatsphäre. Sie konnte es kaum erwarten.

Harriet führte sie zu einer Seitentür und gab einen Code ein, der ihnen den Zugang zu den Servicekorridoren des Palastes ermöglichte. „Sie kennen den Weg?"

„Ja", versicherte er ihr. „Danke, Harriet."

„Gern geschehen", antwortete sie. Jennifer glaubte, der

Assistentin wäre fast die Stimme versagt, als sie hinzufügte: „Herzlichen Glückwunsch Ihnen beiden. Ich freue mich sehr für Sie."

Nur Augenblicke später waren sie allein in Antonys Privaträumen. Sie war schon einmal hier gewesen, als sie für einen Tag zur Hochzeitsplanung angereist war, aber Harriet und der Leiter des Küchenpersonals des Palastes waren dabei gewesen und Jennifer war nicht weiter als bis zum Wohnzimmer gekommen. Jetzt wurde dieser Raum nur von gedämpftem Licht erleuchtet.

Er schloss die Tür, dann legten sich seine Hände von hinten um ihre Taille und wanderten zu ihrem Bauch, während er ihren Nacken küsste. Jennifer schloss ihre Augen und ließ den Kopf nach vorn sinken.

In den letzten neun Monaten hatte es nur ab und zu ein paar gestohlene intime Momente gegeben. Hier und da einige Stunden in ihrem Trailer oder ein paar Minuten im hinteren Raum des Essenszeltes. Nichts im Vergleich zu der Ungestörtheit, die sie heute Abend endlich erwartete.

„Du hast doch nichts dagegen, wenn wir die große Besichtigungstour auf morgen verschieben?", murmelte er zwischen zwei Küssen und sein Atem strich heiß über ihre Haut.

„Ganz und gar nicht." Sie nahm lange, tiefe Atemzüge, als sein Mund ihre Wirbelsäule entlangwanderte und seine Hände über ihre Rippen glitten. Schließlich, als sie nicht länger stillhalten konnte, sagte sie: „Der Reißverschluss hinten ist versteckt. Unter den Knöpfen."

„Ich verstehe."

Als er ihr Rückgrat knapp über dem Spitzenstoff weiterküsste, flehte sie ihn an, ihn zu öffnen.

Während er mit der einen Hand eine ihrer Brüste umfasste, fand die andere den Verschluss, den er mit einem Ruck herunterzog. Er murmelte etwas auf Italienisch an ihrer Haut, dann sagte er: „Du bist wunderbar!", bevor er beide Hände in den

Rücken ihres Kleides schob, sodass der Stoff nach vorne rutschte.

Während sie noch mit den Füßen in ihrem Kleid stand, drehte er sie zu sich um, hob sie hoch und schob das Kleid sanft mit seinem Fuß weg. „Das heben wir morgen früh auf."

„Einverstanden."

Sein Jackett war während des Empfangs verschwunden – zweifellos hatte Harriet oder ein anderes Mitglied des Personals es an sich genommen –, deshalb trug er nur sein strahlend weißes Hemd. Als er sie absetzte und ausgiebig am Haaransatz küsste, griff Jennifer nach seinem Handgelenk. „Ich kann das nicht gut", gab sie zu, während sie an den Manschettenknöpfen nestelte.

„Ich werde dafür sorgen, dass du reichlich Übung bekommst."

Sein Atem ging schwerer, als sie die Manschettenknöpfe löste und dann das Hemd aufknöpfte. Als es zusammen mit ihrem Kleid auf dem Boden lag, legte sie ihre gespreizten Finger auf seinen Bauch, was eine sofortige Reaktion hervorrief. Er küsste sie leidenschaftlich und sie erwiderte den Kuss nur allzu gern. Nach einigen Minuten sagte er: „Ich will dich in meinem Bett haben, ganz nackt und so schnell wie möglich."

„Das will ich auch", brachte sie hervor, während er sie bereits rückwärts zu seinem Schlafzimmer drängte.

Auf dem Weg dorthin knipste er die Lampe aus und murmelte: „Ich führe dich."

„Ich laufe dir nicht weg."

Als ihre Waden die weiche Bettkante berührten, griff sie nach der Vorderseite seiner Hose. Seine Lippen blieben auf ihren liegen, während sie sich an dem Reißverschluss zu schaffen machte. Gleichzeitig streifte er einen Schuh mit Hilfe des anderen Fußes ab, dann schleuderte er den zweiten Schuh von sich. Als seine Hose herunterrutschte, wanderten seine Hände zu ihrem Po. Er hob sie hoch und drückte sie an sich.

Dann fand sein Mund ihre Brust und Jennifer konnte nicht mehr denken.

Sie liebte diesen Mann, jeden Tag mehr. Bei ihm fühlte sie sich sicher, er machte sie glücklich und er weckte auch Verlangen in ihr.

Sie vergrub ihre Hände in seinem Haar, wölbte sich ihm entgegen und presste sich an ihn, schlang ein Bein um ihn und genoss es, seinen Körper nah an ihrem zu spüren.

Er wechselte zu ihrer anderen Brust und schmiegte seinen Unterleib enger an ihren. Ein leises Geräusch entrang sich seiner Kehle und durchflutete sie mit Begehren.

In sein Haar hinein flüsterte sie: „Antony diTalora, du bist die beste Wahl, die ich je getroffen habe."

Er hob den Kopf und befreite sie von ihren letzten Kleidungsstücken, bevor er ihr Gesicht zwischen beide Hände nahm und sie einen ausgiebigen, tiefen Kuss tauschten. Nach einem langen Moment löste er sich von ihr, doch seine Hände umfassten weiterhin ihre Wangen. Licht von den beleuchteten Gärten, wo sich die Gäste gerade verabschiedeten, drang durch die Spalten zwischen den Vorhängen, sodass sie seinen Gesichtsausdruck erkennen konnte. Zu ihrer Überraschung schimmerte Ernsthaftigkeit durch den Schleier aus Lust und Verlangen in seinem Blick.

„Ich liebe dich, Jennifer, mehr als ich es je für möglich gehalten hätte. Du warst meine einzige Wahl."

„Ich liebe dich auch." Eine andere Antwort konnte sie nicht geben und die sagte alles.

Sie bewegte ihre Hüften und bald war er in ihr. Sie wölbte sich ihm entgegen, spürte die Muskeln in seinem Rücken und genoss das Gefühl seines Gewichts auf ihr, während sie sich liebten. Sein Mund wanderte zu ihrem Hals, seine Zähne glitten sanft über ihre Haut und sie grub ihre Finger in seinen Rücken und erbebte, während sich lustvoller Druck in ihr aufbaute, abfiel und dann wieder anstieg. Als seine Hand zwischen ihre

Beine wanderte, wurde er so stark, dass sie wusste, sie konnte ihren Höhepunkt nicht mehr aufhalten. Eine Welle nach der anderen überrollte sie. Antony blieb in ihr, hielt sie, folgte ihrem Rhythmus, küsste ihre Schulter, ihren Hals, ihre Brüste.

Nur Augenblicke später traten die Sehnen an seinem Hals hervor, sein Kiefer spannte sich an und sein Orgasmus ließ ihn laut aufstöhnen.

Dieser Anblick bereitete ihr vollkommene, pure Glückseligkeit.

Danach konnte sie ihn nicht fest genug an sich drücken.

„WARST DU DRAUßEN?", fragte Jennifer, als Antony im frühen Morgenlicht neben ihrem Bett stand, sein Gesicht gerötet. Sie hatte leicht gedöst, aber jetzt blinzelte sie beim Anblick seiner Laufshorts und seines schweißnassen Hemdes. Ihr Blick wanderte über seine Schulter zu den hohen Schlafzimmerfenstern, die teilweise von schweren Samtvorhängen verdeckt waren. Die Sonne war gerade über dem Horizont erschienen und tauchte den Raum in ein warmes Licht. Ihr Blick fiel auf den Wecker. „Es ist gerade mal sieben!"

„Und wir sind erst wann eingeschlafen? Gegen drei Uhr morgens?" Antony bedachte sie mit einem spitzbübischen Grinsen. Er wusste genau, wann sie endlich erschöpft eingeschlummert waren. „Trotzdem war ich heute Morgen schon hellwach und habe beschlossen, dich schlafen zu lassen und meinen Vater bei seinem Morgenlauf durch den Park zu begleiten. Er hat zwar das Sicherheitsteam bei sich, aber mir war es lieber, mich ihm anzuschließen. Ich habe dir eine Nachricht hinterlassen, obwohl ich mir ziemlich sicher war, dass du sie nicht sehen würdest." Er nahm ein Stück Papier vom Nachttisch und hielt es hoch, dann warf er es in einen Behälter, der unter einem Tisch dicht beim Bett stand und Papier enthielt, das wahrscheinlich zum Schreddern und Recyceln bestimmt war.

Jennifer rollte sich zur Seite und stützte sich auf einen Ellbogen. Sie würde eine Weile brauchen, um sich an die Tatsache zu gewöhnen, dass dies nun ihr gemeinsamer Wohnbereich und er ihr Ehemann war. Ihr war immer noch ganz schwindelig von der ganzen freudigen Erregung.

„Ich bin froh, dass es ihm besser geht", sagte sie zu Antony, als er seine Laufschuhe abstreifte. „Und dass er wieder joggt, auch wenn er sich darüber beklagt, dass er nicht mehr so schnell und so weit laufen kann wie noch vor ein paar Jahren."

„Die Ärzte sagen, dass dies zu erwarten war und er weiterhin Fortschritte machen wird."

„Er ist auf jeden Fall fest entschlossen." Sie legte den Kopf schief und kniff demonstrativ die Augen zusammen. „Trotzdem ist das keine Entschuldigung dafür, dass du mich in unserer Hochzeitsnacht allein lässt."

„Streng genommen ist unsere Hochzeitsnacht vorbei." Er zog sein Hemd aus, streifte seine Socken ab und warf sie in Richtung Badezimmer. Der Schalk blitzte aus seinen Augen, als er sich neben sie auf das Bett setzte. „Was könnte ich tun, um es wieder gutzumachen?"

Jennifer betrachtete seinen nackten Oberkörper. „Mir fallen ein paar Möglichkeiten ein."

„Das dachte ich mir." Er griff nach einer Zeitung am Fußende des Bettes, die sie nicht bemerkt hatte. „Ich habe Miroslav gestern Abend gebeten, das Blatt zu besorgen. Er hat es uns vor die Tür gelegt. Du kannst dir denken, was die Titelstory ist."

Er beugte sich vor und küsste sie langsam und zärtlich, dann legte er die Zeitung neben sie. „Warum liest du den Artikel nicht, während ich dusche?"

Bevor sie Antony traf, hatte sie gedacht, ein erfülltes Leben zu haben. Und jetzt ... nun, jetzt hatte sie das Gefühl, etwas verpasst zu haben. Ihr schwirrte der Kopf und ihr Herz klopfte heftig, wenn er im selben Raum war, und erst recht, wenn er sie küsste. Sie rollte die Zeitung zusammen und schlug damit nach ihm, doch er sprang zur Seite.

Als er ins Badezimmer ging, sagte er: „Wenn du fertig bist mit Lesen, kannst du dich mir vielleicht anschließen. Schließlich ist heute der erste Tag unserer Flitterwochen."

Sie zwinkerte ihm zu, ehe sie die Zeitung entrollte. „Ich werde schnell lesen."

„Per favore", antwortete er und konnte sein Lächeln nicht verbergen. „Übrigens, ich habe Marco gestern gebeten, in einem Wettbüro anzurufen und eine Wette für mich abzuschließen."

„Was?"

„Du wirst schon sehen." Er deutete auf die Zeitung und verschwand im Bad.

Jennifer setzte sich auf, dann breitete sie die Zeitung vor sich aus. Als sie das Bild auf der Titelseite sah, konnte sie sich einen Seufzer nicht verkneifen. Da war sie, mit Antonys Arm um ihre Taille gelegt, wie sie sich vor dem Empfang auf dem berühmten Balkon des La Rocca-Palastes küssten. Die Liebe, die in ihrem Lächeln und ihrer Körpersprache zum Ausdruck kam, war nicht zu übersehen. Und dieses Mal war es ihnen gleich gewesen, wer sie fotografierte.

Sie starrte mehrere Sekunden lang auf das Foto, dann las sie den Artikel.

ROYALS VON HEUTE: DIE NEUESTEN NACHRICHTEN
  von V. Dempsey
  30. Juni

MÄRCHENPRINZ HEIRATET SEIN ASCHENPUTTEL

San Rimini jubelt über die Hochzeit von Prinz Antony und
Jennifer Allen

LA ROCCA DI ZAFFIRO, SAN RIMINI. In einem Bruch mit der
Tradition heiratete Kronprinz Antony Lorenzo diTalora heute
im Duomo von San Rimini eine berufstätige Bürgerliche, die
Amerikanerin Jennifer Allen, bevor mit einem Empfang im
Palast gefeiert wurde.

Die Schlichtheit der Hochzeit verblüffte viele, da Prinz
Antony der Erste in der Thronfolge der am längsten beste-
henden Monarchie in ganz Europa ist. Die Gästeliste
beschränkte sich auf zweihundert sorgfältig ausgewählte Personen, darunter Mitglieder der Familien diTalora und Allen,
König Carlo und Königin Fabrizia von Sarcaccia sowie mehrere
Vertreter des Parlaments von San Rimini. Anwesend waren
ebenfalls einige ehemalige Bewohner des Haffali-Flüchtlingslagers in Rasovo, wo Miss Allen als Leiterin tätig war, bis das
Camp letzten Monat nach Beendigung des Bürgerkriegs in eine
Ausbildungseinrichtung des Roten Kreuzes umgewandelt
wurde.

Die Braut sah atemberaubend schön aus in einem weißen
Seidenkleid mit Spitzenbesatz, das speziell für sie von Kovat in
Rasovo entworfen wurde – ein Geschenk des eleganten Mode-
hauses, nachdem die Braut im vergangenen Jahr den kleinen
Sohn des Inhabers, Josef Kovat, im Haffali-Lager betreut hatte
und maßgeblich an der Wiedervereinigung der Familie beteiligt
war.

Das frisch vermählte Paar begibt sich diese Woche auf Hochzeitsreise an einen nicht näher bezeichneten Ort. Danach hat
sich die Braut verpflichtet, weiterhin für Hilfsorganisationen zu
arbeiten, deren Schwerpunkt auf dem Wiederaufbau von
Rasovo liegt. Sie plant, mehrere Beiträge eines lokalen

Bildungssenders über die Geschichte von Rasovo zu moderieren, und wird Anfang nächsten Monats zwei Veranstaltung zur Anwerbung von Arbeitskräften für Hilfsorganisationen sponsern. Prinz Antony sagte den Nationalen Nachrichten von San Rimini, er unterstütze die Entscheidung seiner Frau, sich weiterhin zu engagieren, „in jeder Hinsicht". Er selbst hat seinen Stipendienfonds für San Rimini erweitert und kürzlich angekündigt, dass er in den kommenden Monaten mindestens vier Spendengalas für das Programm ausrichten wird.

Und wie sieht es mit Thronerben aus? Sowohl der Prinz als auch die neue Prinzessin haben Freunden anvertraut, dass sie es kaum erwarten können, eine Familie zu gründen.

Wettbüros in San Rimini nehmen bereits Wetten auf einen Geburtstermin an.

Jennifer warf die Zeitung beiseite, sprang aus dem Bett und rief in Richtung des Badezimmers: „Du hast schon eine Wette abgegeben?"

Antony steckte seinen Kopf gerade rechtzeitig durch die Tür, um Jennifer in die Arme nehmen zu können. Sie lachte, fuhr ihm mit den Fingern durch die Haare und zog sein gerötetes Gesicht zu sich herunter.

Er küsste sie innig und flüsterte ihr dann ein Datum ins Ohr.

„Das ist ehrgeizig", meinte sie und suchte erneut seinen Mund. Bevor seine Lippen die ihren berührten, fügte sie hinzu: „Ich werde dir helfen müssen, diese Wette zu gewinnen."

Vielen Dank, dass Sie *Eine Braut für Prinz Antony* gelesen haben.

Wenn Ihnen das Buch gefallen hat, würde ich mich freuen, wenn Sie eine Rezension auf der Website Ihres bevorzugten Onlineshops oder einer Rezensionsplattform Ihrer Wahl hinterlassen. Das ist sowohl für mich als Autorin als auch für andere Leserinnen und Leser sehr hilfreich.

Besuchen Sie meine Website unter nicoleburnham.com und erfahren Sie mehr über meine nächsten Veröffentlichungen.

Der nächste Titel von Die Royals von San Rimini ist bereits im Verkauf. Lesen Sie weiter für eine Vorschau auf *Eine Beraterin für Prinz Marco.*

EINE BERATERIN FÜR PRINZ MARCO

Kapital 1

„Mi scusi. Ist Prinz Marco diTalora hier? Ich muss ihn sofort sprechen.“

Amanda Hutton versuchte, die verstohlenen – oder auch weniger verstohlenen – Blicke der zahlungskräftigen Spieler San Riminis zu ignorieren, als sie dem Manager des exklusiven Casino Campione dieselbe Frage stellte, die sie in der letzten Stunde diskret in drei anderen Spielhallen gestellt hatte.

Wenn sie den unberechenbaren Prinzen nicht fand und ihn *pronto* zum Duomo brachte, würde sich die Hochzeit zwischen Antony diTalora, dem Kronprinzen des kleinen Landes, und ihrer besten Freundin Jennifer Allen verzögern. Selbst wenn zweihundert Gäste in die berühmte Kathedrale des Landes geströmt waren, konnte die Zeremonie wohl kaum ohne die Anwesenheit des Trauzeugen beginnen.

Sie kämpfte gegen ihre Ungeduld an, als der korpulente Manager sie gereizt musterte. Er verhielt sich genauso wie die drei anderen Manager, als er ihr festliches, rosafarbenes

Gewand und die dazu passenden Schuhe betrachtete. Es war für eine königliche Hochzeit entworfen worden und daher natürlich kein gewöhnliches Brautjungfernkleid. Andererseits war der Schnitt auch nicht mit der Mode von Valentino und Chanel vergleichbar, die von den Mitgliedern der gesellschaftlichen Elite von San Rimini getragen wurde, die sich in den Gängen zwischen Blackjack- und Craps-Tischen tummelten, Gläser mit teuren Drinks in den Händen.

Nachdem sie von den Managern der anderen Casinos auf ihre Nachfrage hin dreimal ein knappes *Nein* gehört hatte, wollte sie keine Zeit verschwenden, während Manager Nummer vier versuchte, den Wert ihrer Kleidung und ihres Schmucks abzuschätzen.

„Bitte", begann sie auf Englisch, da sie davon ausging, dass der Manager nicht nur das Italienisch von San Rimini sprach, „mir ist klar, dass Sie Bedenken wegen des Schutzes seiner Privatsphäre haben, aber ich –"

„Ihr Name?" Er hob eine buschige Augenbraue, als wollte er sagen: *Wie können Sie es wagen, eine Bitte an mich zu richten?*

„Amanda. Amanda Hutton. Wie ich gerade erklären wollte, bin ich hier im Auftrag von –"

„Sie sollten wissen, Amanda Hutton, wenn Prinz Marco Gast in diesem Hause ist, darf er nicht gestört werden." Er unterstrich seine Aussage mit einem herablassenden Lächeln, als ob er stündlich solche Anfragen von Frauen abblocken müsste und der Name Amanda Hutton völlig unbedeutend wäre.

Trotzdem beschleunigte sich Amandas Puls. Dieser Manager sprach nicht nur perfektes Englisch, sondern die Selbstgefälligkeit in seiner Stimme verriet auch, dass der Prinz in seinem Casino war.

Bevor sie die heikle Situation erklären konnte, fügte er hinzu: „Vielleicht könnten Sie draußen warten. Mit den anderen." Er deutete an den klingelnden Spielautomaten vorbei auf eine lange Reihe von Drehtüren aus Glas und Messing, die auf San Riminis berühmteste Straße, die Strada il Teatro, hinausgingen.

Sie schaute in diese Richtung. Mehrere junge Frauen in sexy Sommerkleidern tummelten sich draußen. Einige zupften an ihren Haaren und arrangierten die Strähnen kunstvoll über ihre Schultern, andere überprüften mit ihren Handykameras ihre Zähne oder ihr Make-up. Alle schienen darauf zu warten, einen Blick auf Prinz Marco erhaschen zu können. Oder auf die Gelegenheit, ihm ihre Telefonnummer zuzustecken.

Amanda setzte ein versöhnliches Lächeln auf. „Natürlich. Es tut mir leid, dass ich Sie gestört habe.“

Der Manager nahm die Entschuldigung mit einem Nicken an, machte jedoch ein finsteres Gesicht, bis Amanda sich umdrehte und auf den Ausgang zulief.

Als sie dabei den Spielsaal des noblen Casinos mit den Augen absuchte, entdeckte sie an einer Wand eine Treppe. Ein großer bewaffneter Wachmann stand daneben. Er hatte den Daumen lässig in seine Gürtelschlaufe eingehakt, während er mit einem Besucher sprach, aber dabei beobachtete er weiter die Treppe. Amanda vermutete, dass entweder das Casino oben Bargeld aufbewahrte oder dass sich dort die privaten Spielsäle befanden.

Sie hoffte auf Letzteres.

Unter den wachsamen Augen des Managers verließ Amanda das Casino, blieb aber in der Nähe der Tür und stellte sich zu den herumstehenden Frauen, als ob sie jeden Tag Prinzen stalken würde.

Leider blieb der Manager in der Mitte des Casinos stehen und rührte sich nicht vom Fleck, sodass sie wenig Hoffnung hatte, unbemerkt wieder nach drinnen zu gelangen.

Amanda ging zum Bordstein und schirmte ihre Augen gegen das helle Sonnenlicht ab, um auf die Uhr des Turms zu schauen, der an den Königspalast von San Rimini angebaut war. La Rocca di Zaffiro lag auf einem Hügel, weniger als fünfzehn Minuten Fußweg in westlicher Richtung.

Halb vier. Da die Zeremonie schon in einer Stunde beginnen würde, konnte sie dem Casinomanager die Situation nicht erklären, ohne die königliche Familie bloßzustellen. Nicht dass der Manager überhaupt bereit gewesen wäre, ihr zuzuhören.

Am liebsten würde sie Prinz Marco umbringen. Wie konnte der Manager – wie konnte das ganze Land – nicht wissen, wo er in diesem Moment sein sollte? In den letzten acht Jahren, seit ihrem Collegeabschluss, hatte Amanda mit Kindern von hochgestellten Persönlichkeiten gearbeitet. In all dieser Zeit war sie noch nie einem Kind begegnet, das sich so verantwortungslos verhielt wie dieser Prinz. Und der war fünfundzwanzig.

„Mein einziger Urlaub“, grummelte sie vor sich hin. Diese Woche war ihre Chance, dem Alltag zu entfliehen, eines der schönsten Länder der Erde zu besuchen, an der Hochzeit ihrer besten Freundin teilzunehmen und mit einigen der Reichsten und Berühmtesten in Europa auf Tuchfühlung zu gehen. Doch anstatt den Nachmittag damit zu verbringen, an Canapés zu knabbern und sich die Haare machen zu lassen, rannte sie in grauenhaft unbequemen Schuhen in San Rimini herum und jagte einem verwöhnten Prinzen hinterher, der dem Glücksspiel frönte, obwohl es seine Pflicht gewesen wäre, sich um den Bräutigam zu kümmern. Prinz Marco war nicht zum Mittagsempfang seines Bruders erschienen, um die Prominenten zu begrüßen, die nach San Rimini gereist waren, um der Hochzeit beizuwohnen, und selbst wenn es ihr gelänge, den Prinzen rechtzeitig zur eigentlichen Zeremonie zum Duomo zu bringen, würde sie völlig zerzaust und durchgeschwitzt sein.

Ergänzung: völlig zerzaust und durchgeschwitzt mit Blasen an den Füßen. Dabei erwartete man von ihr, dass sie auf den Hochzeitsfotos perfekt aussah.

Das war nicht die Auszeit, die sie sich vorgestellt hatte,

bevor sie in die Realität und zu ihrer überfälligen Miete nach Washington, D.C. zurückkehren musste.

Einige der wartenden Frauen begannen zu kichern. Amanda beachtete sie nicht und richtete ihre Aufmerksamkeit wieder auf das Innere des Casinos.

Eine gut gekleidete Besucherin nahm gerade den Manager in Beschlag. Die Frau bewegte ihren mit Schmuck behängten Arm und wies auf einen Bereich an der Rückseite des Casinos. Der Manager schüttelte wiederholt den Kopf, dann hob er einen Finger, während er mit seinem Handy telefonierte. Verärgert kniff er die Augen zusammen, dann steckte er sein Mobiltelefon ein, sagte etwas zu der Frau und geriet aus dem Blickfeld des Vordereingangs, als er ihr folgte.

Amanda nutzte die Gelegenheit, drängte sich durch die Drehtür und steuerte direkt auf die Treppe zu.

Der Wachmann, der dort stand, wurde schlagartig aufmerksam. „Kann ich Ihnen helfen?"

Sein Verhalten verriet Amanda, dass er ihr auch nicht gestatten würde, Prinz Marco zu sehen. Sie zögerte einen Moment, dann sagte sie: „Das hoffe ich. Diese Frauen da draußen … Sind sie hier, um Prinz Marco zu sehen?"

Der Wachposten verzog einen Mundwinkel. „Ja. Und?"

„Nun, ich habe gehört, wie eine von ihnen sagte, sie wisse, in welchem Auto der Prinz gekommen ist und dass die Türen unverschlossen geblieben wären. Sie wollte versuchen, sich auf den Rücksitz zu schmuggeln, und dort auf ihn warten. Ich dachte, jemand Offizielles sollte das wissen."

Der Mann musterte sie einen Augenblick, während Amanda ihr Bestes tat, um aufrichtig zu wirken. Doch anstatt sich auf den Weg zu machen, um die Frauen zu überprüfen, wie Amanda es gehofft hatte, hob er eine Hand zur Seite seines Kopfes und drückte einen Knopf an seinem Headset. Eine Sekunde später summte sein Handy und er begann, in schnellem Italienisch mit dem Akzent von San Rimini zu sprechen. Amanda verstand gerade genug, um zu begreifen, dass der Wachmann die Absicht hatte, an Ort und Stelle zu bleiben.

Ein paar Worte kamen durch das Telefon zurück. Der Wachposten hielt inne, dann blickte er Amanda stirnrunzelnd an. „Wie sieht sie aus?"

„Brünett in einem grün-gelben Kleid. Nicht sehr groß. Ungefähr so wie ich", improvisierte sie, weil sie wusste, dass diese Beschreibung auf keine der Frauen vor der Tür zutraf. „Ich glaube, sie ging seitlich um das Gebäude herum, vielleicht, um sich auf dem Parkplatz umzuschauen. Sie hat es nicht gesagt. Wenn Sie mich brauchen, um sie zu identifizieren, kann ich gerne hier warten, während Sie nachsehen."

Er zögerte und sie zeigte schnell auf ihre Schuhe. „Ich würde ja mitkommen, aber ich glaube nicht, dass ich mit diesen Absätzen so schnell laufen könnte wie Sie. Ich schaffe es kaum, durch das Casino zu gehen. Ich bin vor die Tür getreten, weil ich ein Taxi rufen wollte, und ich habe die Frauen reden hören, als ich die Nummer gesucht habe."

Anstatt Amanda zu antworten, wiederholte er ihre Beschreibung für die Person am anderen Ende der Leitung, lauschte einen Moment und beendete dann das Gespräch. Als sie stehen blieb, sagte er: „Es wird gerade überprüft. Vielen Dank."

„Oh, gut. Möchten Sie, dass ich bleibe, nur für den Fall, dass Sie mich brauchen, um die Beschreibung zu bestätigen?"

Sein Achselzucken kommunizierte ihr eine Mischung aus *Mach, was du willst* und *Der Parkplatz ist nicht mein Job*.

In diesem Moment entstand draußen ein Tumult. Sowohl Amanda als auch der Wachmann schauten hin und sahen, wie eine der Frauen eine andere gegen die Schulter stieß. An der Körpersprache der Umstehenden war zu erkennen, dass die Frauen schon vorher gestritten hatten, und nun eskalierte die Situation.

Amanda deutete auf einen roten Lederhocker vor einem unbenutzten Spielautomaten. „Ich warte dort."

Der Wachposten schien ihre Äußerung nicht gehört zu haben, denn er strebte auf die Vordertüren zu, eine Hand am Ohrhörer. Es war offensichtlich, dass er nicht selbst nach draußen gehen würde, sondern nur berichtete, was er beobachtete, damit andere die Situation unter Kontrolle bekommen konnten. Vermutlich war das ihre einzige Chance. Amanda wartete, bis er ihr den Rücken ganz zugewandt hatte, dann stürmte sie die schmale Treppe hinauf. Als sie oben ankam, unterdrückte sie einen Fluch. Mindestens ein Dutzend geschlossene Türen säumten den mit Teppich ausgelegten Gang. Wie sollte sie erraten, in welchem Zimmer sich der Prinz befand?

Der Mann würde jeden Moment auf seinen Posten zurückkehren. Angesichts der Plötzlichkeit ihres Verschwindens war sie sicher, dass er oben nachsehen würde, um sich zu vergewissern, dass sie nicht diesen Weg genommen hatte.

Sie ging so schnell und leise wie möglich den Korridor entlang und hielt an jeder Tür inne, um zu lauschen. Einige waren mit Messingschildern versehen, die die Räume dahinter als Büros auswiesen. Andere jedoch waren als Suiten gekennzeichnet und alle nach einer lokalen Berühmtheit benannt. Sie presste ihr Ohr an die Tür einer Suite, die den Namen eines berühmten Ozeanographen trug, als sie am anderen Ende des Flurs das unverwechselbare Johlen von Glücksspielern über einen großen Gewinn hörte. Nachdem sie einen Blick hinter sich geworfen hatte, um sicherzugehen, dass der Wachmann ihr nicht gefolgt war, näherte sie sich dem Raum, aus dem ihrer Meinung nach der Lärm gekommen war. Im Gegensatz zu den anderen stand auf dieser Tür lediglich *Privato*.

Sie wartete einen Moment und lauschte. Zuerst waren die Stimmen schwer zu unterscheiden, dann erhob sich eine Frauenstimme über die anderen und verkündete auf Englisch: „Die Croupière hat einen Blackjack", gefolgt von einigem Gemurmel.

Amanda drückte auf die Türklinke. Als diese nachgab, spähte sie hinein.

Wie in einer Szene aus einem James-Bond-Film war die luxuriöse, moderne Suite auf Spieler zugeschnitten, deren Reichtum einen privaten Raum rechtfertigte. Zu Amandas Linken nahm eine voll ausgestattete Bar eine ganze Wand ein. Ein Barkeeper in Uniform stand hinter der glatten schwarzen Granitarbeitsplatte und polierte Longdrinkgläser auf Hochglanz. Kristallene Wandleuchter tauchten den Raum in ein sanftes Licht und ein dicker grauer Teppich dämpfte die Schritte, um die ruhige Atmosphäre zu bewahren.

Ihr gegenüber hingen weiße Seidenvorhänge an drei bodentiefen Fenstern, von denen jedes einen atemberaubenden Blick auf die Bucht von San Rimini und die dahinterliegende Adria bot.

Sie richtete ihre Aufmerksamkeit wieder auf das Innere des Raums, wo offenbar niemand ihre unangekündigte Ankunft bemerkt hatte. In der Mitte stand ein einzelner Blackjack-Tisch, der von einer langbeinigen Blondine in einem kurzen schwarzen Rock, einer schwarzen Weste und einer makellos weißen Oxford-Bluse betreut wurde. Die vier Spieler schienen zwischen Mitte zwanzig und Anfang dreißig zu sein, waren gut gekleidet und trugen maßgeschneiderte Smokings und weiße Hemden. Amanda erkannte Prinz Marco diTalora auf Anhieb.

Er sah viel besser aus als auf seinem offiziellen Palast-Porträt.

Er hatte sein Kinn auf den Handballen gestützt, seine Finger steckten in den sonnengebleichten blonden Haarsträhnen über seinem Ohr. Intelligente, stahlblaue Augen beobachteten die Bewegungen der Croupière, die mit ihrer Hand über den Filztisch fuhr und die Männer aufforderte, ihre Einsätze zu machen.

Prinz Marco richtete sich auf und schob einen großen Stapel

Chips nach vorn. Sein Mund verzog sich zu einem Lächeln, als ihn der Mann neben ihm scherzhaft mit dem Ellbogen anstieß. Der Prinz hatte volle Lippen – die sehr zum Küssen einluden, fand Amanda – und gerade, hollywoodweiße Zähne. Seine hohen Wangenknochen in dem gebräunten Gesicht waren markant, wie die eines Models, allerdings war Marco im Gegensatz zu vielen männlichen Models keine jugendliche Bohnenstange, die aussah, als wollte sie gleich über den Laufsteg stolzieren. Seine breiten Schultern füllten seinen Smoking perfekt aus.

Sie warf einen zweiten Blick auf sein Haar, in dem seine Finger nun nicht mehr steckten. Etwas zerzaust, als wäre er gerade aus dem Bett gestiegen und hätte es nur mit den Händen geglättet. So ließ diese Frisur keinen Reichtum vermuten. Der oberste Knopf seines Hemdes war offen und seine Fliege hing lose um seinen Hals.

Entweder hatten die Verantwortlichen im Palast dafür gesorgt, dass er vor seinem offiziellen Porträttermin zum Friseur gegangen war, oder das Foto war während seines Militärdienstes aufgenommen worden. Marco besaß zwar das selbstsichere Auftreten eines Prinzen, doch sie nahm an, dass er sich lieber salopp als elegant kleidete.

Obwohl Amanda selbst konservativ war, kam sie zu dem Schluss, dass sie diesen Look an ihm ebenfalls bevorzugte. Das Haar spiegelte seine ungezwungene Körpersprache wider. Trotzdem musste er königlich wirken, und zwar schnell, damit sich die Zeremonie nicht verzögerte. Sie holte tief Luft, um sich zu sammeln, und betrat dann vorsichtig den Raum.

„*Mi scusi*, Prinz Marco", begann sie. „Ich wollte –"

„Gerade gehen." Amanda zuckte zusammen, als der Wachposten, dessen Gesicht rot vor Zorn war, seine Finger um ihren Arm schloss, knapp oberhalb des Ellbogens. „*Mi dispiace*, Hoheit. Ich habe mich ablenken lassen und sie ist vom Erdgeschoss nach oben gerannt. Es wird nicht wieder vorkommen." Der Mann warf Amanda einen vernichtenden Blick zu und setzte an, sie in den Korridor zu zerren.

„Bitte", rief Amanda dem Prinzen über ihre Schulter zu, während sie sich mit einer Hand gegen den Türrahmen stemmte. „Ich wurde hergeschickt –"

„*Va bene*, Ivan. Lassen Sie sie bleiben."

Marco überraschte sie, indem er dem Wachmann einen kurzen Blick zuwarf, woraufhin der sofort seinen eisernen Griff um ihren Arm löste.

„Aber ... ja, natürlich, Prinz Marco." Der verwirrte Wachmann verbeugte sich, dann drehte er sich auf dem Absatz um, vermutlich, um auf seinen Posten zurückzukehren.

Der Prinz wandte sich dem Tisch zu, seine Aufmerksamkeit war wieder ganz auf das Spiel gerichtet. Die Croupière teilte ihm eine Karte zu – einen König.

Amanda ließ den Türrahmen los und bewegte sich langsam auf den Tisch zu. Die Männer waren auf das Spiel konzentriert, aber sie konnte nicht länger warten. „Hoheit, wie ich bereits sagte, wurde ich hergeschickt von –"

„Sie müssen Miss Hutton sein." Der Prinz wandte den Blick nicht von den Karten. „Es tut mir leid, ich erinnere mich nicht an Ihren Vornamen. Ich habe die Hochzeit nicht vergessen. In einer Minute bin ich fertig. Sie können sich gerne einen Drink bestellen." Er deutete geistesabwesend in Richtung Bar.

Amanda staunte nicht schlecht. Sein Englisch war beeindruckend – es klang so amerikanisch wie ihres – und offenbar kannte er ihren Namen – mehr oder weniger – und hatte ihre Ankunft erwartet.

„Woher wussten Sie, dass ich herkommen würde?"

Er lachte, ließ dabei aber die Karten nicht aus den Augen. „Es können nur noch ein paar Stunden bis zu Antonys Hochzeit sein. Ich dachte mir, er oder Jennifer würde jemanden schicken, nachdem ich den Lunch verpasst hatte."

„Ich wünschte, ich hätte diesen Lunch auch ausgelassen",

bemerkte einer der Männer. „Eine der Kolumnistinnen von *Royals von heute* hat mich fast fünfzehn Minuten lang bedrängt. Wie heißt sie noch mal ... Val Dempsey? Mit ihr zu sprechen, ist, als würde man mit Handschellen an eine Wand gekettet. Es gibt kein Entrinnen. Und wisst ihr, wer noch da war?" Er nannte den Namen einer französischen Schauspielerin und bedauerte dann, dass sie nicht diejenige gewesen war, die ihn bedrängt oder ihm Handschellen angelegt hatte.

Während ein anderer seine Meinung zu der französischen Schauspielerin und Handschellen äußerte, musterte Marco Amanda schnell von oben bis unten. „Ich nehme an, Sie sind die Trauzeugin. Mein Bruder hat mir wiederholt erzählt, die Trauzeugin wäre Amerikanerin. Jennifers Zimmergenossin aus College-Zeiten. Und Ihr Name war", er schnippte mit den Fingern, „*Amanda* Hutton."

Amanda zögerte, unsicher, was sie als Nächstes tun sollte. Sie hatte nur überlegt, wie sie den verschwundenen Prinzen ausfindig machen könnte, jedoch nicht darüber nachgedacht, was sie sagen sollte, wenn sie ihn gefunden hatte. Sie musste ihn überzeugen, sofort aufzubrechen, nicht erst ein oder zwei Drinks später.

„Tatsächlich haben wir nur noch eine Stunde Zeit, Prinz Marco", erklärte sie. „Wahrscheinlich sogar weniger, jetzt, wo Sie –"

Die Croupière drehte einen zweiten König für Marco um.

Amanda wich unwillkürlich einen Schritt zurück, als Marcos Mitspieler laute Rufe ausstießen. Sie hatte bisher nur einmal Blackjack gespielt, bei einem Wochenendausflug nach Atlantic City nach dem College, aber sie erkannte ein gutes Blatt, wenn sie eins sah. Da die Croupière eine Sieben aufdeckte und höchstens auf siebzehn kommen konnte, hatte er einen großen Sieg erzielt.

Sie zählte im Geiste die Anzahl der schwarzen Chips in dem Stapel, den er nach vorne geschoben hatte, und schätzte, dass sein Einsatz etwa sechs Monate ihres Einkommens betrug. Vor Steuern.

Marco ignorierte die Beifallrufe. Stattdessen zählte er eine weitere große Menge Chips ab und stapelte sie neben dem ersten auf.

„Hand teilen."

„*Folle!*" Der Mann, der sich über die Kolumnistin beschwert hatte, schüttelte den Kopf und auch wenn Amandas Italienischkenntnisse begrenzt waren, verstand sie genug, um dieser Einschätzung zuzustimmen. Seine Entscheidung war Wahnsinn. Er war ein Narr.

Der zweite Mann sagte: „Wenn du dein Geld zum Fenster rauswerfen willst, Marco, da fallen mir bessere Möglichkeiten ein."

Die Augenbrauen der Croupière hoben sich minimal, aber sie sagte nichts. Sie nahm die beiden Könige und legte sie nebeneinander, dann zog sie eine Karte aus dem Kartenschlitten und legte sie auf den ersten König.

„Eine Sechs für sechzehn."

Sie zog eine weitere Karte und legte sie auf den zweiten König. „Und wieder sechzehn."

Marcos Freunde stöhnten alle gleichzeitig auf.

Der letzte Spieler meldete sich zu Wort, er sprach mit britischem Akzent: „Tut mir leid, Marco. Gut, dass du es dir leisten kannst, Kumpel."

Die Croupière war mit den anderen Spielern fertig, dann drehte sie ihre eigene Karte um.

„Sieben und vier für elf."

„Wehe, Sie bekommen zweimal einundzwanzig hintereinander", unterbrach der Brite. „Ich könnte meiner Frau nicht erklären, warum wir uns kein angemessenes Geschenk für das königliche Paar leisten können."

Die Croupière lächelte, fuhr aber fort, Karten umzudrehen.

„Und zwei für dreizehn, und eine Dame für dreiundzwanzig. Überkauft."

Ein Gejohle ging um den Tisch.

„Na, das wiederum wird meiner Frau gefallen", sagte der Brite und klopfte dem Prinzen auf die Schulter. „Was hat dich gerade geritten?"

Marco zuckte lässig mit den Schultern. „Es war mein letztes Blatt. Ich dachte, ich probiere es mal."

Er schob den Ärmel seines Hemdes hoch und in der Bräune kam eine breite Linie zum Vorschein, wo eigentlich seine Uhr sein sollte. „Kein Wunder, dass ich so spät dran bin. Ich muss sie zu Hause vergessen haben. Meine Herren, ihr solltet euch besser beeilen, wenn ihr noch einen Platz bekommen wollt." Er steckte der Croupière ein paar schwarze Chips als Trinkgeld zu, als der Manager des Spielcasinos den Raum betrat. Der korpulente Mann schaute Amanda böse an und verbeugte sich dann mit einem breiten Lächeln vor Marco. „War alles zu Ihrer Zufriedenheit, Hoheit?"

„Raffaela hat ihre Arbeit wie immer hervorragend gemacht. Vielleicht sollte sie eine Gehaltserhöhung bekommen." Amanda hätte am liebsten gewürgt, als er der Croupière flirtend zuzwinkerte.

„Natürlich, natürlich." Der Manager nickte, zu sehr darauf bedacht, dem Prinzen zu gefallen. „Soll ich Ihre Chips einlösen oder möchten Sie lieber, dass der Betrag Ihrem Konto gutgeschrieben wird?"

„Aufs Konto", antwortete Marco und stieg mit mehr Anmut vom Hocker, als Amanda einem spielsüchtigen jungen Mann in den Zwanzigern zugetraut hätte, der nie eine gute Party verpasste. Vielleicht hatte er als Prinz doch ein paar gute Umgangsformen gelernt.

Oder zumindest die sozialen Kompetenzen, die ihm am meisten halfen, Frauen anzuziehen. Die Augen der Croupière waren fest auf die Kehrseite des Prinzen gerichtet, als dieser dem Tisch den Rücken zuwandte.

Der Manager begann, die Chips des Prinzen einzusammeln, aber Marco klopfte dem Mann auf die Schulter, bevor er fertig war. „Ich habe es mir anders überlegt. Bitte sorgen Sie dafür, dass das Geld an den Stipendienfonds von San Rimini bei der Banca Nazionale geht. Machen Sie daraus eine anonyme Spende zu Ehren von Prinz Antonys Hochzeit mit Jennifer Allen." Dann hob er mahnend einen Finger und sah seine Mitspieler einen nach dem anderen an, bevor sein Blick an Amanda hängen blieb. „Und ihr verratet kein Sterbenswörtchen. Ich meine es ernst, wenn ich sage, dass es anonym bleiben soll."

Die Männer murmelten ihre Zustimmung. Amanda tat dasselbe, allerdings würde Jennifer wissen wollen, woher die große Spende für die Wohltätigkeitsorganisation kam, die sie und Prinz Antony unterstützten. Wie sie Jennifer kannte, würde sie nachforschen, bis sie die Identität des mysteriösen Spenders erfuhr. Aber nach dem Eindruck, den Amanda bisher von dem Prinzen gewonnen hatte, könnte das ein Weilchen dauern. Wahrscheinlich würde Jennifer nicht darauf kommen, dass Marco diesen Beitrag geleistet hatte.

„Es ist mir eine Ehre, mich persönlich darum zu kümmern, Hoheit", sagte der Manager und verneigte sich tiefer als nötig.

„Danke, doch es wäre mir lieber, Sie würden jemanden schicken. Und erwähnen Sie nicht, dass die Zahlung vom Casino Campione kommt."

Das Lächeln des Geschäftsführers wurde etwas schwächer, als er sich aufrichtete, aber er bewahrte Haltung. „Wie Sie wünschen."

„Und nun muss ich zu einer Hochzeit." Marco knöpfte den Kragen seines Hemdes zu, band seine Fliege – ohne einen Spiegel zu benötigen, wie Amanda bemerkte – und bedeutete ihr dann, vor ihm zur Tür zu gehen. „Miss Hutton?"

Als sie die Halle betraten, zog er die Vorderseite seines Smokingjacketts straff und sie nahm einen schwachen Hauch von Rasierwasser wahr. Welches er auch benutzte, der Duft war sowohl verlockend als auch überraschend dezent.

„Sie sind sehr großzügig."

„Schuldbewusst trifft es eher", gestand er. „Ich war letzte Woche zum Schnorcheln in Griechenland. Da hatte ich keine Zeit, ein richtiges Geschenk zu besorgen. Nur ein paar alberne Kristallkerzenständer, die mein Vater vorgeschlagen hat."

Amanda zwang sich, nicht auf das Offensichtliche hinzuweisen: nämlich, dass er Zeit fürs Glücksspiel gehabt hatte. Trotzdem, das Geschenk war großzügig. Wie sie Antony und Jennifer kannte, würden die es weitaus mehr zu schätzen wissen als die Kerzenständer.

Marco fuhr sich mit der Hand durch die Haare, die unglücklicherweise dadurch nur noch mehr verwuschelt wurden. „Sehe ich aus, als wäre ich bereit für eine königliche Hochzeit?"

„Ich bin sicher, es wird gehen, Hoheit." Amanda versuchte, ihn nicht anzustarren. In ihrem Job war sie es gewöhnt, mit der gesellschaftlichen Elite umzugehen. Sie hatte sogar einen Monat im Weißen Haus verbracht, um den Kindern des Präsidenten beizubringen, wie sie sich gegenüber hochgestellten Persönlichkeiten aus dem Ausland zu verhalten hatten. Als Tochter eines ehemaligen Botschafters war sie von Mächtigen umgeben aufgewachsen.

Doch nichts hatte sie auf Prinz Marco vorbereitet. Er war so unköniglich, wie ein Mitglied der Königsfamilie nur sein konnte. Wäre sie ihm auf der Hochzeit über den Weg gelaufen, ohne vorher sein Foto gesehen zu haben, hätte sie ihn für einen gut aussehenden Partylöwen gehalten und nicht für ein Mitglied der Königsfamilie von San Rimini. Die Art von Partylöwe, die normalerweise am Ende des Abends mit einer Brautjungfer verschwindet.

„Es wird gehen? Das habe ich ja noch nie gehört! Sie sollten mir antworten, dass ich fabelhaft aussehe. Sexy." Er grinste sie selbstsicher an. „Sagen Sie wenigstens: ‚Natürlich, Hoheit' oder ‚Schöner Smoking, Hoheit.' Nicht nur, dass es gehen wird."

Sie riskierte einen Blick auf ihn. Er überragte sie um fast dreißig Zentimeter und war etwa 1,90 Meter groß. Vielleicht sogar über 1,90 Meter. Sie war sicher, mit seinem verwuschelten Haar, seinem gigantischen Bankkonto und seiner tadellosen Herkunft fanden Frauen ihn sexy. *Sie* fand ihn sexy, trotz seines Verhaltens. Aber das würde sie ihm nicht erzählen, nicht in der Enge eines schmalen Korridors in einem Casino.

Und schon gar nicht, wenn er sich seiner eigenen Attraktivität durchaus bewusst zu sein schien.

„Wo haben Sie Ihr Englisch gelernt?", fragte sie stattdessen. „Es klingt, als könnten Sie als Nachbar von Wally und Beaver aus dieser amerikanischen Sitcom aufgewachsen sein. Ich habe Ihre Brüder kennengelernt, und sie sprechen beide förmlicher. Und mit Akzent."

Seine hochgezogene Augenbraue zeigte, dass er sich ihres Versuchs, das Thema zu wechseln, durchaus bewusst war. „Antony und Federico haben ihr erstes Englisch von ihrem Kindermädchen gelernt, das aus London stammte, und sie haben hier und in Italien studiert, wo die meisten ihrer Professoren britisches Englisch sprachen. Ich hatte ein amerikanisches Kindermädchen und bin in den Staaten zur Universität gegangen, obwohl ich nicht eine einzige Wiederholung dieser Sitcom-Serie gesehen habe. Gibt es ‚Erwachsen müsste man sein' überhaupt noch im Fernsehen?"

Amanda war überrascht, dass er die Anspielung verstanden hatte. Die meisten ihrer Freunde hätten das nicht. Oh, sie würden so tun, als ob, aber bestenfalls erkennen, dass es sich um eine alte Serie handelte, die sie nie gesehen hatten.

„Lassen Sie mich raten. War es die UNLV, die Universität von Nevada in Las Vegas?", fragte Amanda trocken, als sie die Stufen zum Hauptspielsaal hinuntergingen.

„Würden Sie glauben, dass es Princeton war?"

„Das erscheint mir einigermaßen glaubhaft. Immerhin liegt die Uni in der Nähe von Atlantic City."

Er lachte. Sie erreichten das Erdgeschoss, wo die gut betuchten Gäste ihm hinterherstarrten, als er an den Spieltischen und Spielautomaten vorbeiging. Der ihr nun wohlbekannte Wachmann lief neben Prinz Marco her und ließ seine Blicke durch den Raum schweifen, während sie sich den Türen zur Strada il Teatro näherten.

Offenbar versöhnt mit ihrer Anwesenheit schaute Ivan sie kurz an, dann wandte er sich an den Prinzen: „Ihr Wagen steht bereit, Hoheit. Der Chauffeur sagt, dass er Sie in zehn Minuten zum Duomo bringen kann, aber Sie müssen von hinten heranfahren. Der direkte Weg ist überfüllt mit Menschen, die sich einen Platz gesichert haben, um die Kutsche zu sehen. Sie sollten aber noch rechtzeitig vor der Zeremonie ankommen und sogar etwas Zeit übrig haben."

Der Wachmann ging durch eine der Glastüren, überprüfte den breiten Bürgersteig und winkte sie dann zu einem makellosen schwarzen Range Rover, der am Bordstein wartete.

Als sie in die helle Nachmittagssonne hinaustrat, stellte Amanda fest, dass der Eingangsbereich nun frei war. Die Frauen hatten entweder aufgegeben oder – was wahrscheinlicher war – man hatte sie aufgefordert, zu gehen. Erleichterung durchflutete sie. In Anbetracht der Tatsache, dass ihr Schützling so gerne flirtete, bezweifelte Amanda, dass er schnell in das wartende Fahrzeug gesprungen wäre, wenn ihn eine Gruppe entgegenkommender Frauen begrüßt hätte.

Sie blieb zurück, bis Ivan Marco um das Auto herumgeführt hatte, damit er sich an der gegenüberliegenden Seite auf dem Rücksitz niederlassen konnte. Der Fahrer wollte seine Tür öffnen, um auszusteigen und ihr zu helfen, aber sie sagte ihm, dass es schon ginge. Sie hob ihren Rock so weit an, dass sie von der Bordsteinkante in das große Fahrzeug klettern konnte.

Beim Einsteigen verhedderte sich das bauschige Kleid im Sicherheitsgurt, aber Marco löste den eingeklemmten Stoff mit einer Handbewegung, bevor sie selbst danach greifen konnte.

„Ich danke Ihnen. Die Fahrzeug-Designer entwerfen wirklich keine Autos, in denen Brautjungfern solche Kleider tragen können", bemerkte sie, als sie beide sicher in dem übergroßen SUV Platz genommen hatten.

Marco warf einen skeptischen Blick auf die Masse an dunkelrosa Stoff, den sie zusammengerafft hatte, damit er nicht den Rücksitz füllte oder – schlimmer noch – auf dem Schoß des Prinzen lag. „Es ist umgekehrt", erwiderte er. „Die Mode-Designer entwerfen keine Kleider, die Brautjungfern in diesen Autos tragen können."

Amandas Wangen wurden heiß. Er hatte es so gesagt, als wäre die Situation die Folge von schlechter Planung ihrerseits, obwohl sie gar nicht versucht hätte, das Kleid auf den Rücksitz dieses Wagens zu stopfen, wenn Marco wie vorgesehen bei Antony geblieben wäre.

„Hören Sie", fuhr er fort, „ich weiß Ihre Bemühungen zu schätzen, mich rechtzeitig zur Zeremonie zu bringen, aber Antony ist klar, wie sehr ich solche Events hasse. Ich gebe zu, es ist eine eher schlichte Hochzeit für einen Kronprinzen, aber er ist immer noch der Kronprinz. Ich habe ihm wiederholt gesagt, dass ich kein Interesse an all diesen lächerlichen Veranstaltungen vor der eigentlichen Hochzeit habe, ganz zu schweigen von den Paparazzi, die auf Fotos aus sind." Er schaute aus dem Fenster, doch sie sah den flüchtigen Ausdruck von Enttäuschung, der über sein Gesicht huschte. „Antony sollte wissen, dass ich bei der Hochzeit selbst da sein würde. Ich habe noch nie in meinem Leben ein wirklich wichtiges Ereignis verpasst."

Amanda sagte nichts, überrascht über den Einblick in die Persönlichkeit des Prinzen. Von allen Mitgliedern der königlichen Familie von San Rimini zog Marco am wenigsten die Aufmerksamkeit der Leute auf sich, weshalb sie sich ein Foto angeschaut hatte, bevor sie sich auf die Suche nach ihm gemacht hatte. Sie war nicht sicher gewesen, ob sie ihn erkennen würde. Aber der Mangel an Beachtung war nicht darauf zurückzuführen, dass er der Jüngste war, wie sie vermutet hatte. Es lag daran, dass er sich der Öffentlichkeit entzog.

Interessant, wenn man bedachte, was sie von seinem Umgang mit seinen Freunden gesehen hatte.

Nach einem Moment wandte sich Marco auf seinem Sitz zu ihr um. „Warum wurden Sie ausgesandt und nicht einer von Antonys Freunden? Wir sind uns bisher noch nicht einmal begegnet."

Amanda zuckte mit den Schultern. „Die Presse kennt die meisten von Antonys Freunden."

„Lassen Sie mich raten: Man wäre ihnen durch die ganze Stadt gefolgt. Es wäre herausgekommen, dass ich verschwunden war, und die Presse hätte mich als unverantwortlich hingestellt?"

„Vermutlich", räumte Amanda ein. Sie hatte das selbst angenommen, obwohl sie sich jetzt fragte, ob ihre anfängliche Einschätzung seiner Verantwortungslosigkeit zu hart gewesen war. „Jennifer und Antony wussten auch, wenn die Presse dies aufgriffe, würde Ihr Vater herausfinden, dass Sie nicht da waren, wo Sie hätten sein sollen. Als ich aufbrach, hatte er Ihr Fehlen noch nicht bemerkt. Jennifer erwähnte, dass König Eduardo in der letzten Zeit wegen Ihres Verhaltens besorgt ist."

Marcos Lippen pressten sich zu einer grimmigen Linie zusammen, deshalb lenkte Amanda schnell vom Thema ab: „Wie dem auch sei, da ich Ausländerin bin, war es nicht sehr wahrscheinlich, dass ich Aufmerksamkeit erregen würde, selbst wenn ich in diesem Kleid durch die Stadt renne und Fragen stelle. Jennifer und ihre Mutter wollten gerade den Palast verlassen und sich in die Garderobe des Duomo begeben, also sagte ich Jennifer, dass es mir nichts ausmachen würde, mein

Kleid im Palast anzuziehen und sie in der Kathedrale zu treffen. Den Friseurtermin würde ich weglassen."

„Das war nicht nötig, aber vielen Dank. Ich bin sicher, Antony und Jennifer sind Ihnen dankbar." Er betrachtete stirnrunzelnd ihr Kleid und fügte dann hinzu: „Das Mindeste, was ich im Gegenzug tun kann, ist, es Ihnen etwas bequemer zu machen."

Er löste seinen Sicherheitsgurt und rutschte zu Amandas Seite herüber.

Bevor sie begriff, was er vorhatte, legte er seine Hand auf ihren Oberschenkel.

DIE ROYALS VON SAN RIMINI

Im Dienst der Königin

Ein Braut für Prinz Antony

Eine Beraterin für Prinz Marco

Ein Ritter für Prinzessin Isabella

Eine neue Liebe für Prinz Federico

Küsse für König Eduardo

ÜBER DEN AUTOR

Nicole Burnham ist die preisgekrönte Autorin von über zwanzig Romanen.

Wenn Sie mehr über ihre Bücher erfahren oder ihren deutschsprachigen Newsletter mit Bonusmaterial und Informationen zu kommenden Veröffentlichungen erhalten möchten, besuchen Sie bitte nicoleburnham.com.